U0495384

国家出版基金项目
NATIONAL PUBLICATION FOUNDATION

"十三五"国家重点图书出版规划项目

国家社科基金重大项目"海外藏珍稀中国民俗文献
与文物资料整理、研究暨数据库建设"（项目编号：
16ZDA163）阶段性成果

海外藏中国民俗文化珍稀文献

编委会

主 编

王霄冰

编 委（以姓氏笔画为序）

刁统菊　　王 京　　王加华

白瑞斯（德，Berthold Riese）　　刘宗迪

李 扬　　肖海明　　张 勃　　张士闪

张举文（美，Juwen Zhang）

松尾恒一（日，Matsuo Koichi）

周 星　　周 越（英，Adam Y. Chau）

赵彦民　　施爱东　　黄仕忠　　黄景春

梅谦立（法，Thierry Meynard）

国家社会科学基金青年项目"英语世界的中国歌谣译介与研究"（编号 23CZW036）

国家出版基金项目
NATIONAL PUBLICATION FOUNDATION

"十三五"
国家重点图书
出版规划项目

海外藏
中国民俗文化
珍稀文献

王霄冰　主编

[英] 司登德（George Carter Stent）　编著

崔若男　译

中国歌谣

Chinese Lyrics

陕西师范大学出版总社

图书代号　　SK23N2079

图书在版编目（CIP）数据

　　中国歌谣 /（英）司登德编著；崔若男译 . —西安 : 陕西
师范大学出版总社有限公司 , 2023.12
　　（海外藏中国民俗文化珍稀文献 / 王霄冰主编）
　　"十三五"国家重点图书出版规划项目　国家出版
基金项目
　　ISBN 978-7-5695-4010-9

　　Ⅰ . ①中… 　Ⅱ . ①司… ②崔… 　Ⅲ . ①民歌—作品集—中国
Ⅳ . ①I277.2

　　中国国家版本馆 CIP 数据核字（2023）第 232224 号

中国歌谣
ZHONGGUO GEYAO
[英]司登德　编著　崔若男　译

出 版 人	刘东风	
责任编辑	邓　微	
责任校对	雷亚妮　王娟娟	
出版发行	陕西师范大学出版总社	
	（西安市长安南路199号　邮编　710062）	
网　　址	http://www.snupg.com	
印　　刷	陕西龙山海天艺术印务有限公司	
开　　本	710 mm × 1000 mm　1/16	
印　　张	25.5	
插　　页	4	
图　　幅	6	
字　　数	370 千	
版　　次	2023 年 12 月第 1 版	
印　　次	2023 年 12 月第 1 次印刷	
书　　号	ISBN 978-7-5695-4010-9	
定　　价	138.00 元	

读者购书、书店添货或发现印装质量问题，请与本公司营销部联系、调换。
电话：（029）85307864　85303635　传真：（029）85303879

海外藏中国民俗文化珍稀文献

总序

◎ 王霄冰

　　民俗学、人类学是在西方学术背景下建立起来的现代学科，其后影响东亚，在建设文化强国的大战略之下，成为当前受到国家和社会各界广泛重视的学科。16 世纪，传教士进入中国，开始关注中国的民俗文化；19 世纪之后，西方的旅行家、外交官、商人、汉学家和人类学家在中国各地搜集大批民俗文物和民俗文献带回自己的国家，并以文字、图像、影音等形式对中国各地的民俗进行记录。而今，这些实物和文献资料经过岁月的沉淀，很多已成为博物馆和图书馆等公共机构的收藏品。其中，不少资料在中国本土已经散佚无存。

　　这些民俗文献和文物分散在全球各地，数量巨大并带有通俗性和草根性特征，其价值难以评估，且不易整理和研究，所以大部分资料迄今未能得到披露和介绍，学者难以利用。本人负责的 2016 年度国家社科基金重大项目"海外藏珍稀中国民俗文献与文物资料整理、研究暨数据库建设"（项目编号：16ZDA163）即旨在对海外所存的各类民俗资料进行摸底调查，建立数据库并开展相关的专题研究。目的是抢救并继承这笔流落海外的文化遗产，同时也将这部分研究资料纳入中国民俗学和人类学的学术视野。

所谓民俗文献，首先是指自身承载着民俗功能的民间文本或图像，如家谱、宝卷、善书、契约文书、账本、神明或祖公图像、民间医书、宗教文书等；其次是指记录一定区域内人们的衣食住行、生产劳动、信仰禁忌、节日和人生礼仪、口头传统等的文本、图片或影像作品，如旅行日记、风俗纪闻、老照片、风俗画、民俗志、民族志等。民俗文物则是指反映民众日常生活文化和风俗习惯的代表性实物，如生产工具、生活器具、建筑装饰、服饰、玩具、戏曲文物、神灵雕像等。

本丛书所收录的资料，主要包括三大类：

第一类是直接来源于中国的民俗文物与文献（个别属海外对中国原始文献的翻刻本）。如元明清三代的耕织图，明清至民国时期的民间契约文书，清代不同版本的"苗图"、外销画、皮影戏唱本，以及其他民俗文物。

第二类是17—20世纪来华西方人所做的有关中国人日常生活的记录和研究，包括他们对中国古代典籍与官方文献中民俗相关内容的摘要和梳理。需要说明的是，由于原书出自西方人之手，他们对中国与中国文化的认识和理解难免带有自身文化特色，但这并不影响其著作作为历史资料的价值。其中包含的文化误读成分，或许正有助于我们理解中西文化早期接触中所发生的碰撞，能为中西文化交流史的研究提供鲜活的素材。

第三类是对海外藏或出自外国人之手的民俗相关文献的整理和研究。如对日本东亚同文书院中国调查手稿目录的整理和翻译。

我们之所以称这套丛书为"海外藏中国民俗文化珍稀文

献",主要是从学术价值的角度而言。无论是来自中国的民俗文献与文物,还是出自西方人之手的民俗记录,在今天均已成为难得的第一手资料。与传世文献和出土文物有所不同的是,民俗文献和文物的产生语境与流通情况相对比较清晰,藏品规模较大且较有系统性,因此能够反映特定历史时期和特定区域中人们的日常生活状况。同时,我们也可借助这些文献与文物资料,研究西方人的收藏兴趣与学术观念,探讨中国文化走向世界的方式与路径。

  是为序。

2020 年 12 月 20 日于广州

司登德

（George Carter Stent，1833—1884）

英国人司登德于 1869 年来华，1884 年病逝于台湾。其先在英国驻华使馆担任护卫队员，后进入海关总署，在烟台、上海、温州、汕头及高雄等地工作。司登德热衷于中国文化，发表了大量与中国，尤其是中国民间文学相关的作品。本书收录了由司登德撰写的有关中国歌谣的一篇文章《中国歌谣》和两部著作：《二十四颗玉珠串：汉语歌谣选集》《其他中国歌谣》。

其中，《中国歌谣》曾发表于《皇家亚洲文会北华支会会刊》1871—1872 年卷，后两者分别于 1874、1878 年在伦敦出版。

近现代中英歌谣术语互译（代译序）

◎ 崔若男

　　近代以来，西方的著述、理论大量地被介绍到中国，对近代中国的各方面都产生了影响。这些域外思想一方面来自在华西方人的实践与引述，另一方面来自中国知识分子的主动求索。两者或重叠或并行，共同促成了这一时期的文化交流与互动。无论就哪一方而言，一个无法回避的环节就是翻译。刘禾将不同语言碰撞、翻译之间产生的诸类问题称为"互译性"。[①] "互译性"以福柯（Michel Foucault，1926—1984）的"知识考古学"[②] 立论，以解构的视角颠覆思想史，挖掘话语和其背后更深层的文化社会语境。它是近代思想史研究中经常被忽视，却又十分重要的一个问题。从中国歌谣学研究来看，术语译介及其背后的"互译性"也并未得到重视。例如西方学者如何把中国的歌谣体裁与西方的术语对接，而中国知识分子又如何把西方的术语"本土化"以实现其学术追求等等，这些问题都未获得足够的讨论，但其背后折射的恰恰是中国歌谣学兴起的根基和由这个根基所引发的未来歌谣学研究的走向。

　　如果从宽泛的角度来定义"歌谣"，可以说，中国本土有关"歌谣"的术语非常丰富。从时间上来看，各个时期都有不同的术语来指代"歌谣"这一体裁，如"歌谣""风谣""谣谚""谣辞"等；而从空间上

[①] 参见刘禾：《语际书写：现代思想史写作批判纲要》（修订本），广西师范大学出版社，2017年，第1—26页。

[②] 参见［法］米歇尔·福柯：《知识考古学》，谢强、马月译，生活·读书·新知三联书店，1998年。

来说，不同地区对于"歌谣"也有不同的称谓，北方有"花儿""秧歌"，南方有"歌仔""山歌"等。①但无论是对在华西方人，还是对中国本土的知识分子来说，他们面临的都不仅仅是丰富的中文术语，还有与之相对应的西方②术语。仅以英语国家为例，与"歌谣"相关的术语就包括 sayings（popular sayings、 folk sayings）、lyrics、rhymes、ditties、jingles、songs（ popular songs、tea-songs、love-songs）、folksongs（folk-songs、folk songs）和 ballads 等。这些西文术语一方面是西方人在辑译中国歌谣时，用以命名"歌谣"及其相关体裁时所采用的术语，并借由西方人的著述被引入中国；另一方面中国学者在翻译西方著述时，也进一步地引介了其中一部分术语，并扩大了其在中国的影响力。这两者在近代歌谣研究中同时发生并产生作用，构成了近代歌谣术语生成的复杂语境。

在诸多的术语中，ballad 与 folksong 是较为重要的两个，也得到了中西学者较多的讨论。英国汉学家司登德③（George Carter Stent，1833—1884）在《中国评论》（*The China Review*）、《皇家亚洲文会北华支会会刊》（*Journal of the North-China Branch of the Royal Asiatic Society*）上发表了其辑译的大部分中国民间文学作品。其中与歌谣相关的内容，后来大多都收入《二十四颗玉珠串：汉语歌谣选集》[*The Jade Chaplet in Twenty-four Beads*：*A Collection of Songs, Ballads, &c.(from the Chinese)*]和《其他中国歌谣》④。借由司登德的辑译活动，以 ballad 汉译的过程为例，可以比较来华西方人对 ballad 这一术语的实践和讨论以及歌谣运动中中国知识分子对 ballad 的译述，进而

① 详见朱自清：《中国歌谣》，金城出版社，2005 年，第 1—6 页。

② 本文所言之"西方"，主要指欧洲。

③ 在中国学者翻译的近代海关史料及其他相关著作中，大多数称呼其为"司登得"，还有少数直译其名为"斯坦特"。但"打狗（Takow 或 Takao，即现在的高雄）俱乐部"司登德档案中明确记载"到 1860 年代中期，司登德作为英使馆护卫队员来到北京，并取中文名司登德（Ssu-teng-de）"。因此，笔者在本书中将以其本人自取的汉名"司登德"称呼之。详见 http://www.takaoclub.com/personalities/Stent/index.htm。

④ 原英文书名为 *Entombed Alive and Other Songs, Ballads, &c. (from the Chinese.)*，此次选译其中部分歌谣，书名改作《其他中国歌谣》。

探讨相关术语间的对译关系，以及歌谣运动最终选择 folksong 而不是 ballad 的原因。

一、来华西方人以 ballad 命名的中国歌谣

在分析 ballad 引进中国、被学者在何种意义上使用之前，有必要厘清该术语在欧洲语境中的内涵及意义流变。ballad 源自拉丁文 ballareo（跳舞），后经法语 ballade（舞蹈歌曲）被引入英语，取代了英语中原有的表示舞蹈歌曲的 carole。而 carole 则被分化为两种，一种成为基督教的颂歌（carol），另一种流行于民间的则被称为 ballad。也即，早期的 ballad 与其拉丁语源的意义相同，均表示舞蹈时唱的歌曲，且该类歌曲以抒情为主，并不侧重叙事的层面。但到了伊丽莎白一世统治时期（1558—1603），ballad 的语义扩大为一切短篇韵文——不管是抒情的或叙事的、可唱的或不可唱的、宗教的或非宗教的。直到 1761 年，英国诗人申斯顿（William Shenstone，1714—1763）提出以抒情性和叙事性来对这些短歌进行划分，以抒情为主的被称为 song（歌），以叙事为主的被称为 ballad。这一划分标准基本得到认可，自此 ballad 开始主要指以叙事为主的短歌。但值得注意的是，ballad 在发展的过程中逐渐分化为 art ballad 和 popular ballad 两种类型。前者指由专业诗人仿效这种艺术形式所创作的歌谣，后者指流行于民间的歌谣。由于 art ballad 的影响有限，因此一般在提起 ballad 时，多指 popular ballad。[①]popular ballad 有时也等同于 popular song、street ballad 等。如果不加细致考察的话，这些术语一般可以统一译为"民歌""歌谣"，甚至有时也可以译作"民谣"。为了研究的方便，本书所说的 ballad 指 popular ballad 这一流行在民间的艺术形式，这也是 ballad 最为人所知的用法之一。中文术语如无特殊说明，均以广义的"歌谣"与之相对应。

[①] 参见陈才宇：《Ballad 译名辩正》，载《外语教学与研究》1988 年第 1 期；Andrew Lang：《民歌（Ballad）》（一），家斌译，载《歌谣》第 18 号，1923 年 5 月 13 日；Andrew Lang：《民歌（Ballad）》（二），家斌译，载《歌谣》第 19 号，1923 年 5 月 20 日；Francis B. Gummere, *The Popular Ballad*, New York: Dover Publications Inc., 1959。

近代来华西方人涉及 ballad 这一术语的著述主要可分为三类：第一类是近代由西方人或中国人编纂的英汉、汉英字词典中关于 ballad 的释义。这些字词典在中国近代术语引进中扮演了重要的角色，字典的影响力直接关系到术语在社会中的普及。第二类是由来华西方人辑译的以 ballad 为题或为主旨的著述。这些著述以零散的篇章居多，但也有较为突出者如任职于中国海关的英国人司登德将其搜集翻译的歌谣以 ballad 之名结集出版。第三类指各类文章中间接提到 ballad 时的用法。这类文章虽然不以 ballad 为主，但其也可以作为论述 ballad 术语内涵的辅助证据。这三类文献互相印证，共同构成追溯 ballad 这一术语入华过程不可或缺的一部分。然而，这三类文献的驳杂与零散，而司登德不仅出版了两部歌谣集，还先后编纂了三部汉英、英汉词典，其著述本身就同时涵盖了最重要的第一类和第二类文献，是探讨来华西方人在引进 ballad 术语过程中绕不开的人物。因此，以司登德为例，足以串联起三类文献。

（一）司登德及其歌谣著述

司登德 1833 年出生于英国，19 世纪 60 年代来到北京，在英国驻华使馆担任护卫队员。① 由于其在汉语，尤其是口语方面的造诣，1869 年 3 月，三十六岁的他被时任海关总税务司的赫德（Robert Hart，1835—1911）招入清政府的海关总署。工作之外，司登德对中国民间文学、俗文学产生了浓厚兴趣，先后发表、出版多部作品。《中国歌谣》发表于《皇家亚洲文会北华支会会刊》，共收录五首"街头歌曲"。《二十四颗玉珠串：汉语歌谣选集》于 1874 年由 Trübner& Co. 出版社在伦敦出版，共收录二十四首中国歌谣相关作品。《其他中国歌谣》于 1878 年出版，共收录二十八首歌谣，体例与《二十四颗玉珠串：汉语歌谣选集》一致。有学者认为，《二十四颗玉珠串：汉语歌谣选集》"在一定程度上体现了司登德个人的学术追求"，而《其他中国歌谣》

① 高永伟认为，《近代来华外国人名辞典》中提到司登德来华时间为 1869 年当与史实不符，他推断司登德来华时间在 19 世纪 60 年代中期。详见高永伟：《司登得和他编写的词典》，见《词海茫茫——英语新词和词典之研究》，复旦大学出版社，2012 年，第 274—275 页。

"却主要是为满足英国公众猎奇的兴趣"。①事实上，虽然司登德在《其他中国歌谣》一书的序言中指出，该书的主要目的是提供给读者一些娱乐，并且向英国读者展示中国有趣的、新奇的风俗②，但就这两本书所辑译的作品本身及其所体现的司登德的"歌谣观"来看，两本书的价值不相上下。

书中的歌谣均由司登德自己采集并翻译。结合司登德的生平及歌谣内容来看，大部分来自北京及附近地区。书中收录的歌谣没有中文原文，由司登德翻译为英文并对部分内容进行注解。两本书均以"民歌、歌谣及其他"（Songs, Ballads, &c.）为名，由此书名也可大致看出该书所收录的体裁的多样。实际上，以《二十四颗玉珠串：汉语歌谣选集》为例，该书收录的不仅有一般意义上的歌谣，还涉及子弟书、戏本等多种体裁。因此通过考察这些作品的主题与内容，也可大致获知司登德在中国语境中对 ballad 的定义。也即，有哪些中国本土的体裁可以与西方的 ballad 对应。

司登德所辑译的歌谣大部分篇幅较长，以叙事类歌谣为主。由于司登德没有给出中文原文，因此很难判断文本的原初形态，但从其主题和内容来看，司登德所辑译的歌谣大致可以分为四类：

第一类是基于历史的歌谣，包括描写汉朝（楚汉相争、虞姬自刎、乌骓跳江、昭君出塞等）、唐朝（李隆基与杨玉环等）、明朝（崇祯皇帝）、清朝（乾隆皇帝、咸丰皇帝等）等各个朝代中与历史传闻有关的歌谣。

第二类是与民间传说有关的歌谣，如孟姜女传说、鲁班的传说。除此之外，还有一些特定的流传在北京地区的传说，如《借女出嫁》等。

第三类是与爱情故事有关的歌谣，如民歌里的《十二月歌》《怯五更》等，这两种形式都是典型的爱情歌谣。

第四类是与北京的地方风物有关的歌谣。其中许多都涉及北京的地名、风物等，如卢沟桥的狮子、吊死崇祯皇帝的歪脖树、西山戒台寺的一棵松树、西顶娘娘庙、青龙桥等。以歌谣学的视角来看，这类歌谣

---

① 张志娟：《西方现代中国民俗研究史论纲（1872—1949）》，博士学位论文，北京大学，2017 年，第 32 页。

② George Carter Stent, *Entombed Alive and Other Songs, Ballads,&c.（from the Chinese.）*, London: William H. Allen and Co.,13 Waterloo Place, Pall Mall, S. W.,1878.

保存了较多当时北京地区的风俗文化及北京方言语汇。

（二）词典及其他著述中对 ballad 的释义

除司登德标注的"戏本""子弟书"等体裁外，其他歌谣均难以判断其原本对应的是歌谣中的哪一种体裁，也无法获知司登德所辑译的中国歌谣是建立在对 ballad 的何种理解之上的。但通过翻阅司登德编辑的三部词典，可推断出司登德对 ballad 及"歌谣"相关术语的理解。

司登德所编纂的三部词典分别是《汉英合璧相连字汇》①（*A Chinese and English Vocabulary in the Pekinese Dialect*，1871）、《汉英袖珍字典》②（*A Chinese and English Pocket Dictionary*，1874）及《英汉官话词典》③（*A Dictionary from English to Colloquial Mandarin Chinese*，1905）。前两部均为汉英词典，第三部为英汉词典。第三部词典编辑还未完成，司登德便因病在台湾高雄逝世，后续编纂修订工作由同在中国海关工作的德国汉学家赫美玲④（K. E. G. Hemeling，1878—1925）接手完成。

《汉英合璧相连字汇》是以英文翻译当时北京方言中的主要词汇，其目的是帮助海关人员学习汉语。《汉英袖珍字典》则与《汉英合璧相连字汇》一脉相承。在《汉英合璧相连字汇》中，司登德以英文中的 ballad 和 ditty 释义了汉语中的"谣歌"⑤；而"歌谣"则被翻译为"讽

---

① George Carter Stent, *A Chinese and English Vocabulary in the Pekinese Dialect*, Shanghai: Custom's Press, 1871.

② George Carter Stent, *A Chinese and English Pocket Dictionary*, Shanghai: Kelly & Co.,1a.Canton Road. Hongkong: Lane, Crawford, &Co., 1874.

③ George Carter Stent and K. E. G. Hemeling, *A Dictionary from English to Colloquial Mandarin Chinese*, Shanghai: Statistical Department of the Inspectorate General of Customs, 1905.

④ 又译为赫墨龄。

⑤ George Carter Stent, *A Chinese and English Vocabulary in the Pekinese Dialect*, Shanghai: Custom's Press, 1871, p. 543.

刺诗"①；"谣"被译为"谎话，谎言，谣言；诽谤"②。由于汉英词典是以释义中文为主，因此尚未给出关于 ballad 的明确界定，但在《英汉官话词典》中则不然。《英汉官话词典》先列出英文单词，后附以对应的中文词汇及其读音，有时还附以简要的用法介绍及举例。在该词典中，收录了"Ballads"一词，并被相应地译为：

Ballads，曲 ch'ü¹，曲子 ch'ü¹-tzŭ³，歌 ko¹，山歌 shan¹-ko¹、曲儿 ch'ü¹-rh²; airs of—，曲调 ch'ü¹-tiao⁴，曲腔儿 ch'ü¹-ch'iang¹-rh²，山歌调儿 shan¹-ko¹-tiao⁴-rh²; books of—，唱本 ch'ang⁴-pên³，曲儿本 ch'ü¹-rh²-pên³，唱本儿 ch'ang⁴-pên³-rh²; old—，曲词 ch'ü¹-tzŭ²，古曲儿 ku³-ch'ü¹-rh²; to sing—，唱曲儿 ch'ang⁴-ch'ü¹-rh²，唱唱儿 ch'ang⁴-ch'ang⁴-'rh²，歌曲 ko¹-ch'ü¹，唱歌 ch'ang⁴-ko¹。③

司登德把 ballad 与中国原有的体裁进行对应，但其用法并不规范。从其所归纳的对译中，大致可以罗列出两种对应关系：第一，ballad 对应于中国广义的"歌谣"，即同时包含"歌"和"谣"，如"曲""曲子""歌""曲儿""曲调""曲腔儿""曲词""古曲儿""唱曲儿""唱唱儿""歌曲""唱歌"等等泛称。第二种是对应于特定的某一体裁，如"山歌""山歌调儿"；"唱本""曲儿本""唱本儿"。

在司登德前后也有不少汉学家编纂了汉英、英汉词典，其中大多都收录了 ballad 一词，且其译法也大致与司登德无异，这些词典之间应当存在互相借鉴的关系。如英国伦敦会来华传教士麦都思（Walter Henry Medhurst，1796—1857）编纂的《英华字典》（*English and Chinese Dictionary*，1847—1848，共两卷）中，ballad 被译为四小类：

---

① George Carter Stent, *A Chinese and English Vocabulary in the Pekinese Dialect*, Shanghai: Custom's Press, 1871, p. 236.

② George Carter Stent, *A Chinese and English Vocabulary in the Pekinese Dialect*, Shanghai: Custom's Press, 1871, p. 543.

③ George Carter Stent and K. E. G. Hemeling, *A Dictionary from English to Colloquial Mandarin Chinese*, Shanghai: Statistical Dept. of the Inspectorate General of Customs, 1905, p. 45.

曲 k'heǔh, 歌 ko, 歌音 ko yin, 谣 yaôu; strange ballads, 怪谣 kwaé yaôu; a song, 啰哄 lo hung, 篷弄 ts'hew lúng; a coral, 童谣 tûng yaôu。①

德国中华传道会来华传教士罗存德（Willian Lobscheid，1822—1893）编纂的《英华字典》（*An English and Chinese Dictionary*，1883—1884）中，ballad 的含义更为广泛，对应了七类：

Ballad, *n.* A song, 曲，歌，谣，歌诗，歌谣，歌曲，歌音，啰哄，挂枝; juvenile ditties, 童谣; satirical ballads, 讽刺; strange ballad, 怪谣; a little ballad, 篷弄，小曲; a cheerful ballad, 解心; to sing ditties and ballads, 唱木鱼。②

罗存德在 ballads 词条之后，还收有"Ballad-maker"和"Ballad-singer"两个词条，因其与 ballad 相关，有助于我们更清晰地理解 ballad，因此也引用如下：

Ballad-maker, n. A composer of ballads, 作歌者，做歌之人。

Ballad-singer, n. A female whose employment it is to sing ballads, 歌女，歌妲; a prostitute songstress, 歌妓; a male ballad-singer, 歌子; a juvenile male ballad-singer, 歌童; a band of female ballad-singers, 一班歌女。③

在由中国人编纂的英汉词典中，不少也收录了 ballad 词条。邝其照（Ki Chiu Kwong）的《英汉字典》（*An English and Chinese Dictionary*，1887）中，ballad 被译为"曲，谣，歌曲"。④ 商务印书馆出版的《华英音韵字典集成》（*English and Chinese Pronouncing Dictionary*，1903）中对 ballad 的释义似乎参考了罗存德在《英华字典》

---

① Walter Henry Medhurst, *English and Chinese Dictionary*, Shanghai: Mission Press, 1847–1848, p. 96.

② W. Lobscheid, *An English and Chinese Dictionary*, Tokyo, Fujimoto, 16th–17th year of Meiji, 1883–1884, pp. 83–84.

③ W. Lobscheid, *An English and Chinese Dictionary*, Tokyo, Fujimoto, 16th–17th year of Meiji, 1883–1884, p. 84.

④ Ki Chiu Kwong, *An English and Chinese Dictionary*, Shanghai : Wa Zheng, 1887, p. 26.

中的译法，也将 ballad 对译为如上七类。①

　　除了以上将 ballad 与当时流行的歌谣体裁对译以外，在论及中国文学史时，西方人也常以 ballad 来指代流传在中国历史上的某些特定的叙事歌，如《诗经》中的作品、南北朝民歌中的《木兰辞》及《孔雀东南飞》等。美国基督教长老会传教士丁韪良（William Alexander Parsons Martin，1827—1916）的《中国传说与其他诗歌》（*Chinese Legends and Other Poems*）收录了《木兰辞》（Mulan, the Maiden Chief），称其为"中国梁朝的歌谣" ［A Chinese Ballad of the Liang Dynasty (502–556 A. D.)］②。同时，《诗经》等也会被冠以 ballad 之名。③ 这种用法基本符合 ballad 在当时西方的含义，而这些歌谣在今天也依然被称为 ballad。另外还有研究中国唐代历史的美国汉学家宾板桥（Woodbridge Bingham，1901—1986）的《李氏在谶谣中的崛起》（The Rise of Li in a Ballad Prophecy）。该文主要介绍了几首流传在 614—618 年的歌谣，并借这几首歌谣考察了隋末唐初的历史事件。作者选取了"桃李子 / 莫浪语 / 黄鹄绕山飞 / 宛转花园里"这首歌谣的异文进行分析，这些文本基本就是中国古代所谓的谶谣。作者在文中选取了英文术语中的 popular ballad 和 ditty 指代这些文本，并将之与中文中的"歌谣"（ko-yao）和"童谣"（t-ung-yao）相对应。④ 原本童谣有其所对应的术语，但宾板桥在这里使用了 ballad，明显与上文部分词典中将童谣也归入 ballad 是一致的，这可能是基于这类童谣的叙事性。

---

　　① 参见 Shang wu yin shu guan, *English and Chinese Pronouncing Dictionary*, Shanghai: Shang wu yin Shu guan, 1903, p. 112. 在商务印书馆版本中，"ballad"的第七类译法与罗存德版不同，被译为"唱曲，唱小调儿"。

　　② William Alexander Parsons Martin, *Chinese Legends and Other Poems*, Shanghai: Kelly & Walsh, the Tientsin Press, 1894, p. 1.

　　③ 如阿连壁将《诗经》中的"风"译为 ballad。参见 Clement Francis Romilly Allen, *Book of Chinese Poetry: Being the Collection of Ballads, Sagas, Hymns, and Other Pieces Known as the Shih Ching; or Classic of Poetry*, London： Kegan Paul, Trench, Tr-bner, 1891, p. v.

　　④ Woodbridge Bingham, "The Rise of Li in a Ballad Prophecy", *Journal of the American Oriental Society*, 1941, Vol. 61, No. 4, pp. 272–280.

（三）中国语境中的 ballad：近代来华西方人的理解

梳理了三类文献中来华西方人对 ballad 的释义与使用之后，可以归纳出如下特点：

第一，从其所编纂的词典来看，虽然对 ballad 的释义纷繁复杂，但实际上可以归为两大类。第一类是将 ballad 译为"曲""歌""曲词"这样的泛称，也即广义的"歌谣"。虽然编纂者们都未言明，但从其释义所附的英文来看基本上还是从 ballad 的内涵出发，兼顾了其作为韵文文体所具有的叙事性及音乐性。而第二类则更接近于对 ballad 外延的限定。以罗存德的释义为例，他所给出的"讽刺""怪谣""篷弄，小曲""解心"等译法都是以 ballad 为后缀的体裁，本质上可以被归属于 ballad 的子类，或者说是 ballad 的具体用法示例。同样的例子也可见于司登德的《英汉官话词典》中以英文说明的"airs of ballads""books of ballads""old ballads"及"to sing ballads"。

这些词典与具体著述中对于 ballad 的理解显然并未达到科学定义的层面。尽管他们已穷尽地给出了 ballad 可能指涉的所有对应的中国体裁，但这也只是有助于业余者们对中国语境中的 ballad 有一个直观的认识，而远未达到学术研究该有的深度。这些术语的翻译形式更接近于"并置"（juxtaposition）与"杂糅"（hybridization）[①]。即，以中国的体裁与西方的体裁相对照，而几乎不触及术语的内核，也不做分析。这样做虽然忽视了中文体裁本身的复杂多样，更增加了理解术语的难度，但却勾勒出了一个有关 ballad 的大致轮廓。

第二，从来华西方人所辑译的以 ballad 为名的歌谣作品来看，他们从直观意义上理解的 ballad，基本符合 ballad 在欧洲语境中的内涵，即流传在民间，且具备叙事性、押韵这些特点的短歌。ballad 所涵盖的两个关键因素——历史的和浪漫的，尤其体现在他们所辑译的历史故事与爱情故事中。此外，在辑译歌谣时，ballad 中的音乐性也并未被忽视。如司登德所辑译的作品大部分都是可供演唱的。尤其是司登德在《皇家亚洲文会北华支会会刊》上发表的《中国歌谣》中收录了五首由他自己

---

① 详见黄卓越：《19 世纪汉学撰述中的 literature：一个概念措用的历史》，载《清华大学学报》（哲学社会科学版）2019 年第 1 期。

搜集翻译的、当时流行在街头的歌谣，还分别附以五线谱。

虽然西方学者在辑译中国歌谣时，早已使用过 ballad 这一概念，但由于种种原因，这些文献很少被中国学者接触到。中国学者在引述 ballad 时，几乎对这些文献都未加关注，最常被他们提及的则是英国学者安德鲁·朗（Andrew Lang，1844—1912）和弗兰克·基德森（Frank Kidson，1855—1926）。虽然来华西方人与中国知识分子有关 ballad 的理解一脉相承——都来自欧洲语境中的 ballad，但 ballad 在中国学者那里变得更为复杂多样。

二、中国学者对 ballad 的翻译及解读

（一）中国知识分子对 ballad 的译述

ballad 广泛进入中国学界，当是歌谣运动前后的事。但就其所涉及的人群来看，对 ballad 的讨论实际上并不仅仅局限在歌谣学中。由于其本身的文学性，因此文学界的知识分子对西方的 ballad 也多有译介。本书在对 ballad 的译法进行解读时，将以歌谣运动中的知识分子为主，同时兼顾其他学者群体。梳理文献可以发现，与 ballad 直接对应的中文译语包括"民歌""俗歌""歌词""叙事歌""风谣""乐府""唱本""民谣""歌谣"等十余种。大致而言，对 ballad 的翻译可以分为三类：

第一类是从 ballad 的英文原意出发进行翻译，虽然译名不同，但其所指的内涵基本与 ballad 是一致的。如"俗歌""歌词""民歌""叙事歌"等。在这诸多的翻译中，最重要的就是周作人的译述。周作人曾明确引用过安德鲁·朗和弗兰克·基德森的观点，但周作人对 ballad 的翻译前后却并不一致。就他个人而言，便给出了"民歌""俗歌"及"歌词"三种翻译，其内涵突出的是 ballad 的两个特点：第一，简短有韵；第二，以叙事为主。这两个特点基本上借鉴了欧洲语境中 ballad 的含义：

> 民歌（Ballad）者盖与童话同质，特著以韵言，便于歌吟。……民歌童话则皆简短，记志事物，飘忽无主，齐民皆得享乐，为怡悦之资（称亚级神话）。[1]

---

[1] 周作人：《附录：童话研究》，载《教育部编纂处月刊》第 1 卷第 7 册，1913 年。

英国有一种俗歌，名巴拉特，多主记事，故与普通言情之民谣异。其原始不可考，美国庚密尔诸氏谓民众赓歌，口占而成，英人汉特生等以为不然。盖始亦个人之手笔，递经传唱，代有损益，乃成今状。法人巴里博士释之曰，俗歌盖中古时歌人所作，多取材于民间传说，武士故事，先代歌谣，及当世事实，但一经熔铸，自呈彩色；又或出于作者想象，邃古之初，文化未立，信仰礼俗，皆近蛮野。遗风残影，留于人心，因以流入诗歌，多奇古之致。其说最为简明。俗歌本只口授，后始有人记录之。①

我所喜读的是，英国的歌词（Ballad），一种叙事的民歌，与日本的俗谣，普通称作"小呗"（Ko-uta）。②

此外，家斌在翻译安德鲁·朗的"Ballad"一文时，也将之译为"民歌"。③

其中"民歌"这一译法出现较多，也常与由 folksong 翻译过来的"民歌"这一术语多有冲突，因此一并在下文讨论。而"歌词"这一翻译，则几乎未见到其他学者的引用，也未见到周作人对此有更多的提及，故这里将着重讨论"俗歌"这一译法。在周作人看来，以叙事为主的俗歌首要讲究的就是押韵。④俗歌含音乐，可以被分为"民歌"与"儿歌"两类，"俗歌——民歌与儿歌——是现在还有生命的东西，他的调子更可以拿来利用"。⑤而周作人在《儿歌之研究》一文中，也是将歌谣分为了"民歌"与"儿歌"两大类。⑥由此观之，即便明晓了 ballad 的含义，但周作人在将其译为中文时，很多时候还是存在术语混用的问题。如在《中国民歌的价值》一文中，周作人称："今年八月间，半农从江阴到

---

① 启明：《一簧轩杂录》，载《若社丛刊》第 3 期，1916 年 6 月。

② 岂明：《海外民歌序》，载《语丝》第 126 期，1927 年 4 月。

③ Andrew Lang：《民歌（Ballad）》（一），家斌译，载《歌谣》第 18 号，1923 年 5 月 13 日；Andrew Lang：《民歌（Ballad）》（二），家斌译，载《歌谣》第 19 号，1923 年 5 月 20 日。

④ 周作人：《小河》，载《新青年》第 6 卷第 2 号，1919 年 1 月 24 日。

⑤ 周作人：《儿歌》，载《新青年》第 8 卷第 4 号，1920 年 10 月 22 日。

⑥ 周作人：《儿歌之研究》，载《绍兴县教育会月刊》第 4 号，1914 年。

北京，拿一本俗歌给我看，……这二十篇歌谣中，……"①

而朱自清在其《中国歌谣》中，则对 ballad 作出了十分明确的限定：

这种叙事歌，中国歌谣里极少；只有汉乐府及后来的唱本，
《白雪遗音·吴歌甲集》里有一些。……有人还有"叙事歌"
的名字，说"即韵文的故事"，大约也就指的 ballad。ballad
原有解作"即韵文的故事"的，只是严密地说，尚需加上"抒
情的"和"短的"两个条件；所以用了"叙事歌"做它的译名，
虽不十二分精确，却是适当的。②

应当承认，以上从 ballad 的内涵出发所给出的诸多译名中，朱自
清的译名最为贴近。但由于其时间较晚，且无法像其他术语那样满足歌
谣运动知识分子的追求（下文将详细讨论），故并未得到普及。

第二类则是将 ballad 与中国传统的体裁对接后进行翻译。如胡适、
罗根泽将其译作"风谣"，朱湘将其译作"乐府"，常惠将其译为"唱本"。

《三百篇》中虽然也有几篇组织很好的诗如"氓之蚩
蚩""七月流火"之类；又有几篇很妙的长短句，如"坎坎
伐檀兮""园有桃"之类；但是《三百篇》究竟还不曾完全
脱去"风谣体"（Ballad）的简单组织，直到南方的骚赋文学
发生，方才有伟大的长篇韵文。③

史实的中国诗歌之起源——起源于商代，为不整齐且极
简单之风谣体（ballad）。④

在古代，一切的叙事诗都是预备吟诵或是歌唱的——史
诗、罗曼司、乐府（ballad）、弹词（Chant-fable——如阿迦
珊与尼各来特）。⑤

"风谣"出自《后汉书·循吏列传》："广求民瘼，观纳风谣。
故能内外匪懈，百姓宽息。""风谣"是政治民谣的一种，其内容主要
涉及时政和历史人物，一定程度上被认为是政治风向的体现。胡适和罗

---

① 周作人：《中国民歌的价值》，载《学艺杂志》第2卷第1号，1919年9月1日。
② 朱自清：《中国歌谣》，复旦大学出版社，2004年，第7页。
③ 胡适：《谈新诗——八年来一件大事》，载《星期评论》纪念号第5张，1919年。
④ 罗根泽：《中国诗歌之起源：中国诗歌史第一篇》，载《学文》1932年第5期。
⑤ 朱湘：《文学闲谈》，北新书局，1934年，第38页。

根泽都将中国诗歌的起源追溯到"风谣体"的《诗经》。风谣体主要流传在民间，从形式上来说"不整齐且极简单"，这两点大致符合 ballad 的内涵。但"风谣体"背后极强的政治性，则不在 ballad 原初的意义之中。

至于朱湘将 ballad 译为"乐府"，这一译法也当始自来华西方人。如上文提到的，他们首先将乐府双璧《木兰辞》和《孔雀东南飞》归入 ballad 名下。乐府诗所具备的音乐性和叙事性，与 ballad 不谋而合，因此这种译法也无伤大雅。但需要注意的是，"乐府"却无法完全涵盖 ballad，只能算作是 ballad 的一个子类。

此外，歌谣运动中的主力常惠还曾将 ballad 译为"唱本"。他认为民谣（Folk-song）与坊间唱本（Ballad）"是在'民俗学'（Folk-lore）中并立的"[1]。ballad 被译为"唱本"，或者说把中国的说唱文学统一翻译成 ballad 在今天亦十分常见，如德裔美籍学者艾伯华（Wolfgang Eberhard，1901—1989）将广东的说唱文学称为 Cantonese Ballad。[2] 通常意义上唱本被归入俗文学，而基于歌谣运动在思想和情感上的取向，俗文学大多时候被排斥在外。因此，如顾颉刚所言"不幸北大同人只要歌谣，不要唱本，以为歌谣是天籁而唱本乃下等文人所造作，其价值高下不同"。[3]

第三类，则是用 ballad 指代广义上的"歌谣""民歌"或"民谣"等，这三个中文术语在指称 ballad 时基本为同义，且此时的 ballad 在内涵上与 folksong 也基本同义。

家斌在《歌谣周刊》中译述了不少有关西方的歌谣学论著，如上文提到的，根据 Essays in the Study of Folk-songs 译述的《歌谣的特质》中，家斌将 folk-song 译为歌谣，但同时又声称，"'歌谣'英文的名字是 Ballad 或 Folk-song，前者就是跳舞歌的意思，后者就是民众所作的歌的意思"。[4] 同时，家斌还将弗兰克·基德森的 English Folk-song

---

① 常惠：《对白启明〈几首可作比较研究的歌谣〉的讨论》，载《歌谣》第 4 号，1923 年 1 月 7 日。

② ［德］艾伯华：《广东唱本提要》，东方文化书局，1972 年。

③ 顾颉刚、吴立模：《苏州唱本叙录》，载《开展月刊》1931 年第 10 期。

④ 家斌译述：《歌谣的特质》，载《歌谣周刊》第 23 号，1923 年 6 月 17 日。

译为《英国民歌论》；弗兰克·基德森和玛丽·尼尔（Mary Neal）合著的《英国民歌与舞蹈》（*English Folk-song and Dance*）其中的一章"The Movement for Collecting English Folksong"被译为"英国搜集歌谣的运动"。至少在家斌看来，"歌谣""民歌"与"folksong""ballad"之间是可以互换、意义对等的术语。

需要指出的是，此处的"民歌"与第一类译法中的"民歌"，所指的内涵有根本区别。第一种译法中，周作人将 ballad 译为"民歌"，其本质还是基于 ballad 的叙事性而言。而此处的"民歌"这一译法，基本上与广义的"歌谣"——"口唱及合乐"——所泛指的内容一样，其所包含的内容远大于第一类译法中的"民歌"。即使在今天，"歌谣"被译为"folksong"已相当普遍，还是有学者将 ballad 译为"歌谣"。[①]

（二）在 ballad 与 folksong 之间：歌谣运动的选择

即便 ballad 诞生时间早，也在中国知识分子间引起了较多讨论，但最终在诸多术语中，歌谣运动确定了"歌谣"与 folksong 之间的对应关系，如《歌谣周刊》及"歌谣运动"被分别对应译为 *Folksong Weekly* 和 *Folksong Movement*，而 ballad 则逐渐成为俗文学的讨论对象。综合 ballad、folksong 在中国本土化的过程及歌谣运动的取向，笔者认为原因有三：

首先，《歌谣周刊》发刊词明确提出，歌谣运动所征集之歌谣以"学术的"与"文艺的"双重目的为导向，其结果是忽视歌谣的"音乐性"研究。虽然《北京大学征集全国近世歌谣简章》中明确提到："歌谣之有音节者，当附注音谱（用中国工尺、日本简谱或西洋五线谱均可）"[②]，但实际上歌谣运动中有关歌谣的音乐研究的成果十分有限[③]。而依据歌谣运动的主力刘半农的划分来看，"歌谣与俗曲的分别，在于有没有附带乐曲：不附乐曲的如'张打铁，李打铁'，就叫做歌谣；附乐曲的如

---

① 黄玲：《歌谣》，载《民族艺术》2014 年第 5 期。

② 《北京大学征集全国近世歌谣简章》，载《北京大学日刊》第 61 号，1918 年 2 月 1 日。

③ 张弢：《现代报刊中的"歌谣运动"研究》，博士学位论文，南京师范大学，2013 年，第 20 页。

'五更调'，就叫做俗曲"。① 因此，附带乐曲的唱本、俗曲等，自然不在歌谣运动征集的范围之内。而 ballad 一词本身就可以用来指唱本、俗曲等这些带有音乐的体裁。因此，不注重歌谣的音乐性，导致的直接结果是歌谣运动对唱本、俗曲的排除，更进一步即对 ballad 的排除。

对音乐的排除，导致的另一个结果是原本含音乐性的部分 folksong 也被排除在外。事实上，按照歌谣运动中知识分子最常引用的弗兰克·基德森的定义与分类，folksong 本身就是一种歌曲形式，而且在其下属的分类中还包含了叙事歌（narrative ballad）这一体裁。② 因此，仔细考究的话，中国知识分子在歌谣运动中所使用的 folksong 这一术语也不完全对等于欧洲语境中的 folksong。

其次，歌谣运动中选择 folksong 的另一个重要原因是 folksong 所蕴含的抒情性较之 ballad 所蕴含的叙事性更符合知识分子的追求。

歌谣运动中的知识分子多次强调歌谣中质朴、自然、清新的感情，"歌谣与诗的共同性质：即是真情的流露，艺术的深刻；本来这类东西，建筑于真情流露艺术的深刻之上；否则，便不成东西，便没有生命，如歌谣在昔时并不经人记载传录，设无这两个条件，便不能永存于世，传之久远，以贻后人的欣赏研究；诗与歌谣，同出一源"③。这种"对歌谣与情感普遍关系的重新强调和再度聚焦则是在西方浪漫派和启蒙思想影响下产生的一种不同于古代风谣传统的现代意识，堪称是对'传统的另类发现'"④。而 ballad 无论是从英文语义来看，还是从翻译过来的中文术语来看，在一定意义上都与歌谣运动中知识分子的追求有差异。这一点，从其将 ballad 定义为叙事歌也可观其一二。汤澄波认为 folksong 和 ballad 虽然有时候共用"民歌"这一名称，但二者还是有区别的。他将 ballad 译为"民歌"，认为"民歌是叙事的诗"，民歌与

---

① 刘复、李家瑞编：《中国俗曲总目稿》，文海出版社，1973 年，序 1。

② Frank Kidson & Mary Neal, *English Folk-song and Dance*, Cambridge: University Press, 1915, pp.9–11.

③ 何植三：《歌谣与新诗》，载《歌谣周年纪念增刊》1923 年 12 月 17 日。

④ 户晓辉：《歌谣的鉴赏判断——重识〈歌谣〉周刊的两个目的》，见北京大学中文系民间文学教研组：《从启蒙民众到对话民众——纪念中国民间文学学科 100 周年国际学术研讨会论文集》，2018 年，第 11 页。

folksong 的区别就在于"一为叙事，一为抒情"^①。也因此，ballad 主叙事的性质注定其不能被歌谣运动及《歌谣周刊》接受。

最后，从词源来看，ballad 与 folksong 各有自己的源流，而 folksong 中隐含的民众基础则更被歌谣运动中的知识分子看重。

如上所述，ballad 来自拉丁文 ballareo，后又经法语转借至英语中，逐渐有了后来"叙事歌"这层含义。但实际上 ballad 本身并不包含"民""民众"的意思，当且仅当 ballad 被限定为 popular ballad 时，它才在事实上属于民间文学抑或通俗文学（popular literature）探讨的范围。这也是为什么一些来华西方人在其著述中不加区分地使用 ballad、popular ballad 及 popular song 的原因。而 folksong 从一开始即承袭了 folklore 中的民众基础。一般认为，folksong（也写作 folk-song 或 folk song）出现的具体时间是 1870 年，"在 1870 年之前，这个词并没有被使用过，直到 19 世纪 80 年代才被普遍使用"^②。同样的，雷蒙·威廉斯（Raymond Williams）在其《关键词：文化与社会的词汇》一书中也认为，folk-song 的出现晚于汤姆斯（W.J.Thomas，1803—1885）1846 年创造的 Folklore（民俗）这一合成词，并认为 folk-song（民歌）被收录，最早应该是在 1870 年。^③ 对于这一时间出处，虽然两位作者都未注明具体文献，但其大致时间范围应该无误。

现代学术体系中的 folksong 应该是诞生在 1846 年汤姆斯提出 folklore（民俗）之后。folklore 是一个由 folk（民众、民间）和 lore（知识）组成的合成词，在 folklore 成为被学界普遍接受的研究对象以后，紧接着出现了一系列以 folk 为前缀的词汇。如"民间信仰"（folk-faith，1850），"民间生活"（folk-life，1864）及"民歌"（folksong）

---

① 汤澄波：《古英文民歌概说》，载《小说月报》第 15 卷第 11 期，1924 年。

② Vic Gammon, "Folk Song Collecting in Sussex and Surrey, 1843–1914", *History Workshop*, No. 10, 1980, pp. 61–89.

③ ［英］威廉斯：《关键词：文化与社会的词汇》，刘建基译，生活·读书·新知三联书店，2016 年，第 232 页。

等。[1] 因此，folksong 也应该是 19 世纪出现在英国的一个新术语。[2] 至于 folklore 中隐含的民族主义以及早期与民族主义运动之间的关系更是毋庸赘言。[3] 较之 ballad，folksong 具有更深厚的民众基础，满足歌谣运动中知识分子的追求，这一点是 ballad 无法企及的。

三、结 语

来华西方人在以 ballad 为名辑译、研究中国的一些歌谣时，大致还遵循了欧洲的传统。但中国知识分子所引进的 ballad，其形式和内涵却因时因地发生了一定程度的变化。似乎在歌谣研究方面，来华西方人和中国知识分子都在进行孤立的研究，并无过多的学术交流。但实际上，至少借由来华西方人所编纂的词典，ballad 及其他歌谣术语也在中国产生了一定的影响力。此外，在上文所提及的来华西方人涉及 ballad 的著述中，有一类是间接提到 ballad 的各种零散文章。这些文章数量相当多，其中 ballad 的用法大致也沿袭的是西方语境中 ballad 的内涵，相信中国学者也一定通过各种渠道或多或少地接触过。

因此，比较来华西方人和中国知识分子对 ballad 的不同用法和定义之间的差异，追溯 ballad 与中文术语互译过程中的诸多问题，可以发现，ballad 这一在西方具有明确内涵的术语被译介到中国后，由于中国本土体裁的复杂多样，而衍生出了不同的，甚至于模糊的所指。同时，借由歌谣运动的影响，folksong 获得了指称"歌谣"的合法性，而 ballad 则进一步成为俗文学关注的对象。由此观之，歌谣术语的翻译绝不仅仅是

---

① 详见 Vic Gammon, "Folk Song Collecting in Sussex and Surrey, 1843–1914", *History Workshop*, No. 10, 1980, pp. 61–89。

② 汤姆斯曾明确否认"folk-lore"与德语词汇"民歌"（Volkslied）、"民间神话"（Volksm-rchen）、"民间传说"（Volkssagen）之间的借鉴关系，因此如果 folksong 出现在 folk-lore 之后，那么它应该也是出现在英国的新词汇。详见［美］邓肯·艾姆里奇：《"民俗"：威廉·J. 汤姆斯》，俞祎珺、余力舒译，王霄冰校，载《民间文化论坛》2019 年第 1 期。

③ 详见 William A. Wilson, *Folklore and Nationalism in Modern Finland*, Bloomington: Indiana University Press, 1976; Willian A. 威尔森：《赫尔德：民俗学与浪漫民族主义》，冯文开译，载《民族文学研究》2008 年第 3 期。

一个透明的"移植"过程，其背后还包含着中国知识分子，尤其是歌谣运动中的知识分子的学术追求，是一个超越术语本身的思想史与文化史的问题。

（原文标题为《术语互译：ballad 的汉译与歌谣运动研究》，载《民俗研究》2020 年第 1 期。收入本书时有删改）

《二十四颗玉珠串：汉语歌谣选集》(原序)

　　集子中的大多数歌谣先前已发表过，我之所以要以这种形式出版它们，是因为它们涉及的话题对大多数英格兰人来说是陌生的，我还深信它们中的很多歌谣就连生活在中国的外国人也是闻所未闻的。

　　我所翻译的许多中国歌谣甚至没有纸质版，但仅是在街头听到它们，便被它们吸引了。于是，我找来歌者去我的住所一遍一遍地表演，由我的中文老师一字不差地将它们记录下来，直到向我确保没有任何错误。通过这种方式，我不仅明白了歌词，知道了曲调，还领会了它们要表达的含义。

　　至于这些歌谣的翻译，在一些我认为适合的主题上，我采用了自由的韵；另一些则几乎是逐字逐句地翻译的。在任何情况下，翻译的目的都是以适当的方式表达思想。读者无须充分进入细节，一眼就会发现两者之间的差别。

　　我的目的还包括各种主题。有些歌谣在语言、思想和感情上都可能被当作次品而忽略了，因为它们的目的仅仅是展示一些中国人幻想的珍奇。但是，为了显示它们不同的诗性主题和风格，我认为它们应该被收录在现在这样一部集子中。

　　无须多言，对于历史学家、小说家、剧作家和诗人来说，中国文学是取之不尽、用之不竭的沃土。其中一些学科是由经过适当训练、并为这项任务做了充足准备的人勤勉耕耘出的。但是，就我所知，民众的歌，尽管它们必然表达了最深刻和最广泛的自然思想倾向，但到目前为止，却被相对地忽视了。也希望学歌谣的学生能在这里找到值得他关注的事情。现在，亨德森先生[1]（Mr. Henderson）、威尔金森先生[2]（Mr. Wilkinson）和考克斯先生（Mr. Coxe）在英国的收集，弗雷尔小姐[3]（Miss Frere）和戈弗先生[4]（Mr. Gover）在印度的收集，MM. 埃德利（MM. Edélyi）、托尔克（Török）、于来（Gyulai）和阿拉尼（Arany）在匈牙利的收集，阿斯比约森（Asbjörsen）在挪威收集的有趣故事，阿凡西夫（Afansief）在俄罗斯收集的无数童话，尤其是格林[5]（Grimm）的工作，以及近来由博学的费利克斯·利布雷希特[6]（Felix Liebrecht）在这一文学分支所做出的重要贡献，唤起了人们对这类主题的浓厚兴趣。——我觉得作为人类大家庭一个重要部分的精神状态的例证，一些真正的中国歌谣的翻译不会没有价值。

我用这几句解释的话，把我那本穿着奇装异服的小书在舆论的海洋

---

① 威廉·亨得森（William Henderson），著有《英格兰北部各郡及边境的民俗》等，详见：William Henderson, *Notes on the Folk-lore of the Northern Counties of England and the Borders*, London: Longmans, Green, and Co., 1866。

② 托马斯·特纳·威尔金森，著有《兰开夏民俗：对巴拉丁郡民众超自然信仰和实践，以及当地风俗习惯的说明》及《兰开夏的传说、传统、庆典、运动等：附录包括兰开夏女巫的小册子等》等。详见 John Harland, T. T. Wilkinson., *Lancashire Folk-Lore: Illustrative of the Superstitious Beliefs and Practices, Local Customs and Usages of the People of the County Palatine*, London: F. Warne, New York: Scribner, 1867; John Harland and T. T. Wilkinson, *Lancashire Legends, Traditions, Pageants, Sports, & c. ; with an Appendix Containing a Rare Tract on the Lancashire Witches, & c*, London: G. Routledge, 1873。——译者

③ 玛丽·弗雷尔，著有《德干旧时代：或，印度南部的精怪传说》等，详见 Frere, Mary., and Sir Frere, *Old Deccan Days: Or, Hindoo Fairy Legends Current In Southern India*. ［S.l.］: Albany, N.Y. : J. McDonough, 1897。——译者

④ 查理斯·E. 戈弗，著有《印度南部的民歌》等，详见 Gover, Charles E., *The Folk-Songs of Southern India*, Madras: Higginbotham and Co., 1871。——译者

⑤ 雅各布·格林（Jacob Ludwig Carl Grimm,1785—1863）和威廉·格林（Wilhelm Carl Grimm,1786—1859），著有《儿童与家庭童话集》（即《格林童话》）。——译者

⑥ 费利克斯·利布雷希特，著有《散文的历史；或者长篇小说，中长篇小说的历史，童话等等》《民俗学：新旧论文》等，详见 Dunlop, John Colin, 1785-1842, Liebrecht, Felix, *Geschichte Der Prosadichtungen; Oder, Geschichte Der Romane, Novellen, Märchen U.s.w.* ［S.l.］: Berlin, Müller, 1851；Liebrecht, Felix, *Zur Volkskunde: Alte Und Neue Aufsätze.* Heilbronn: Henninger, 1879。

上展开。它至少有一个可取之处，那就是试图在公众面前展现一个遥远而陌生的种族的思想和感情。如果成功了，我将为自己在开拓中国通俗文学与趣味文学的先驱中占有一席之地而感到庆幸。

司登德

1873 年 9 月 6 日于上海

《其他中国歌谣》（原序）

出版这本书的主要目的是向英国公众介绍一些从中国的歌谣和民谣中发现的新奇的想法等。

汇集并翻译这些歌谣完全是心甘情愿的事情，因而我为这个令人愉快且新奇的爱好花了不少时间。

我坦率地承认，在许多情况下，韵律可能已经改进了。不过，就像这本书一样，我确信带给读者的感觉是，不管它有什么缺点，精读总会带来一些乐趣，也会向一个英国普通读者介绍相对陌生的国家的许多奇风异俗。

司登德

1878 年 12 月 4 日

中国歌谣 *

* 1871 年 6 月 5 日在皇家亚洲文会北华支会宣读。

通过阅读《中国总论》①（*The Middle Kingdom*）或《中国人的社会生活》②（*The Social Life of the Chinese*）等书，我们可能熟悉中国的一些习俗。这些作品虽然有价值，却充满了奇风异俗，无法让我们充分了解中国人的精神或私人生活。可以说，中国人不会让自己的家庭隐私受到同胞和朋友的无情侵犯，更不用说外国人。那么，我们怎样才能获知他们的日常家庭生活呢？怎样知道那些思想、情绪、感觉、情感、行为，以及成千上万的无名之物是如何构成一个中国人的家的呢？不凭借对中国和中国人的实际认识，谁敢断言他知道这一切？中国人很谨慎地提到任何与他们家有关的事。中国人对这些都是秘而不宣的，就我们所知的而言，了解他们的家庭生活远比去了解别的国家更难。

中国人让我想起狄更斯《远大前程》中的一个人物——文米克，他们在更多的意义上都是"文米克"。他们可能在生意上或其他方面和你关系亲密，但他们不会带你去自己的"城堡"③，把你介绍给"老人"④或"斯基芬小姐"⑤；像文米克一样，他们没有提到这样的地方，也没有提到这样的聚会。我们读过，当然也听到过父母对孩子的爱、子女孝顺的爱和手足之爱，但对更近的关系我们绝对一无所知。然而，虽然中国人的订婚、结婚习俗中没有聚会供新人双方见面，而且外国人一般都有这样的印象：部分中国人之间没有夫妻情谊，女人不过是"机器"，听命于她们丈夫的意志或想法，没有任何自己的意志，但是我敢断言，中国的女性中有女英雄、意志坚定的女性、才女、多愁善感的小姐，就像在拜伦或泰普的作品中读到的一样，最重要的是，有优秀的、善良的、

---

① 《中国总论》是美国传教士卫三畏（Samuel Wells Williams，1812—1884）的著作，该书初版于1848年，分上下两卷共二十三章，对中国的政治、经济、外交、文化、历史、地理、教育、艺术以及宗教等做了系统的论述。——译者

② 全名为《中国人的社会生活：一个美国传教士的晚清福州见闻录》，是美国传教士卢公明（Justus Doolittle，1824—1880）的著作，该书初版于1865年，翔实记述了福州地区的社会政治、经济、民间信仰、习俗、宗教、教育、科举等多个方面。——译者

③ 《远大前程》中文米克居住的地方。——译者

④ 狄更斯著作《远大前程》中的人物。——译者

⑤ 狄更斯著作《远大前程》中的人物。——译者

深情的妻子，就像英国一样。

在中国人向外人展示的礼节性外壳之下，即使外国人对他们拥有这些东西的想法嗤之以鼻，但他们的感情却像我们可能有的一样深厚；丈夫爱他的妻子和我们一样热烈——虽然可能是另一种方式，而不像我们经常在公开场合那样，在世人面前亲热，却在私下争吵。他们认为他们对妻子或家庭的爱是神圣的，是不能轻易说出的，也不能被每个人看到。妻子也爱她的丈夫，带着一种"仰慕"的感情；她认为丈夫不仅是"她"的上级，而且是其他人的上级。莎士比亚在《驯悍记》一书中很好地描述了这种感情，以及夫妻之间"应该"存在的关系——

丈夫是你的神，你的生命，你的主人。（第二幕第五场）

由于我们现在所处的情况，有关中国人的家庭和家庭生活的知识只能从三个方面获得：小说、戏剧和歌曲，尤其是小说。在这些小说中，外国人可以看到真实的中国人；看到他们的家庭内部，他们的日常生活被生动地描绘出来，甚至是最微小的细节；听听他们讨人喜欢的表述，通过阅读一"本"小说获得更多关于中国人个人生活和礼仪的信息，而不是像我们这样在他们身上花一辈子时间。几年前，英国研究中国问题的最伟大的专家之一对我说："尽可能地多读小说，你会从小说中学到更多关于中国人的知识，而不是从任何其他来源得到更多的知识。你没有必要去读那些'污秽'的东西，把所有这些都抛之脑后，只挑出真正的好东西。"我相信他是对的。为了获得珍珠，我们必须从腐烂的牡蛎中提取它们，而知识的珍珠也必须以同样的方式从它们肮脏的环境中提取出来。小说中有许多诗歌的瑰宝，因为最优秀的中国诗人的作品应该都被引用了，章节的开头是以恰当的诗句为标题的，就像英国的小说一样。不久前，我把一本小说借给了一位朋友，他一看第一页就惊呼道："为什么，这是莎士比亚的'世界是一个舞台！'。"①一字接一字，与莎士比亚的语言表达一样好。我经常读到一些段落，传达着完全相同的思想，和英国一些作者所用的语言非常接近。

---

① 出自莎士比亚喜剧《皆大欢喜》。——译者

中国人有他们自己的"乔·米勒"①（Joe Miller），也有他们自己的笑话书。其中充满的机智和幽默可以与英国的相比较。我承认，在很多情况下这些书内容太宽泛了，但需要向中国人学习的东西仍有很多。我最近读到的一本书,同时展示了一位官员的贪婪和机智。我凭记忆引用，所以也许不会给出确切的话，但我会尽可能地回忆。"一位地方官正在审理一宗案件。原告想要施加对他有利的影响，便私下走到地方官跟前，巧妙地用五十两银子贿赂了他。被告也因同样的事去找了地方官，但给了他一百两。当案件结束时，地方官决定判定被告胜诉。原告认为地方官可能已经忘记了五十两银子的事，于是举起手伸出五根手指提醒他，喊道：'我恳求您重新考虑这件事，您就会发现我是对的。'这位可敬的地方官举起一只手，回答说：'安静！我已经这样判定了，虽然我承认你在某种程度上是对的，但被告（说到这里，地方法官举起另一只手，两只手共代表一百两）显然更加有理，因此我作出了相应的判定。'"原作中的内容是不可模仿的。

从戏剧中可以学到很多东西。我并不是说中国人的精彩作品是由华丽的衣服、咆哮、喧闹（误称的音乐）和打斗组成的，而是说是现代的滑稽剧或喜剧。在这些作品中你可以看到许多中国人的生活和习惯，也可以学到许多古雅的表达方式，或稀奇古怪的风俗。其中也经常出现一种基于文字的伟大戏剧。虽然由于汉字的相似发音而产生荒谬的错误，不过出于双关的目的，我认为汉语是精彩绝伦的。我觉得如果在一部厚重的历史的或古典的作品的喧闹中坐下来，看到描绘出的一些日常生活的场景，我就会很有收获。

现在我来谈谈《中国歌谣》，或更恰当地说，《街头歌曲》这本书。因为我所要介绍的歌谣，是通过在街上听人唱而学到的。事实上，用这种方式我已经收集了不少。有些是我觉得音乐很美而收集的，另一些则是因为（我所认为的）语言之美，还有一些则是因为它们的荒谬性。在这里我可以说，外国人在这种情况下很像中国人。如今有多少发表的歌谣是彻头彻尾的垃圾，毫无价值；但事实上，其中一些歌谣曲调优美！

---

① 18 世纪上半叶英国的喜剧演员，原名叫 Joseph Miller（1684—1738），一般多作 Joe Miller。——译者

虽然他们知道歌谣的语言有多么无趣，但是有多少人却在演奏或演唱！谁会在乎"马海军陆战队的詹克斯上尉，用玉米和豆子喂马"！或者某个不知名的人，"感觉像一颗晨星"！他小心翼翼地重复叙说，他原本幸福的生存状态的唯一缺点，就是苍蝇的顽强攻击，他试图用既恳求、责备又严厉的措辞，草率地解决这一问题。我引用他自己雄辩的话："嘘！飞，别烦我！"然而，这类歌谣却广受欢迎。但我相信在大多数情况下，"只有"音乐才是真正令人开心和愉悦的，因为，如果说一个人欣赏的是诗歌的语言，那就说明他对诗歌缺少品味。因此，无论我介绍的歌谣多么简单或荒谬，我都认为它与英国的一些民歌相比，即使不优越，也具有同等的优势；因为从"每一首"中国歌曲中，都能学到一些外国人不了解的东西；而且有些歌曲的音乐非常优美，可以与我们自己的民谣音乐相媲美。

据我所知，民谣和民谣音乐最早是从唐朝开始有的。据说，唐明皇对音乐有着深刻的理解，而且非常热爱音乐，所以他建立了一所指导歌唱者和演奏者的学校①，并挑选了几百名女孩在梨园中亲自教唱。这些女孩被称为"皇上的梨园弟子"。直到今天，演奏者和歌唱者经常被称为"梨园弟子"。

中国歌谣或民谣的编排与英国的非常相似。仅仅从打油诗人就会发现，由于汉语的结构和大量的具有相似发音的字符，把许多押韵词串在一起是一件容易的事情，而他们是否会写诗却是另一回事。写诗在他们中间是一种很常见的娱乐，几乎在每一本小说中都能看到写诗被描述为他们的主要消遣活动之一。有些人在这方面取得了很大的成就。我不敢就音乐或各种歌谣的韵律作长篇论文。事实上，我并没有能够在这个主题上投入我所希望的或它所要求的那么多时间，但我马上要用一首叫作《王大娘》的歌谣的翻译来说明——或者我们应该将之称作《王夫人》。也许我在翻译上是自由的，但完全否认我能把它翻译成英语诗歌的可能性。不过，也许你想先听听这首曲子，因为我没有别的办法来说明它，如果你允许的话，我会努力用中文唱几句。

---

① 唐明皇在皇宫里设教坊、开梨园。——译者

王 大 娘[①]

《王大娘》乐谱（节选）

纱窗纱窗外呀　隔壁儿响叮当

姐儿问声谁呀　隔壁儿王大娘

王大娘进门坐在了高橙（凳）上了　一合一合咳

轻易呀不到我这个贱地上了　一合一合咳

掀开芙蓉帐啊　闻见是胭粉香

掀起红绫被呀　瞧瞧呢二姑娘

二姑娘瘦的不相（像）个人模样了　一合一合咳

白：二姑娘这几天怎么样了呢

唱：奴家这几天哪　延延又缠缠

茶也懒怠用啊　饭也不爱餐

---

① 《中国歌谣》中的《王大娘》《十二月歌》《烟花柳巷》《玉美针》《小刀子》
等五篇歌谣，原文为汉语，收入本书时均由译者校对。——译者

茶饭呀懒餐我可实难用了　一合一合咳

白：与你请个医生来瞧瞧罢

唱：奴家不请他呀　奴家也不要他

请个医生来呀　捻（念）捻（念）又掏（叨）掏（叨）

捻（念）捻（念）呀掏（叨）掏（叨）可是奴害怕了　一合一合咳

白：与你请个和尚来罢

唱：奴家不请他呀　奴家也不要他

请个和尚来呀　乓乓又乓乓

乓乓呀乓乓可是奴害怕了　一合一合咳

白：与你请个喇嘛来罢

唱：奴家不请他呀　奴家也不要他

请个喇嘛来呀　啦喽又哇喇

啦喽啊哇喇可是奴害怕了　一合一合咳

白：与你请个权魔来罢

唱：奴家不请他呀　奴家也不要他

请个权魔来呀　溪流又哗喇

溪流哪哗喇可是奴害怕了　一合一合咳

白：这个不要那个不要你这个病是怎么得的呢

唱：三月三月里呀　三月是清明

桃树花儿开呀　杨柳又发青

王孙呵公子他可游春景了　一合一合咳

白：游春不游春与你何干呢

唱：他又爱奴家　红粉是佳人

奴家又爱他呀　年少一书生

我合（和）他说了几句挑（调）情的话了　一合一合咳

白：挑（调）情不挑（调）情不怕你爹妈知道么

唱：奴的爹爹呀　七十有单八

奴的妈妈呀　耳聋眼又花

他们那二人我可全不怕了　一合一合咳

白：不怕你哥嫂知道么

唱：奴的哥哥呀　常常不在家

奴的嫂嫂啊　常常住娘家

他们那二人我可全不怕了　一合一合咳

白：不怕你姐妹知道么

唱：奴的姐姐呀　和奴不大差

奴的妹妹啊　年少不知斜

咱们那说的都是一样的话了　一合一合咳

白：与你怎么样呢

唱：尊声王大娘啊　认你个老干妈

姐儿忙下跪呀　哀告老干妈

这件那事儿与我成全了罢了　一合一合咳

白：成全不了呢

唱：成全那不了可是苦死咱了　一合一合咳

　　我想我的一些听众会说："多么幼稚！"是的，虽然这首歌谣在英语中显得很幼稚，但是从这首歌谣中可以学到很多东西，比从我刚才引用的两首"民歌"中能学到更多。因为在这首歌谣里，我们发现中国人和我们一样，多愁善感，这实际上是相思病；我们还学到了迷信的疗法。

　　首先，是医生（我当然不把他放在"迷信疗法"这一标题下）。这位年轻的女子很清楚，世界上所有医生的诊脉、和尚的敲钹、喇嘛的诵念、权魔的咒语都毫无用处。她害怕所有这些人物，但由于种种原因，她丝毫不害怕自己的家人。我们从歌谣中还了解到，中国人也理解情人或者情爱。事实上，顾不上父亲、母亲和朋友，歌谣中的她遇到了这位年轻的公子，并向他表白！而且从表面上看，这位公子甚至都没有问过她；不过，顾及女人的脸面，我相信他或许也向她表白了，虽然她并没有说出来。在另一个地方，她说"他又爱奴家　红粉是佳人　奴家又爱他"。她爱他不是因为他英俊，而是因为"他年少一书生"。这表明虽然年轻女子可能自己不学习，但她们喜欢学习的人，所以在好礼仪的人们之间有共同的爱——"他又爱奴家……奴家又爱他"。最后，如果这位女子没有成功地嫁给这位年轻男子，那么她可能会心碎而死。

　　我要给出的下一个例子是《十二月歌》。

十二月歌

《十二月歌》乐谱（节选）

正　月

正月里是新年　正月里是新年

丈夫出征去扫边关

花灯儿无心点　收拾弓和箭

忙忙不得闲　忙忙不得闲

猛听得街前鼓锣声喧

与儿夫办行囊　那讨工夫去看

衣服做几件　衣服做几件

袍子褂子多多絮上棉

眼儿中泪汪汪　手内缝针线

离愁万万千　离愁万万千

平地里风波拆散姻缘

与儿夫今朝　未知何日见

二　月

春分①二月中　春分二月中

丈夫出征奴好伤情

满斟上一杯酒　且罢（把）行来送

你为功名　你为功名

撇奴在家中独守孤灯

但愿你早成功　旗开就得胜

儿夫你是听　儿夫你是听

平安书信多多稍（捎）几封

边关上朔风寒　要你身保重

说罢就登程　说罢就登程

身上雕鞍心内懒行

走十步九回头　两下里心酸痛

三　月

清明②三月长　清明三月长

桃红柳绿美景春光

我男儿不在家　谁把坟去上

奴自承当　奴自承当

祖宗的灵牌供在中堂

必须要烧纸钱　免得先人望

---

① 节气名。春分，大约在 3 月 20 日。

② 大约在 4 月 5 日。

心下好悲伤　心下好悲伤

哭了声公婆年老爹娘

你孩儿在边关　保佑他身无恙

回身进绣房　回身进绣房

照了照菱花面貌焦黄

离别了日子不算久　瘦损了姣模样

四　月

立夏①四月来　立夏四月来

不寒不暖正好和谐

似此等好时光　儿夫偏在外

寂寞难挨　寂寞难挨

低头看看红绣花鞋

我儿夫不在家　谁把你来爱

身子瘦如柴②　身子瘦如柴

不茶不饭眉头儿不开③

终日家笑别人　奴家也把相思害

命里合该　命里合该

怕的黄昏月照花台

受凄凉和衣寝　懒解香罗带

五　月

五月里是端阳　五月里是端阳

曾记得去年共饮雄黄

只吃的醉醺醺　同看榴花放

今日好凄凉　今日好凄凉

艾叶灵符不曾戴一桩

---

① 大约在 5 月 5 日。

② 字面意思为像劈开的柴。

③ 字面意思为眉头紧锁。

什甚年什甚节　好像修行的样

独自守空房　独自守空房

和衣睡去梦里成双

忽然间醒了来　独卧在红罗帐

月照纱窗　月照纱窗

人嫌夜短我恨更长

至黄昏睡不着　又见鸡儿唱

六　月

六月里热难禁　六月里热难禁

丈夫出征好不放心

离别了有半年　不见个音合（和）信

佛前把香焚　佛前把香焚

救苦救难的观世音

保佑他早回程　奴把经来印

问卜求神　问卜求神

卦里平安应在行人

讨了根上上签　夫妻还有分

心下沉吟　心下沉吟

打卦求签都认不的真

算行人说的不准　到底偏倒运

七　月

立秋①七月天　立秋七月天

牛郎②织女又是一年

到今朝渡银河　两下里重相见

今日团圆　今日团圆

明日清晨各归一边

---

① 大约在 8 月 7 日。

② 见《汉英合璧相连字汇》注释 6。

却比做我夫妻　恩爱生拆散
世事不周全　世事不周全
神仙尚有离合悲欢
何况我世间人　岂没有离别叹
睡也睡不安　睡也睡不安
眼望天河^①　我自语自言
织女星下天来　同受凄凉怨

八　月

八月里是中秋　八月里是中秋
赏月的人儿正在高楼
似奴家受孤单　常把眉头皱^②
雁过南楼　雁过南楼
金风^③阵阵冷冷飕飕
我男儿在边关　吹的他征袍透
闷在心头　闷在心头
思想儿夫每日忧愁
钮（纽）扣儿渐渐松　才知我身子瘦
寂寞几时休　寂寞几时休
男子汉心肠不似女流
莫不是续新人　恋鲜花忘了旧

九　月

重阳九月天　重阳九月天
丈夫出征不见回还
正团圆忽离别　这苦谁轻惯

---

① 银河。
② 字面意思为经常皱眉。
③ 秋风。

眼儿望将穿　　眼儿望将穿

暑去寒来正好团圆

天又短夜又长　　不由人胡思念

想（相）思病恹恹　　想（相）思病恹恹

海上仙方不似灵丹

若要病儿好　　除非重相见

容颜不似先　　容颜不似先

花没了雨露也要枯干

何况我女姣（娇）娥　　不见了男子汉

十　月

十月小阳春　　十月小阳春

地冷天寒瑞雪纷纷

我儿夫在边关　　冷热无人问

山高水又深　　山高水又深

我为你忧愁减去精神

你若是忘了我的情　　自有天不忿

想起了古人　　想起了古人

孟姜女寻夫个个知闻

哭长城送寒衣　　千里多劳困

将心比自心　　将心比自心

今人的心肠不似古人

我若找我儿夫　　又恐怕人谈论

十 一 月

十一月来到了　　十一月来到了

滴水成冰雪花飘飘

生一个暖炉儿　　也当冤家抱

愁杀了女多娇　　愁杀了女多娇

谁与我凤友鸾交

火炉暖熏熏　不似冤家妙

何人把门敲　何人把门敲

稍（捎）书的人儿叫声嫂嫂

双手儿接过来　是封佳音报

拆开封皮瞧　拆开封皮瞧

上写着贤妻不必心焦

门户儿要小心　务必年终到

十　二　月

十二月在眼前　十二月在眼前

昨夜的灯花结采（彩）成莲

喜鹊儿叫喳喳　想必我重相见

门外闹声喧　门外闹声喧

丈夫回家下马离鞍

好一个不失信　真正男子汉

破镜又重圆　破镜又重圆

也不是丈夫回转家园

分明是斩想（相）思　一把龙泉剑

欢娱不可言　欢娱不可言

销金帐里同诉心田

常言道远归来　更比新婚燕

　　我将克制自己不对上述歌谣做任何评论，我觉得这是多余的。我认为，尽管翻译得很粗糙，但省略其中一些荒谬的句子，歌谣的大意会不言而喻。

　　我要介绍的下一首歌谣叫作——正如我翻译的那样——《烟花柳巷》，这首歌谣曲调活泼，我觉得相当动听。

烟花柳巷

THE HAUNTS OF PLEASURE.

120

CHINESE LYRICS.

《烟花柳巷》乐谱（节选）

烟花呀柳巷　女裙钗呀

脸擦官粉　紫肌花儿开呀

好似仙女来咳咳　哎呀一呼咳呀

扯起揽招牌咳咳

瞒（埋）怨那爹娘　心太狠那

贪图那银钱　牡丹花儿开呀

将奴卖下水来咳咳　哎呀一呼咳呀

身做下贱才咳咳

十三那十四　学弹唱啊

十五十六　月季花儿开呀
立逼着奴开怀咳咳　哎呀一呼咳呀
挑（调）情又学乖咳咳

十七呀十八　去陪酒呀
化拳行令　美人花儿开呀
引客进房来咳咳　哎呀一呼咳呀
奉承有钱财咳咳

三寸呵金莲　床前踮呀
象牙床上　水仙花儿开呀
但等采花来咳咳　哎呀一呼咳呀
人情将你待咳咳

赠（挣）来呵的银钱　鸨儿乐呀
赠（挣）不来那银钱　地丁花儿开呀
皮鞭儿打下来咳咳　哎呀一呼咳呀
小脸落下泪来咳咳

年少啊青春　人人都爱呀
年老的妓女　九月菊花开呀
人人嫌起来咳咳　哎呀一呼咳呀
另眼瞧下来咳咳

年过呀三十　容颜改呀
人若老了　绣球花儿开呀
残花又重开咳咳　哎呀一呼咳呀
人老落下牌咳咳

奴家呀凉药　吃的早啊

吃了凉药　月季花不开呀

儿从何处来咳咳　哎呀一呼咳呀

那有小婴孩咳咳

不能呵生儿　香烟断那

同胞的姊妹　不大见面那

枉在阳世三间咳咳　哎呀一呼咳呀

阳世白走了一番咳咳

恼恨哪（那）老天　心太狠那

桃花二字　落在奴的身那（哪）

怎不落在旁人呀呀　哎呀一呼咳呀

前世无修阴呀呀

终朝啊每日　会新郎啊

携手揽腕　进绣房啊

共枕又同床哼哼　哎呀一呼咳呀

同入合婚帐哼哼

苍天哪（那）把奴　从了良啊

挑个年少　合意的郎啊

逃出了烟花巷哼哼　哎呀一呼咳呀

上路到天堂哼哼

　　听了这首歌谣的曲调，你想象不到这首歌谣的歌词与一个非常痛苦的主题有关。语言中有一种非常感人的悲怆和哀怨，大部分意思都是借比喻传达出来。我不打算翻译它，因为我确实觉得我无法准确地翻译，所以我将简要地概括一下，让其他人，也许还有比我更懂中文的人，在将来的某个时候翻译它。"一个女孩哀叹自己的悲惨命运，痛苦地责备她狠心贪婪的父母，在她还是个孩子的时候就把她卖了，陷她于乌烟瘴气的生活中。她用悲叹的语言，描述了一步步走向罪恶的过程，以及与这种生活相关的许多事件。如果成功了，会得到奉承和宠爱；如果失败，则会被鞭子毒打，直到她动情地说，'小脸落下泪来'。年老了，青春和美貌不再，人人都嫌弃她，没有朋友或亲戚注意到她，死后也没有儿子为她烧香，她还有什么指望呢？祈求老天派一个郎君来把她从可怕的生活中带走，让她从良，这样才能上路到天堂。"这首歌谣里有一种特别悲凉的东西，也有许多值得反思的东西，因为我们从这首歌谣中了解到，女孩子被她们的父母无情地卖了，陷入乌烟瘴气的生活。在我们所看到的不幸的人中，大概有三分之二是以相似的方式被卖掉的，很少有人会选择接受它。当我第一次听到这首歌谣时，最让我感动的是结尾的祈祷。不是在说"苍天，再会啊"（chin-chin-ing Joss），而是直接向苍天祈求。在另一部分歌词中，也有一些难以言传的感动。当她呼喊"恼恨哪（那）老天　心太狠那 / 桃花二字　落在奴的身那"时，她几乎是在责备老天给了她"桃花运"。要理解这一点，我的听众必须记住，在中国的算命系统中，吉凶视情况而定，某些字可能是吉利的，或者是不吉利的，而"桃花"两个字被认为是特别不吉利的。如果"桃花运"落在一个男孩身上，人们认为他长大后会是一个浪子；如果是女孩，她便会堕落。因此，父母认为如果他们的孩子非常不幸地有了"桃花运"，这是他们未来命运的恶兆。

下一首歌谣叫《玉美针》。我选择它，因为我认为它不仅曲调优美，而且十分奇特。我的听众可以对这些歌词有自己的看法。

玉 美 针

《玉美针》乐谱（节选）

青柳儿青清晨早起　丢了玉美针那
情啊　真那　正正正正正正　哎哎哎哎哟
哎哎哎哎哎哎哟

丢了玉美针
谁家的学生喇　拾去了奴的针那
情啊　真那　正正正正正正　哎哎哎哎哟
哎哎哎哎哎哎哟

拾去了奴的针
送与了奴家　报答你的恩那
情啊　真那　正正正正正正　哎哎哎哎哟

哎哎哎哎哎哎哟

报答你的恩
爹妈若是知道啊　打断了奴的筋那
情啊　真那　正正正正正正　哎哎哎哎哟
哎哎哎哎哎哎哟

打断了奴的筋
打坏了皮肉　打不改奴的心那
情啊　真那　正正正正正正　哎哎哎哎哟
哎哎哎哎哎哎哟

打不改奴的心
就死在黄泉　我也甘心①那
情啊　真那　正正正正正正　哎哎哎哎哟
哎哎哎哎哎哎哟

就死也甘心
十五岁挑（调）情啊　直到如今那
情啊　真那　正正正正正正　哎哎哎哎哟
哎哎哎哎哎哎哟

挑（调）情到如今
婆婆家知道啊　写了退婚那
情啊　真那　正正正正正正　哎哎哎哎哟
哎哎哎哎哎哎哟

写了退婚

---

① 愿意。

婆婆家不要啊　另嫁别人那

情啊　真那　正正正正正正　哎哎哎哎哟

哎哎哎哎哎哎哟

另嫁别人

　　下一首，也是最后一首，我选择它只是因为其活泼又古雅的音乐，不过我还是让听众自己来判断。这首歌谣叫《小刀子》。

小 刀 子

《小刀子》乐谱（节选）

姐在呀房中啊　好不心焦啊

叫了一声情人　你不必来了啊

我的男人知道了好好

吐一呼一呼一呀① 　吐一呼一呼一呀　吐一呀

我的男人知道了好好

---

① 模拟在磨刀石上磨刀。

昨夜呀晚上啊　挨了一顿打呀

清晨早起　磨了一把明晃晃的刀啊

他可找你把殃儿找好好

吐一呼一呼一呀　吐一呼一呼一呀　吐一呀

他可找你把殃儿找好好

你的身子单那　你的力气薄啊

多么大的年纪　把命儿丧了啊

你的小命儿实难逃好好

吐一呼一呼一呀　吐一呼一呼一呀　吐一呀

你的小命儿实难逃好好

情人开言道啊　美人你是听着啊

那黄操杀人　倒有八百来的万那

我可不怕那杀人的刀好好

吐一呼一呼一呀　吐一呼一呼一呀　吐一呀

我可不怕那杀人的刀好好

人活呀百岁呀　终须一个死啊

那树儿老了　叶又焦稍啊

我是一命归阴曹好好

吐一呼一呼一呀　吐一呼一呼一呀　吐一呀

我是做鬼也风骚好好

　　我觉得很可能我已经挑战了大多数听众的耐心，所以我将以几句话作为结尾。首先，是我在皇家亚洲文会宣读这篇文章的目的。我的动机之一是努力让那些比我见多识广的人对中国的音乐和歌谣感兴趣。此外，我还想说明，如果可能的话，他们也能从中国的歌谣中获得大量的信息以及一些好的音乐。对于想学汉语的人来说，无论这个话题多么愚蠢或琐碎，很多知识与娱乐都是可以结合起来学习的。

二十四颗玉珠串：汉语歌谣选集

蝶　幸 [①]

该从这些后妃中选择谁呢？
谁将是"天选之女"？
她们的魅力让我不知所措，——我无从选择，
真是乱花渐欲迷人眼。

将那娇嫩的花儿带来，
瓣瓣含露似珍珠；
在凋谢前把颜色混在一起，小心地照料，
散落在美丽女孩的头发上。

五彩斑斓的蝴蝶，极致雀跃闪耀，
一并渲染着彩虹般的色彩；
让被俘的奴隶成为最亮的一个；
莫要取代那绽放的蓝色翅膀。

现在看着我，记下来，当我举起手指时，
让蝶儿轻薄的羽翼再次自由盘旋；
"蝴蝶最想停在谁的头上，
她就是最出众的女子，是蝶幸。"

---

① 唐明皇曾让宫中的妃嫔们在头上插上鲜花，并命令太监放出他们之前捕捉的蝴蝶。蝴蝶被花吸引，有幸落在谁的头上，谁就会被皇上选中。这被称作蝶幸——"蝴蝶的幸运"或者"蝴蝶的运气。"

穿越界河①

朱唇轻颤挥手别，

傲骨不屈泪凝噎，

"你们已尽忠职守，

且去禀报皇上，他守诺了。"

护卫渐行渐远，她殷切地望着

---

① 王昭君是汉元帝宫廷中的一位女子。汉元帝极其奢靡，宫中女子太多，以至于他根本不愿意亲自去挑选她们，而是命一位叫毛延寿的画师画下她们的肖像，以便他能足不出户地挑选。

除了王昭君，其他女子都贿赂了画师，希望画师把自己画得美丽一些。王昭君对自己的样貌很有信心，她觉得自己只靠画像就可以吸引皇帝，不需要任何额外的帮助，所以拒绝向画师行贿。毛延寿因此将王昭君美丽的样貌画得极其朴素。皇上在看画时，对王昭君的画像不屑一顾，觉得她是宫中最丑的女人，遂将她赐给匈奴的首领和亲。启程前，王昭君拜别皇上，皇上感叹她的美貌惊为天人，意识到毛延寿骗了自己，遂下令立即将其斩首。

此刻，汉元帝对王昭君深深着迷，后悔当初许诺将她赐给匈奴首领，非常想留下王昭君。但君无戏言，他也担心再次与匈奴交恶。他万般不舍地与王昭君分别，派出一队汉朝士兵护送她到边境后再交由匈奴人。皇上信守了他的诺言。王昭君已安全交到匈奴首领的手上，她也履行了自己的职责，踏上了匈奴的领土。但是，王昭君并不想成为匈奴首领的新娘。一到黑水河，她就大叫一声，跳进了河中。在匈奴首领和随从的眼皮下，黑水河瞬间带走了可怜的王昭君，而他们也无力救她了。

幽暗的堡垒，敞开的城门，
忧郁的双眼，清清楚楚地看到，
他们鱼贯而入，直至不见。

那巍峨的长城，将故土拒之千里，
满溢着亲情、充斥着欢乐的故土。
怒气冲冲的这些护卫，
即便不是朋友，亦是同胞。

孤零零与这些生人在一起，
配备着弓箭和长矛的匈奴，愁眉苦脸，
她是严酷首领注定的新娘，
汉军离开了，现在他们是她的护卫。

她内心在想什么呢？
悲伤，痛苦，"无声而又深沉"，
强忍决堤的泪水，
不能让他们看到哭泣的汉朝女子。

"做他的新娘——他的——宁愿去死！"
"生不如死——这儿就是我的葬身之地。"
一声绝望的呼喊，她举起手，
一头跳进黑水河的浊浪。

扇　　坟^①

正是春日，

芬芳满园，

桃李并蒂开，

恰似丫鬟随着新娘子来；^②

弱柳隐隐，

把那绿眼儿睁，

似在望自然，

与万物殊死相争。

那庄子在大早，

优哉游哉；

赏花观树，

闻香而来；

看路人，行色匆匆，

---

① 《扇坟》及其续集《试妻》之前已发表过，但是是散体形式的轶闻，并不能
算翻译。况且在我看来，它们也没有完全传达出原作所表现的冷幽默，我认为将韵体
版收入该书更合适。这首歌谣的原名是《蝴蝶梦》，但我更倾向于把它分成两部分，
并采用如上命名。

② 在小说和其他作品中有许多诗意的名字。妻子常被称为"梅"，妾被称为"桃"
和"柳"。

背囊鼓，

装的是，

烧给死去故友的元宝鞋，

还有那美味佳肴和香烛，

斟满酒，

敬那长眠地下的老朋友。

（三月三，正是扫墓的时节）

那庄子游游荡荡，瞧四周，

忽见得，一座小坟，

庄子心下道："我且于此稍歇，

品片刻无常人生；

此僻静之处正适合闲思，

独坐论道。"

旋即庄子向着草丘坐下，

叹了口气——突然，一阵悲戚之声

袭上心间，

好似一人在痛哭不止。

那庄子闻声起身看，

是何人如此哀恸，

这边厢一小娘子正扇坟。

三寸金莲^①裹得紧，

哀思至深孝衣白。^②

大千世界，

无奇不见，

竟有扇坟此等荒诞之事。

---

① 小脚。
② 中国葬礼上穿白色的衣服，英国葬礼则是黑色的着装。

那庄子两眼睁睁静立原地，

未被察觉，心下诧异，

这女子何故扇坟。

庄子休，不犹豫，

干脆上前问明白，

迈步向前，循步再三，

朝向女子笑颜问道：

"借问夫人，何故扇坟呐？"

这女子看到他，愕然抬头，

满眼不可置信，

竟有人看她扇坟。

这男子风度翩翩，约莫而立，

道士服穿身上好不风雅，

温和儒雅又让人心安，

遂正色道："先生若想知，

且听奴道来这扇坟的缘由。

"奴的夫君，唉！想来（泣、泣）心酸，

不久前（泣）刚刚离世（泣），

（泣）躺在这（泣、泣）坟里。

（痛哭）夫君（泣）去世前，

屡次（泣、泣）唤奴（泣）至身边，

握奴手（泣），临终嘱咐，

'我死后（泣、泣），答应我（泣）永不再嫁，

要嫁也（泣）得等那坟干了。'

"奴日日来（泣）这儿哭，

信守（泣）承诺，

坟不干（泣），奴不再嫁。

定然（泣）永不再嫁，

但饥寒交迫（泣）不堪其忧，

唉！孤零零，因此奴（泣）且来试试，

能不能把坟（泣）扇干；

这正是奴为夫君扇坟的缘由。"

那庄子听到这儿，大叫一声："夫人，将扇子递来。

在下愿尽心帮你，

早日让你可怜夫君坟变干。"

小娘子欣然将扇递与庄子，

（正是如前所说那个法术高超的庄子）

庄子浅声低语，

扇动扇子，坟墓干似枯骨。

"瞧好，"庄子道，"坟干了。"

这弱女子面露喜色，

走之前仍忙不迭道谢，

谢庄子助她扇坟。

那庄子看她离开，黯然神伤，

心内道："若我死了，

夫人会为我守丧多久？

会像这小娘子一样急不可待吗？

等不及那可怜夫君的坟头变干吗？"

试妻（续《扇坟》）

那庄子想着这奇哉怪哉的扇坟一幕
边斟酌边迈步向家，
迫不及将晨间事道于夫人，
何其怪哉，何其怪哉。
那夫人听闻这等事，
眉儿皴起，脸儿拉长：
"要我说，这女子，
腌臜至极！"

那庄子道："若她再嫁，
与我夫妻又何干？
莫为此事烦，
莫为此事扰。
无人知天意
如我去世，
你再去嫁，
也合我意。"

那夫人急切道："好教夫君知，

奴家世清白。

何至于这般扯谎，

这般自甘堕落？

唉，果真我夫妻阴阳相隔，

奴绝不再嫁。

守节至死，

人在做，天在看！"

那庄子正如所说，

法术高深，

定下计将她一试，

神通广大的庄子，

佯装生病，

难掩愁绪对妻道：

"夫人啊，勿要皱眉

我二人也莫再争吵，

我方才所说皆为戏言。

但，呀！（庄子牙关紧咬）

哎呀呀！我确实

腹痛难耐。"

那庄子嘶哑呻吟，

那庄夫人也一样，

煞有介事哭起来。

"夫人，请大夫。

我甚感异样，

此次定然命休矣！"

那夫人急奔走，

忙请大夫。

那庄子四仰八叉躺地上，
双腿乱蹬扭不停，
汗如泉涌，
呻吟呼号令人惧。

那郎中眼瞅着庄子
拉长了脸，
向庄子灌下一剂药，道：
"我已尽力，
回天乏力啊，
什么药也救不了他了。"

那庄子听到这儿把白眼翻，
庄夫人悲痛欲绝，
泣不成声。
那庄子一脸不屑，
微微耸肩，
这女人定是装哭。

"夫人呐，"庄子道，
"且过来听我言。
你的悲伤不值一提，
我没有气力讲话，
我命垂矣。

"死亡悄然又倏忽而至，
不久我将绝尘而去。
每一个飞逝的瞬间，都昭示着
生命如白驹过隙，死亡渐近。

"死亡无情,

将我与所至爱的一切斩断,

与生命,与你,与爱,

死亡要领我赴'黄泉'①了。

"呀! 我死后,

切莫说,

你要另嫁他人!

你需得谨言慎行,

远离诱惑,

忠贞不渝。

"但若你变了主意,

想要再嫁,

(庄子呻吟道,声音愈发粗重)

不幸的人儿呀,

尽快改嫁,

越快越好!"

"呀! 放心,"庄夫人边哭边答,

"我说过不会改嫁,不会!

但是,啊! 你的遗言是在怀疑我,

莫要再说,夫君,不要!

我读过古书中烈女之事,

极大震撼了我。

我会效仿她们,我意已决:

但有违背,死无葬身之地!"

---

① 坟墓。

那庄子听闻欣然，

如偿所愿，

一呻吟，一咬牙，

吐出一口痰，

眼睛一翻，

一命呜呼。

那屋里叹息迭起，

响起寡妇祈祷的声音，

除了他，再无二人，

因为逝者什么也看不到。

婉转的声音打破了黄昏时分的寂然，

庄夫人道：

"夫君去矣，俊朗貌再难见也，

他的明眸不再温柔地看向我。

那个我经常枕着的胸部，

摸着这样冷，因为，唉，他死了。"

步履蹒跚，泪如雨下，

庄夫人找来抬埋的，

无奈何定下尺寸，

买来口精致棺材，

穿上孝服。抬埋的道：

"抬走逝者，

钉棺。"

庄夫人把灵位摆好，

放在庄子棺首的桌前，

庄夫人坐在棺材尾，

看着庄子哭不止。

[旋律：一行者在寡妇门前停下。]
那庄子仍瞒着——因为死不是主要目的，
他决定再试试妻子，
一眨眼变了样貌，
化身一年轻男子迈步进门。
虔诚立于牌位前，
倒酒跪下叹哭着，
小片刻他一动不动，
忽而以头抢地。

那寡妇才抬起眼，
这一瞟便讶异不止，
她此生从未见过，
如此风度翩翩的男人。
这景象不知怎的让她心悸，
看来是命中注定，
"呀，他可是一个极好的伴儿啊。"
这一想邪念便生。

问及年龄，年轻人道："二十有三。"
"不可能吧！你只比我小一岁！
从今以后，我们姐弟俩就……"
（话至此庄夫人秋波暗送，叹了口气。）

那庄夫人双眼勾人心魄，
庄子遂决定将玩笑继续，
他立即下定决心
让寡妇做他新娘子。

很快二人相爱次日成亲，
庄夫人欢欣将白色衣着换为红色。①
二人欢饮达旦，待入睡时，
庄子手抚额头，呻吟不止。
庄夫人喊道："你也要死了么？
我已失去一个夫君才改嫁于你，
现在你又这般了。呀，该如何是好？
我能为你做些什么？告诉我。"

"唉！"丈夫呻吟道，"恐怕
所患之疾无人能治啊。
呀，我付了巨资给大夫，
但有一法定保无疑：
是从那活人的脑袋里取出脑子来，
倘若没有，就找那死去不过三天之人，
捣碎他们的脑子也可，
此乃不二良方！"

这寡妇因着爱和酒而上头，
思索片刻，喊道："老庄的即可！"
"真是顶好的计划！
小事一桩！"寡妇笑道，
"我马上去拿，很快就来，
你一定有救：
用老庄的脑髓，还没腐烂呢，
他只死了一日半！"

这头墓碑还未立好，庄夫人拿来菜刀，

---

① 丧服是白色，而喜庆场合穿红色衣服，例如婚礼等。

道："庄子啊，可以的话我一定会忠于你，
　　但我心显然已变，切莫怪我。
　　你也预言到了——这是命啊。

"在这儿，在你的'牌位'前，我绝无谎话。
　　啊！我真心爱这个风流倜傥的年轻人。
　　你若有知定然不会嫉妒我的幸运，
　　你会笑着赞同的，向我们表示祝贺。

　　"你一定能理解，
　　我所作所为毫无冒犯，
　　我的冤家被头痛折磨，
　　你脑中有药——我来拿你的脑子！"

　　那庄夫人狠抓菜刀眉头紧锁，
　　朝着棺材砍去，直到棺盖裂开。
　　但是，哦！庄夫人魂惊胆颤简直无可名状。
只听里面有声音喊道："嘿！"庄子突然抬起头来！

　　"嘿！"庄子笔直坐起，又道一遍，
　　"何故劈我棺材？何故如此紧张！
　　你还身穿红色衣服！何等闹剧！
　　休想蒙骗我，一一道来。"
　　庄夫人瑟瑟发抖，但仍全神贯注，
　　她（无耻之徒）道："夫君，着实奇哉！
　　那看不见的力量驱使我劈棺，
　　看看你是否还活着，于是我就劈棺了！

　　"我坚信你还活着，所以再次迎接你，
　　我脱下丧服，穿上婚服；

如果你死了，谨防我吸入尸气，
　　我还备了杀毒的药剂！"

庄子道："听起来可信，但是够了。
　　撒谎耗费心力，就让此事过去吧。
　　我乃假死，只为试试你是否忠诚，
我就是你方才所嫁的年轻人，好寡妇，我刚成婚！"

告　诚

由此故事引以为戒：
　　听到可怜的寡妇扇坟时，
已婚妇人们不要嗤之以鼻谩骂不止。
你可能会像我妻子一样，机关算尽终成空，
　　试着去偷已故丈夫的脑子。
　　尽你所能，但避免骄傲自满，
因为不到你头上，你永远不知道你会做什么：
　　你可能会干出比扇坟更糟的事！

长 坂 坡 ①②

古道荒山苦相争，

黎民涂炭血飞红。

灯照黄沙天地暗，

尘迷星斗鬼哭声。

忠义名标千古重，

壮哉身死一毛轻。

长坂坡前滴血汗，

使坏将军赵子龙③。

---

① 经考证，该篇原文本为韩小窗所作子弟书《长坂坡》，故译文参照此版本。——
译者

② 下面这首诗的原文可以在一本名为《长坂坡子弟书》的小册中找到。这些都
取自著名的历史剧《长坂坡》。该诗的基本内容可以在《三国志》中看到，《三国演
义》中也有。尽管后者不如前者可信，但大多数中国人还是更乐意读《三国演义》，
书中包含了当时发生的大部分事件且更加精彩。许多戏剧都取自同一个源头，戏剧《长
坂坡》就是其中之一。

③ 将军赵子龙，这部剧里的英雄，也被叫作赵云、子龙。

刘玄德 ① 投奔江陵 ②，藏锋养锐，

不提防在当阳路上遇追兵。

战重围，刀枪林内君臣失散。

踏荒郊，喊杀声里世子飘蓬。

糜氏夫人 ③ 怀揣阿斗，

身随月色泪洒秋风。

被箭伤，从半夜昏厥荒草地，

只有呼吸气一丝儿未断到天明。

夫人死去重苏醒，

那袅娜的身躯冷似冰。

忽听得，身边秋虫声语唤，

又觉得，腿上的箭伤阵阵疼。

慢睁杏眼，见那流萤儿乱舞，

挺酥胸，才知道阿斗在怀中。

落叶儿堆满，浑身冰凉的露水，

渺茫茫，见残星儿未散，斜月儿犹明。

软怯怯，香躯乱颤，夫人坐起，

见寒烟压地，衰草横空。

尘埋翠袖香裙冷，

血染弓鞋透袜红。

伸手向怀中摸了摸公子，

见他纹丝儿不动，闭口无声。

糜夫人惊魂变色留神看，

① 刘玄德，当时还不是皇帝，而是蜀国——也就是后来的后汉的君主。据最优秀的历史学家朱熹（朱熹并非历史学家，此处当为司登德注解错误。——译者）所言，刘玄德认为自己合法拥有王位。另一位历史学家司马光称刘玄德为叛军，且总是用"入侵"来指代他在边界的征战。

② 在湖北。

③ 糜夫人，刘玄德的两位夫人之一。另一位是甘夫人，即阿斗的生母，但阿斗由糜夫人照看。为了救阿斗，糜夫人牺牲了自己，更可贵的是，她并非阿斗的生母。

原来小阿斗哭乏，自己睡浓。

这夫人面对娇儿说："醒来罢。"

见公子小手儿轻舒，眼慢睁。

看着人眉头儿一蹙，嘴唇一咧，

小脸儿向怀中乱拱撞酥胸。

夫人痛道："我的心肝醒，

儿敢是要乳吃么？你那小肚儿空。"

叹只叹："苦命的冤家挨上了饿！

也不知你那甘氏亲娘在何处飘零？"

糜夫人紧揽公子心凄惨，

小阿斗像探蛰儿一般总不哼。

这时节，轻烟薄雾天将晓，

树梢山顶日已红。

又见那，血水沟边乌鸦叫，

死人堆里乱箭折弓。

破帐房，锣、鼓、旌旗堆满地，

有几个无鞍战马，乱跳嘶鸣。

糜夫人眼望沙场心痛碎，

看光景："难保皇叔^①死共生。

大料着甘氏夫人无了命，

也不见糜竺、糜芳^②和简雍^③。

三弟张飞^④无音信，

莫非乱军中战死常山赵子龙^⑤？

他君臣倘然都丧在曹贼^⑥手，

---

① "皇叔"的字面意为皇帝的叔叔。刘玄德那时还未成为后汉的皇帝，所以夫人一般称其为"皇叔"。

② 糜竺和糜芳两位将军，是糜夫人的兄弟。

③ 简雍，刘玄德的另一位将军。

④ 张飞，刘备的三弟，也是一位将军。

⑤ 常山是赵子龙的老家。赵子龙被称作常山赵子龙。

⑥ 曹操是魏王，在与刘玄德交战。糜夫人提到他总是称为贼曹或曹贼。

我一妇人无立锥之地抚养孤儿只怕不能。"

这夫人想到其间无非一死，

又看看怀中阿斗泪盈盈。

叹："他父飘零半世唯此子，

一滴骨血未成丁。

今日里，我若全节儿必死^①，

到黄泉^②怎见刘门祖共宗。"

这夫人正为难低头落泪，

遥望见，忽有贼兵在草地行。

这夫人势急难顾伤痕重，

咬银牙，手扶坟头立起身形，

见路旁有一所民房，被曹贼烧毁，

只剩了半堵土墙可以藏形。

抱孩儿，一步一昏挣扎着走，

叹夫人为抚孤的诚意，强挨着疼。

来到了黄土墙边，井台儿上面，

见脚踪儿血染蓬蒿满地红。

这夫人伤痕作痛，攒心透骨，

喘吁吁气短难接，腹内空。

颤娇声，汗流粉面秋波闭，

低玉颈，钗坠黄金云鬓松。

恍惚惚，眼中似有旌旗影，

喘吁吁，耳内犹闻战鼓鸣。

身危力尽逢绝地，

忽听得一声喊："原来此处隐身形！"

宝剑神枪带血腥，

玉铠恨袍被土蒙，

---

① 糜夫人是一个忠心的妻子，丈夫去世的话她一定会自尽，但如果她这么做，
那阿斗怎么办呢？

② 即死后。

放开两眼乾坤窄，

一点丹心天地明。

糜氏身藏在枯井畔，

赵云马到土墙东。

见夫人怀揣阿斗低头坐，

惨凄凄，蓬头垢面，减却芳容。

赵子龙忙下雅鞍，戳枪拴马。

撩袍跪倒把礼行。

连叩首，说："主母受惊，公子无恙？

这都是赵云之罪，下将无能。"

糜夫人悲喜交加，问："皇叔在否？"

子龙说："闯出重围，奔了正东。"

夫人说："国家之幸，乃天下之幸也。"又问："谁同去？"

赵云叩禀："有翼德相从。"

糜夫人点点头儿说："将军少礼。"①

赵云站起把身躬。

"请夫人屈尊贵体，骑臣的马，

千万闯阵时，把公子紧揽，莫心惊。"

夫人说："将军步战？"英雄说："正是！

但凭臣满腔热血，一点愚忠。

快请夫人速速上马，

臣赵云敢拼一死，保驾回营。"

糜夫人一声长叹双垂泪，

说："到今朝信儿夫所见的明，

难为他一双俊眼识人物，

赵子龙真与儿夫膀臂②同。"

软怯怯四肢无力，夫人跪倒，说：

"此一拜非拜将军，是拜你的忠！"

---

① 说话时赵云跪在地上。

② 字面意思为肩膀和胳膊。

勇将军大惊，跪倒将头碰，

这贤人声音儿凄惨，血泪飘零。

悲切切，手指着怀中，眼瞧虎将，

说："可怜这懵懂无知小幼童。

叹他父半世膝前无两个，

今日我把千斤重担托付公。

他的小命儿生死、存亡都在你，

望将军半全忠义，半积阴功。

感宏恩，岂但在玄德一人而已，

我刘门中，祖宗在黄泉也感盛情。"

赵子龙痛碎雄心唯顿首。

糜夫人站起身来，把绣帕儿松。

将阿斗从怀中抱出托在掌上，

芙蓉面紧对公子，心里疼。

说："我的儿，咱母子今朝缘分算满，

小冤家也别想娘咧，也别认生。

不许哭，孩儿！若把你天伦见，

就说为娘的罢了么！冤家你说话又不能。"

向忠良说："我今朝将阿斗交付你，

大料着，将军不用我细叮咛。

但只是马撞人冲，刀枪又无眼，

要留神顾公子的性命，保自己的身形。

我孩儿气脉微薄，筋骨儿嫩，

那掩心甲也不可勒紧，也别太松。"

赵云说："求夫人上马怀揣公子，

臣方好单枪步战，踏贼营。"

夫人正色说："将军差矣！

我一妇人被伤且重，怎能随行？

而况奴不能乘骑，将军又用马，

一条枪，难道百万军中去跑着战征？

赵将军，你救一个阿斗，强如千百个糜氏，

这孩儿是刘门之中接续后程。

想人生百年，大限终须死，

我今朝死为之幸，亡故得分明。

你与我多多拜上皇叔驾，

叫他体天心时时念念于苍生。

三尺剑，征扫烟尘，把国贼尽灭，

一只手高托红日，将炎汉重兴！

赵将军切记于心，抱吾儿去罢！"

勇忠良不接公子，劝主母同行。

烈贤人把哭啼的婴儿，狠着心放下，

转香躯，身投枯井，魂断幽冥。

烈贤人慨然取义归天去，

葬蛾眉，萧萧洛水，冷冷西风。

声价儿，良玉精金，言行并美，

浩气儿，青天红日，忠义双明。

赵子龙用枪推倒土墙，将井口盖上，

闯重围，救阿斗，与刘备相逢。

闲笔墨，小窗泪洒托孤事，

写将来，千古须眉愧玉容。

赵子龙（续《长坂坡》）

真汉子^①谁人不知赵子龙^②？

青史留名头一个，

声名远播事迹传，

黄口小儿也道一声："忠勇赵子龙！"

身轻似燕敢争先，

心无所畏谁能比？

谁的声音更温柔？谁的眼睛更明亮？

赤子之心交友，雄姿勃发对敌。

几经沙场多艰难，

挺直胸膛把驾救，

强敌劲旅也俯首，

道一声："忠勇无比，浑身是胆^③！"

辉煌事迹放异彩，

---

① 这里"汉子"泛指中国人。

② 赵子龙，刘备的将军之一。

③ 浑身都是胆，这句话最早是刘备说的，他见识了赵子龙的勇猛，赞道："子龙一身都是胆也！"时至今日，赵子龙经常被称作浑胆将军。

明亮笼罩英雄身。
光风霁月绕其间,
万古流芳终成神。

长坂①大战一声吼,
闻者无不变颜色。
"小皇子阿斗何在?
被敌俘虏无踪迹。"

"救我孩儿刘阿斗!
皇叔唯一的血脉!
救他即同救我!"糜夫人抱紧孩儿,
跪拜将军赵子龙!

两度勇闯阵中前,
救回将军和夫人。②
赵子龙愈战愈勇,
三闯敌前救阿斗。

战事激烈杀气腾,
茫茫荒野何处寻。
眼望那横尸遍野,
惊喜见,阿斗酣睡枯井边。

赵子龙遂解襁褓,
胸中怀抱小阿斗。
飞箭支支向皇子,
唯有此法保平安。

---

① 长坂,或者说长坂坡,是这场战争发生地。
② 他刚刚救了受伤的将军和夫人。

远望刘营蓝烟绕，
母盼子归敌虎视。
曹贼奸佞不足道，
为护少主战无敌。

冲锋陷阵急先锋，
英勇制敌无所畏，
层层突围夺胜利，
无人不喊赵子龙！

曹贼紧追不舍弃，
子龙上马不停鞭。
扬蹄昂首尘烟飞，
中兴蜀汉靠少主。

鼻呼大气眼怒睁，
逸尘断鞦倏忽间。
精疲力竭呜咽鸣，
心急如焚赵子龙。

寻声背后马蹄响，
曹贼嘶叫逼近来。
一声怒吼心惊跳，
战马闻声脚朝天！

阿斗无恙马哀哉，
踏过平原惊险除。
并驾齐驱逼得紧，
马作的卢再振起。

浴血奋战策马飞，
牙关紧咬怒目争，
刀光剑影雹霰散，
只为护住刘阿斗！

飞身再战穿沙场，
眼望尸横遍野处，
战斗何时休？
长坂河就在眼前！

"张飞①，誓死杀敌，
我已护皇子周全！"
刚过桥子龙眼见，
主母树下焦急待。

营前欢呼忠勇将，
下马跪在主母前，
筋疲力尽声声道：
"皇子阿斗无恙！"②

---

① 张飞，刘备的另一位大将。

② 阿斗的父亲刘备非常器重赵子龙的英勇，他把阿斗摔到地上，认为不值得为阿斗牺牲自己的大将。这首歌谣中提到的事件是历史事实，可以在《三国志》中找到。

"细流儿"冒险记

"冒眼子泉"有个闺女呼作"细流儿"，
"细流儿"不足一英寸①宽。
偷摸着溜出冒眼子泉，
翻山越岭想换个法儿活。

"细流儿"初生牛犊不怕虎，
跑得飞快满身不在乎，
清亮的小脸庞儿无约又无束，
阳光下闪闪又烁烁。

"细流儿"绿野里撒了欢，
（这小蹄子！）
自知长得俊呀娇小娘，
情也打来是俏也骂。

不管路边遇着谁人家，
"细流儿"雨露均沾。
这边厢亲亲似蜜的花骨朵，
那边厢摸摸老树根儿。

① 原书中出现的英寸、英尺等计量单位均保留原貌，未换算。

只消贴着她的脸儿抚着她胸脯，
那真是酣畅又淋漓，
"细流儿"滑过指缝又唇齿间，
咯咯咯咯笑嘻嘻。

"细流儿"撒开丫子跑，
是流又宽来水又深，
婀娜清澈美人坯，
平添无限风光。

骤然间"细流儿"变了样儿，
模样儿不再平静，
旋转飞跃欢欣无比又动人，
顺着"潺流儿"一路喧叫。

旋呀，
转呀，
无所顾忌地用力，
嬉闹着撞在了石头上。
飞溅，
闪烁，
无休止地狂奔，
阳光下的水花儿闪闪发光。

从一块石头跳到另一块，
在鹅卵石床上翻滚，
就好比水里仙女儿 ①，耀眼闪光的浪花
跌落在她头边绚丽的宝石中。

---

① 司登德原文为"Naiad"，汉译为那伊阿得，即希腊神话中掌管各类水流的女神。——译者

时而她雷霆万钧，

狂奔咆哮；

怒气平息，

又轻哼起歌谣。

"潺流儿"声如"浮金钟"①，

音色何其悦耳，

"潺流儿"酥胸起伏，

悲鸣如"磬！"②

没多久"潺流儿"不再嬉闹，

就好似做了个梦儿。

不知觉野生的"溪水时代"已不在，

变成了透亮的"晶流儿"。

洁如水晶，只消偷偷地看一眼

但别直勾勾地看，在她眼里，

你会看到，在那么深、那么深的眼眸里。

把你自己拍得③清清楚楚！

她的岸边一朵花儿也不见，

却飘来一阵阵芬芳气息；

花儿们献出爱，无声感谢，

她只是端庄而温柔地经过。

"晶流儿"泰然自若地奔流，

_____

① 浮金钟可能是诗歌意象，指流水的声音。不过，古书中经常提到一种漂浮在水上的金属。

② 磬，据传最初是由一些和尚发现了这种奇特石头的音乐性。他们在溪中沐浴时，被水滴在石头上泛起涟漪所发出的甜美声音吸引。磬作为钟的用途众所周知，无须多言。

③ 稍微直译为映照或反射也许更合适。

偶尔，
柳树猫腰抚弄她的酥胸，
和风逗弄她笑靥如花。

蜿蜒的"晶流儿"很快不再，
此刻她化身"奔流儿"。
终于，交往的那些腌臜，
玷污了她的芳名。

"奔流儿"着实是气势磅礴，
酥胸随着潮水起伏，
一里宽的水面，
只为了风度翩翩的船儿壮观地穿行。

可惜了，纯粹和清澈都已是过往，
她已不再透亮，
"奔流儿"穿过沼泽和泥潭，
滚滚而行冲进"深海"的怀抱。

没多久她与"巨浪"和"山洪"合而为一，
在一浪又一浪之间奔波。
像其他可怜的"细流"一样，她最终自掘坟墓，
不可挽回地迷失了自我。

"冒眼子泉"静默多年为其哀悼，
日日泪流不止：
除了眼泪，河流和溪流也别无他物了，
"冒眼子泉"是为迷失的"细流儿"落泪吗？

九 连 环 [①②]

情人呀情人来，
咿呀咿呀哟。

有情人送奴九连环，
九呀九连环。
双双手儿开不开，
拿把刀来割，
开呀开不开。
咿呼呀呼咿呼哟。

有谁人打开九连环，
九呀九连环。
奴想与他做夫妻，
他是奴的夫，
奴呀奴的夫。
咿呼呀呼咿呼哟。

---

① 《九连环》并不打算以诗的形式呈现，不是因为它有什么独特之处，而是因为它是婉约风（weak and diluted style）歌谣的很好例证，在西方我们称之为"伤感"（sentimental）。它几乎是按字面翻译的。

② 据译者考证，该歌谣原版应为江南小调《九连环》。——译者

亲哥哥住城奴住乡，
　奴呀奴住乡。
隔着哥哥虽不远，
　南门一关，
　也是难相见。
咿呼呀呼咿呼哟。

变一只乌鸦飞上天，
　飞呀飞上天。
叽里咕噜掉下来，
　掉在一条船，
　与哥船上见。
咿呼呀呼咿呼哟。

雪花飘飘出三尺，
　三尺三寸高，
飘下一个雪美人，
　飘在奴的家，
　在向奴家中来。
咿呼呀呼咿呼哟。

一更响，
　咿呀咿呀哟。

二更奴等你，你没来，
　没呀你没来。
三更鼓儿响半夜，
　四更鼓响金鸡叫，
咿呼呀呼咿呼哟。

五更鸡叫天大光，

天呀天大光。

青纱帐象牙床，

绣花被香软枕。

靠着枕头正思想，

正呀正思想。

亲哥哥一去没再来，

没呀他没来。

他让奴想，

他让奴念，

害奴得相思，

咿呼呀呼咿呼哟。

神　树

北京城皇宫里有老槐树①，
无人知是何时种在这里，
也不知是凡人还是神种，
只道是老槐树神力无边②。

神奇的老槐树轶闻不少，
夜间里怪声起如泣如诉，
白日里人也称常常看见，
枝叶间有无数眼睛闪出。

在某朝末年时哀号遍野，
好似是神在唱悲伤哀歌，
天子崩枝叶间哀鸣不止，
又好似响"风铃"③窸窸窣窣。

当良臣在世时效忠国家，

---

① 槐是一种非常美观的树，黄色的花朵常被用作染料。它的药用和其他特性众所周知，不需多言。
② 这棵树应该在宫里的一个庭院，以"声音木"而闻名。
③ 见本书第93页《张良吹箫》。

又或是有仁君继承皇位，
老槐树变了调悠悠扬扬，
好似是天籁音行云流水。

嫩黄花散发着金色光芒，
音乐声一滴滴浸润闻者：
老槐树周身都遍布音乐，
听闻者无一不惊为天人。

这乐曲是人间难得多闻，
（老槐树是否再奏响乐章？）
老人们把头摇前所未有，
存世者这一生只听一次。①

---

① 在诗人看来，老槐树不再发出天籁之音，证明这是一个乱世。

过　河^①

王生闲坐河水边，
赤脚晃荡在水中，
想着那梦里人儿，
原来是隔壁的李家娇娥。

王生何故留此地？
王生他在说些甚？
"小娘子肯定打这儿过，
能不能呀要不要，
打起精神告诉她？"

这王生心潮澎湃，

---

① 这首歌谣应该源于一个非常古老的故事，年轻的徐秀才（徐文长。——译者）有一天散步到一条小河边，见河水不深，便想要蹚过去。他坐在河边，脱下鞋袜。就在这时，一位美丽的少女突然出现在他面前，看样子她好像想过河，但却没有办法。徐秀才发现后，对她说："小娘子，你要过河吗？"少女笑了。徐秀才又说："要是过河弄脏了你的鞋袜就可惜了，让我背你过去吧。"少女脸一红，糊里糊涂地爬上了他的背。到了水中央，徐秀才看到河水映出她的倩影，于是唱道："娇娥渡银河，红裙掩绿波。"刚说完，就到了对岸。女孩从他背上下来，也对了两句："仅凭此两句，科举一无获。"说完少女便消失了。后来徐秀才尽管官职很高（历史上徐文长并未做官，他在诗文、戏剧、书画等方面均独树一帜，为明代"三才子之一"。——译者），但他始终没有高中。他觉得是因为在背神女过河时，他的言行冒犯了神女。

不由得眼放光芒，
河滩里收回赤脚，
打地上一跃而起。

陌上拂柳长短条，
正是美景好似画，
小娘子款款而来，
　停停又走走。

王生看她走近前，
但道是悄然寂静，
轻手软脚无声响，
正是那闻名已久，
三寸金莲轻摇曳，
步步生莲浅浅印。

小娘子转过脸来，
面露出惊慌无措，
见王生站立岸边，
只打算不再伪装，
战战兢兢临深渊，
恨不得找个地缝钻。

这河水茫茫荡荡，
小娘子如何渡河？
路程远不得停留，
但不见船家踪影。

一时间不知所措，
若无人可涉水而过，

倒也是极大享受，
但决不能让人把赤脚瞧见。

小娘子心内慌张，
好似那鱼肉任人宰割。
却不知是王生精心策划，
早早地买通船家。

这王生优哉游哉，
不由得暗自窃喜：
咒骂那离开的船，
小娘子渐渐平静。

想到她没了耐性，
这王生嬉笑搭讪。
"小娘子无需担心，
我且来背你过河。

"跳到我背上来，
紧搂着我的脖子，
我保证送你过河。"
王生轻声慢语道。
小娘子扭捏再三，
最终是不再挣扎。

小娘子面色绯红鼓起勇气，
颤抖着收起罗裙，
跨在男人的腰间，
三寸金莲手中握，
着实是无比尴尬。

王生手做马镫状，
"搂着我的脖子，——好，没事，
不管发生什么定要抓紧。

"你看，
这水到不了我膝盖，
抓得越紧，小娘子就越安全。"
小娘子顺从天意，
这王生得意洋洋，
搂着稀罕物似的踏入水里。

"阳光还不耀眼吗？
镶金边的云还不白吗？
天空还不蓝吗？
野花还不五彩缤纷吗？
花香还不馥郁吗？
双脚还不觉凉爽吗？
河水还不清澈吗？
涟漪声声还不和悦吗？

枝头鸟儿的啼叫如此悦耳！
和风拂过眉头如此清爽！
树木田野和草地如此葱然！
画匠能绘出这斑斓世界吗？
一切是真的吗？确定不是梦吗？
她在我怀里吗？我们要过河吗？
不，不在我怀里，但在我背上，
难道没感觉到她搂着我的脖子吗？"

但很快，

王生便收拾心情。

他摇晃着前进时，打住了白日梦：

破口大骂（当然是内心里）——

哎呀呀！有只小蝙蝠在咬我的脚指头！

哎哟哟，哎呀呀！

这点小事，

王生定然不言语，

但却道："奇哉，

踩在了一块石头上。"

以此缓解尴尬。

阳光愈发得耀眼，

蓝天愈发得湛蓝，

羊绒般的云朵愈发白净，

空气愈发得清新，

河水愈发得清澈，

王生离着对岸，

越走越近——忽又停下，

一个念头闪出来。

他为何留下来？

又在说什么？

王生心内嘀咕："今日要以实相告：

我是真心中意于她，

矢志不渝，

但却又难张开口。"

"为何停下？

又为何

盯着水面发呆？

说与我听，
你看到了什么？"
小娘子轻推王生喊道。

"有一日仙女在梦里告诉我，
正午时分这条小河会改变我的命数。
若我来此寻她，她要是也对我有意，
清澈的河水便会倒映她的容貌，
告知我她的心意，——反过来河水亦会昭示
我是否有意于她。
此刻正是正午，但，唉！清澈的河水里，
看不到我所期待的倩影。

"我往水里看，
清澈的溪流流过明亮的黄沙
就像融化的雪花银和闪闪发光的黄金，
映照出站立着的我们。
我看到一个轻盈对称的身姿，
我几乎能想到它肯定不是真的。
穿在小娘子身上的衣裳
欲盖弥彰地显示着她的迷人。

"但在这张美丽的脸上
我看不到任何梦中出现的迹象，
看不出是她叫我来到这里，
看看我的肩膀，
看看你能不能看到她。
如果你能看到她，或许她甜美的脸庞就会浮现。"

小娘子毫不怀疑

自己的身份，
急切地看向河水深处。
这一看，她宁愿死，
因为他突然哭着说，
"这是我在梦中看到的仙女！"

是的，在水里，他们四目相对，
谁也没有说话——生怕一开口就打破了预言。
只是一瞥，如闪电般迅速，但
两人都清楚对方的感受。

慌乱中她羞红着脸靠在他肩上，
双眼含情脉脉诉说，
在清冽的水流中，他向她倾诉
他能感受到的所有爱——他们只觉得——
"阳光还不耀眼吗？
镶金边的云还不白吗？
天空还不蓝吗？
野花还不五彩缤纷吗？
花香还不馥郁吗？
还有什么地方更适合情人见面呢？

何处寻这么清澈的河水？
水流听起来还不柔和吗？
鸟儿在树枝上啁啾多么动听！
微风轻拂额头多么清爽！
密林、田野和野草都是绿色！
画家能描绘出如此美轮美奂的景象吗？
留在这里做梦不美好吗？
在河水里相爱不幸福吗？"

仁贵回乡

人　物

王　禅　道　士

仁　贵　征　兵

丁　山　仁贵之子

柳迎芳　仁贵之妻

白　虎

时　长

一小时

服　饰

中国唐朝服饰

第　一　场

山景。一老者从后面山谷迈入。老者拄杖到台前道：

引　子

满地黄花堆积起，

仙子常自洞府出。
自打贫道儿时起，
常年久待在洞府，
日日精进于技艺，
夜夜期待有长进。
祖师亲自授法术，
贫道求知也若渴。
洞府中一有得闲，
每时每刻必温故，
精益求精益识新，
字字了然于胸间，
仙丹妙药多炼就，
妙手回春百病消。

贫道乃王禅老祖是也，我徒儿丁山在汾河湾有难，今奉玉帝之命前去营救。带上白虎同行。（唱）

歌

山前有鹿，
山后有狼，
莫论善恶结情谊，
人人须得怀仁义。

狼遇险时，
鹿搭救。
心念情谊每出手，
未曾将狼卖同伴。

这一天鹿悲鸣，
狼曾救鹿同伴乎？
狼性不改夜袭鹿，

偷偷溜进鹿群里。

贫道业已修完俗世事务，何故还在此处？皆因我徒儿薛丁山。

（手指南方吹口仙气：一只白虎立现。对白虎说）

　　白虎，且站在这里听我言，有些吩咐要告于你知。将我徒儿带到山上来好让他得救，奖你一只肥羊。如若他受伤而归，就送你去深山，休得再回来。（白虎，退）贫道不得多停留，即刻动身去那汾河湾。（右侧退）

第 二 场

　　（一座寒窑，四周围墙低矮，墙上有口通向窑门。柳迎芳从窑中走出）

柳迎芳　儿夫一去长安①数载不归。奴家柳迎芳，配夫薛仁贵为妻，他前
　　　　去京城投军一十八载，杳无音信。
　　　　奴与孩儿无所容身，住在这寒窑中。今日天气晴和，不免唤他
　　　　出来，前去河湾捕鱼打雁。（唤）丁山，我儿哪里？（退至一旁。
　　　　丁山从窑中出来）

丁　山　我父亲一去长安十八载。我乃丁山，出生在这座寒窑中。（对母亲）
　　　　孩儿参见母亲（跪着）。

柳迎芳　我儿，莫要拘礼，一旁坐下。

丁　山　孩儿告坐。（坐着）母亲，唤孩儿前来，所为何事？

柳迎芳　看今日天气晴和，吾儿前去河湾捕鱼打雁，我娘俩用以果腹。
　　　　吾儿可愿前去？

薛丁山　是，孩儿愿往！

柳迎芳　既如此，且坐窑边，听我言罢。（唱）

歌

丁山儿坐下来靠近窑门，

耐下心听为娘把话说完。

你父亲成亲时身无分文，

——————————

　　① 长安在陕西，是唐朝的首都。

我二人日常是饥肠辘辘。

那一日你父亲前往长安，
从军去为国家英勇杀敌。
他走时丁山儿尚未出生，
丁山儿从未曾父前尽孝。

你父亲离开家一十八年，
苦日子过起来度日如年：
每日里为娘我珠泪涟涟，
且盼望你父亲早日归乡。

丁山儿是为娘心上头肉，
这世上我二人相依为命。
儿离开为娘我忧心忡忡，
切莫要像你父一别不归。

多年来我身负养家重担，
养吾儿不觉间一十八年。
指望儿坟台上把黄土添，
为的是先祖们泉下安眠。

弓和箭付与儿去汾河边，
打些雁捕些鱼把身手显。
为娘我在寒窑等儿回转，
丁山儿不在时心内如焚。

（丁山唱）

母亲不须嘱咐言，
孩儿句句记心间。

处处留心时时记，
母亲叮嘱常忆起。

快去快回速还家，
娘且看战果丰硕。
野雁肥鱼加雄鹿，
您听儿细细道来。

那一日儿在河边，
盛夏碧蓝天空中，
一支箭离弦而飞，
一只雁缓缓落下。

发白如雪一老者，
精神焕发老益壮，
气宇轩昂步步稳，
一副隐士圣贤样。

他将我细细打量，
把命运一一道出：
他看过我的手相，
预言我祸福吉凶。

方才间母亲所言，
与老者别无二样。
母亲你年老体衰，
我自当尽孝在旁。

儿只愿有朝一日，
皆可得功名利禄。

金石为开精诚至，

名垂青史得不朽。

母亲大人，将外套拿于我，

还有那帽子绑腿，

我的鱼叉与弓箭，

孩儿告退，我前去河湾也。（右侧退）

（唱最后一句时，丁山穿上外衣、帽子等，拿上武器）

（柳迎芳看着丁山）我儿！他走得这般轻松。我却不免心下烦躁，但凡他离开，就好似永别一般，又担心他遇着什么事。忧我儿安危，不免惶恐，惴惴不安等我儿归家。（进屋、落幕）

第 三 场

（河岸附近的乡村景色。老者与白虎从左侧进入，唱）

吓！白虎，飞

飞到汾河湾！

丁山小徒儿，

危险在眼前。

速速救其命，

躲开那暗箭，

避开那飞刀，

绕开所有险。去！

汾河在近前，

寒溪清湛湛，

向西不复返。

我徒儿丁山，
就要到河边，
我且等一等。

（自右侧退。丁山从左侧进。丁山唱）
辞别母亲出窑院，
一路跋涉田野间。
盼望多打几只雁，
汾河捕鱼试身手。

家徒四壁者常有，
哪一个像我这样，
少年孤苦无依靠，
父子无缘不相识？

身穿蓝衫头戴帽，
衣衫褴褛不染尘，
左手持弓蓄势发，
轻而易举抬过肩。

右手持叉和鱼篓，
健步如飞赛白鹿。
到河边打眼一看，
先使弓还是先使叉。
看空中飞雁甚多，
嘎嘎声就要止息，
雁过箭出瞬息间，
打落一只又一只。

金丝鲤鱼水面泛，

拿起鱼叉刺鲷鲤。
耳旁忽听銮铃响，
看是何人到此间。

（仁贵从右侧入。以下诗句描述了他在一片开阔的土地上驰骋，诗
句部分描述了这段旅程。唱）
一往无前不停蹄，
仓皇出逃急匆匆。
收紧缰绳且慢行，
回望不见锦长安。

不见我效忠的王，
不见宫里诸朝臣。
十八年功名利禄，
一夕间过眼烟云。

富贵荣华皆可弃，
盖世英名不可夺。
高丽战场再扬名，
一片丹心照汗青。

卑鄙小人图私利，
昏庸君王信谗言。
冤枉我成谋逆者，
只为那登上王位。

法场上网开一面，
刽子手刀下留人。
幸得一挚友相助，
绝处逢生逃命去。

驾！驾！策马扬鞭！
琴头边界入眼帘，
两侧美景疾驰过，
心无旁骛不思量。

驾！一路上经村过城，
十里铺前收缰绳，
人马在此打过尖，
收拾停罢再启程。

驾！一马儿过平川，
蒲州城墙入眼帘。
驾！不管不顾往前冲，
冲向蒲州城。

驾！四尊黄河大铁牛，
卫兵戍守顺流河。
汾河边见一顽童，
手持着弓箭和叉。

调转弓箭打飞雁，
箭无虚发穿胸前。
坚定目标不偏移，
天下谁人与争锋。

枪镖鲤鱼世罕见，
三枪下去银光溅。
天赋异禀实难言，
不知哪家的好奇男。

他的武艺占我前，

龙颜大悦惹人怜。

不可就此替了我，

叫一声顽童听我言。（下马）

仁　贵　吓！顽童，请了！

丁　山　请了。

仁　贵　你在此作甚？

丁　山　在此打雁。

仁　贵　但不知你一箭，能射几雁落地？

丁　山　一箭只射一雁。

仁　贵　这算什么，我一箭可射落双雁。

丁　山　我却不信。

仁　贵　当面看来。

丁　山　你若射得双雁落地，我便拜你为师。

仁　贵　好，你若不信，顽童借你弓箭一用，你且看罢。

丁　山　给你。

仁　贵　多谢。（唱、白）

　　　　顽童落入圈套。

　　　　当心我这根弦，

　　　　哪怕只是弓弦，

　　　　我得放箭，

　　　　让他丧命如这离弦之箭。

丁　山　看好了，

　　　　全神贯注，

　　　　飞雁不在这儿，在斜上方。

　　　　（当此时，仁贵毫不犹豫将箭对准丁山）

仁　贵　他定会怀疑我，

　　　　这计谋

我已想妥，

勿要再多虑。

我且试试，

他和我只能活一个，

但肯定不是他。

四下无人，

没人见证。

顽童抬头，看我如何打雁！

（丁山毫不怀疑地抬起头，仁贵射杀了他。丁山倒地。白虎跳到丁山身旁，背着他而去，从左侧退场。仁贵一边唱）

仁　贵　顽童倒地，

　　　　把命丧。

　　　　怒吼咆哮，

　　　　猛然出，

　　　　白虎忽现，

　　　　电光间，

　　　　扑向浑身是血的顽童，

　　　　腾空而起，

　　　　虎添双翼，

　　　　穿山越岭而走。

仁　贵　天可见我定然射中了他，但谁曾想，一只白虎从天而降将其带走？未必不是好事。不过，四下无人，我且去看看吧，被人发现我可不妙。罢了，罢了，我且放他一条生路，但再有哪个人箭法如我，绝不留其活口。（右侧牵马退下）

第 四 场

寒　窑

（丁山的母亲焦急地看着外面，在右侧，唱）

手遮凉棚瞧，

我儿未见归。

绿野并蓝天，

也不见我儿。

清晨出门去，

我儿未见归。

日影向东斜，

也不见我儿。

天地失颜色，

我儿未见归。

乾坤空荡荡，

我儿迷途乎？

夏风低声诉，

我儿未见归。

树叶轻婆娑，

我儿胡不归？

寒窑门口待，

我儿未见归。

速速归来莫让娘心惊，

我儿不归矣。

（坐在窑前东张西望。仁贵从左侧入，到台前唱）

他母亲等了一场空，

小顽童再也不得见。

我一箭射向他心间，

白虎仙将其吃精光。

他母亲久等也不见，

知噩耗定然白了头。

哎！见一位大嫂坐窑前，

像是在何处见过。

布裙荆钗貌严整，

好似我妻柳迎芳。

我夫妻离别十八春，

扳鞍离镫将妻见。（下马走向妇人）

仁　贵　大嫂，我这厢有礼了。

柳迎芳　还礼。军爷莫非迷失路途的么？

仁　贵　非也，我乃信使，为人捎信也。你可知她？

柳迎芳　若是有名有姓之人，也或可知。

仁　贵　此人大大有名。

柳迎芳　何人？

仁　贵　柳员外之女，薛仁贵之妻，柳氏迎芳。

柳迎芳　你与她沾亲？

仁　贵　非亲。

柳迎芳　带故？

仁　贵　非故。

柳迎芳　非亲非故，问她作甚？

仁　贵　大嫂，你定知，我与她丈夫薛兄同营吃粮，我此刻是要回家，
　　　　他托我带来一封信。

柳迎芳　（匆忙）你说你带有信要给她？

仁　贵　正是。

柳迎芳　军爷，您稍等。

仁　贵　大嫂请便。

柳迎芳　（白）怪哉。我夫君离开一十八载，期间未有任何书信，今日
　　　　这军爷捎来书信，我得看看。且慢。怎奈我衣衫褴褛，或恐被

笑。哦，有了。（对仁贵道）军爷，柳氏在家，你将书信交于我，我替你安全送到。

仁　贵　不可，大嫂。老话说："千里家书未必达，万里路途错一里，最后一步却错付书信，实在枉费。" 我今日带信来，定要当面送达。

柳迎芳　若不得见如何？

仁　贵　若不得见，原书带回。（忙牵马走）

柳迎芳　且住，军爷留步。

仁　贵　（停）柳氏可在？

柳迎芳　（白）该如何是好？若据实相告，恐军爷会看低我；若不如实相告，便见不到信。倘若如此，又如何能保证不会再等十八载才得见夫君？呀，薛郎！薛郎！你离家时，我衣衫破旧，今日还怕被人轻看？我且与他说说。（对仁贵）军爷，定要面交吗？

仁　贵　定然。

柳迎芳　你远看。

仁　贵　远望无人。

柳迎芳　你近看。

仁　贵　莫非你可是柳氏？

柳迎芳　然也，军爷，我是仁贵之寒妻。

仁　贵　确实！方才未认出。这厢有礼了。

柳迎芳　方才你见过礼了。

仁　贵　又道是礼多人不怪。

柳迎芳　切勿拘礼，拿来。

仁　贵　拿来何物？

柳迎芳　书信。

仁　贵　且慢，大嫂，待我取出信来。（白）未料想，我今日回来，且见到妻子迎芳？我得走近前,她才能认出。不过,且慢.忽又想起，我今已离家十八载，不知其是否忠贞。四下无人，待我与她调戏一番。有了。（对柳迎芳道）唉呀！唉呀！大嫂！

柳迎芳　何故如此慌张？

仁　贵　我保管不善，信不见也。

柳迎芳　啊！怎会如此？你怎能丢失了我夫君的书信？

仁　贵　大嫂，信虽不见，却有一要事相告。

柳迎芳　什么要事？

仁　贵　古人云"报喜不报忧"。

柳迎芳　何谓"报喜不报忧"？

仁　贵　实不相瞒，薛大哥那一日病重，与世长辞也。

柳迎芳　你说什么？死了？（扭着手哭泣）啊，薛郎！薛郎！你已离开
　　　　十八载，杳无音信。而今，消息传来，却是你死讯。

仁　贵　（笑）哈哈哈！你且莫哭，老话常说"死人穿红衣①，嫁人穿
　　　　绿衣②"。薛大哥曾借了我五十两，临终时他叫我到床边，说：
　　　　"老弟！老弟！我时日无多，恐怕再也不能还你这五十两了，
　　　　我家中尚有一妻柳氏。你将她带走，抵这五十两，我将她卖于你。"
　　　　说完，他合了眼，一命呜呼。你现在是我的妻了。来，来，来，
　　　　来！随我家去！

柳迎芳　（惊）当真？

仁　贵　岂敢说谎？

柳迎芳　恶贼！

仁　贵　呀！你可是骂我？

柳迎芳　（唱）大胆贼人你且当心！
　　　　你讲的事，
　　　　我俱知晓，
　　　　满口谎话无一字真，
　　　　如此大胆将我欺哄。
　　　　若我呼喊，
　　　　莫论远近，
　　　　四邻八舍，

---

　　①　相当于英国的"海中好鱼取不尽"（There are as good fish in the sea as ever
came out of it.）。

　　②　唐朝女子婚服为绿色。——译者

闻声而动。

你这歹人无处遁逃，

奸人恶徒快快离开！

仁　贵　快随我去！莫要胡言！

即刻回家，

莫再游荡。

柳迎芳　我不是你妻，我不是柳迎芳。

她在你近旁寒窑内。

仁　贵　你说什么？

她在里面？

柳迎芳　是，是，莫再停留！

进去看看。

定然是将其锁住了，

天爷，我不再害怕了。

（最后几行讲的是仁贵进了寒窑，被柳迎芳锁了进去）

仁　贵　（从里面）为何锁门？

柳迎芳　若不将你锁上，被困住的就是我了。你到此处是为了抓个妇人，

却反被抓。

仁　贵　开门，迎芳。我是你夫君，我回来了。

柳迎芳　胡说八道。（唱）

先前说是当军人，

捎来一封家信到。

如今又说夫君回，

如何证明你身份。

若你真是他，且将过去说分明。

初次见面是何地？上次分开是何时？

那时你是谁？做何去？

分手时说了甚？句句道来。

若有一字不完全，

夫妻见面在阴间。

若你真是我夫君，

自会为你把门开。

仁　贵　（在里面）你开了门才好讲话。

柳迎芳　你若是我夫君，我自会开门。

仁　贵　哎呀，妻吓！

柳迎芳　你想叫妻？

仁　贵　想叫妻。

柳迎芳　爱叫妻？

仁　贵　是，爱叫妻。

柳迎芳　方才在外面时，你叫我什么？

仁　贵　我叫你"大嫂"。

柳迎芳　你就照前来叫。

仁　贵　像方才那样叫你？

柳迎芳　正是。

仁　贵　啊，妻！妻！妻！妻！大嫂！（唱）

哎，听我将当年事细对你言。

时间飞逝，

回望往事，

幼年间一幕幕，

涌上心头。

你我二人初相识，

迎芳尚是豆蔻年。

情投意合把约定，

山盟海誓心不变，

迎芳你许我终身。

一对新人，

满怀希望，
夫义妻贤，
甘之如饴，
笑对命运。

时间飞逝去，
昔日年轻人，
今日老年汉，
苦乐寒暑间，
我与谁人道？

话分两头言，
慢慢细道来，
有一位年高德劭者，
身形渐佝偻，
发丝如雪白。

命我收拾去
即刻向长安。
"长安需勇士，
何故逗留此？
带上兵器和盔甲去吧。"

离别在眼前，
双脚难动弹，
且走且思量，
谁知这一去，
相见隔多年。

平生到此时，

将将二十三。

名利皆双收，

四十单一岁。

我正是仁贵。

柳迎芳 　（白）他那里讲我这里听。是我夫君，连来带去十八年，开了
　　　　门户忙相见。（开门，又关门）

仁　贵　你为何将门又关?

柳迎芳　将门又关，是因为虽如你所言，但看你有些不像。

仁　贵　怎么说是不像?

柳迎芳　我夫君还年轻，你却是个匪寇样，长满胡子。

仁　贵　哎! 你我夫妻十八年后相见，何故因这胡子带来麻烦呢? 开门
　　　　看看我。

柳迎芳　（白）是，定是他，前去开门。（开门，夫妻相拥等。对仁贵）
　　　　薛郎，这十八年来你做什么官?

仁　贵　（白）我离家十八载而归，她不问我吃了什么苦，最先关心的
　　　　是"你做什么官? "（对柳迎芳）贤妻，从前我做的什么官?

柳迎芳　是个火头军。

仁　贵　如今我升官了。

柳迎芳　升为什么官?

仁　贵　如今是军火头了。

柳迎芳　军火头是什么官职?

仁　贵　铡料喂马。

柳迎芳　还是个火头军?

仁　贵　火头军负责做饭。

柳迎芳　真可怕! （尖叫）

仁　贵　（白）看这妇人，听我说了这一句，她竟哭起来了。（对她说）
　　　　贤妻，我如今是王了。

柳迎芳　王! 真不敢相信。有何凭证?

仁　贵　我有印。

柳迎芳　印，让我看看。

仁　贵　（展示印）你看，如何？

柳迎芳　啊，夫君！你十八年后回来只是给我平添烦恼。

仁　贵　此话怎讲？

柳迎芳　你从何处得到这生黄铜？

仁　贵　黄铜！这是黄金印，是王的印。

柳迎芳　当真？

仁　贵　真真的。

柳迎芳　那一定很值钱了。你我夫妻讲了半天的话，你还没有吃饭。进来坐下，我给你备些饭食。（退入寒窑）

第　五　场

（仁贵和柳迎芳看见寒窑里陈设简陋）

柳迎芳　呐，你且在此处稍等片刻，我去去就回，将此处收拾一番你好安歇。（走进一间内室）

仁　贵　呸！这些妇人整日忙于家务，称之为"让你安歇"。实际才不是这样，整日里扫洒不停。吓！这是何物？（见地上有一双鞋）怪哉！十八年前，我不可能把鞋留在此处的，我就这一双，正是穿在脚上这双。何况，鞋也不可能一直放在此处。这是近日穿过的，于我而言又太小。哪儿来的？天杀的！定是她有了勾当！我且看看。

（柳迎芳再次进入。仁贵擒住她，准备杀了她）

柳迎芳　天哪！你要杀我所为何事？

仁　贵　说，这鞋从何处而来？

柳迎芳　这鞋，这鞋——

仁　贵　咳！你怎么不说话？这穿鞋的人你不认识吗？

柳迎芳　呀，认识，很是熟悉。

仁　贵　贱人！真不知羞。他也住此处吗？

柳迎芳　是，我每日离不开他，他一走我就难受。

仁　贵　你还惦记着他。你若与他同床而眠，我也丝毫不意外。

柳迎芳　哎，他每晚都与我同榻而眠，我将他搂于怀里。

仁　贵　（学着柳迎芳）吓！"我将他搂于怀里"，嗯？真叫人心烦意乱！
　　　　（怒气冲冲走来走去）

柳迎芳　（白）看他如此生气，我且逗他一逗。（对仁贵说）你已离开
　　　　十八年了，他陪了我十七年。

仁　贵　真真气坏了我！

柳迎芳　你问的这个人，好叫你知，正是我二人的亲儿子。你离开时，
　　　　我身怀有孕。你叮咛嘱咐，若我有孕，生男取名"丁山"，养
　　　　女名唤"金莲"。这就是丁山的鞋。

仁　贵　我儿！他在何处？他去何处了？

柳迎芳　汾河湾打雁去了。

仁　贵　汾河湾打雁？——（白）天爷，是他！（急忙道）告诉我，他
　　　　穿什么？

柳迎芳　为何看起来如此紧张！他穿蓝衫，一件——

仁　贵　啊！坏了！他被射死了！（晕）

　　　　（谢幕）

大 西 瓜①

姐儿生得似雪花，

樱桃小口缎子发，

眼波流转情丝拉，

才郎一心要告诉她。

没有什么拿，

买了一匣宫粉，

两朵绣绒花，

称了二斤螃蟹，

买了半斤虾，

买了个大西瓜。

一出门栽了个马爬爬，

爬了螃蟹跑了虾，

洒了宫粉揉碎了花，

摔了大西瓜，

"哎呀"，再也不瞧她。

---

① 这首歌谣确实并不高雅，但它表现了中国"滑稽"歌谣和英国的一些歌谣之间的相似性。

六　月　雪①

眼冒火愤愤不平，
青筋暴面红耳赤，
窦娥她怒然不认，
蒙冤的滔天罪恶。

"都是那栽赃陷害！
我一介女流之辈，
大人您细细看来，
我有那凶徒样吗？

"这双手能杀人吗？
（我手无缚鸡之力）
这双手能投毒吗？
天杀的！婆婆也受冤！

"你们家也有女儿，
何故要如此毁她。

---

① 窦娥因被诬告毒害了她的婆婆而判以死刑，押往刑场砍头。老天也容不下此
等冤案，在盛夏时节下了一场大雪，以昭示窦娥的清白。窦娥也因此立刻被释放。

花颜月貌女娇儿，
似我般无罪蒙冤。

"冤呐！实乃屈打成招！
窦娥蒙冤被谋害，
冤死在列位眼前，
可老天不会冤死我！"

窦娥跪地面如纸，
流干眼泪求老天。
冷酷无情刽子手，
围着窦娥叹不止。

窦娥垂头不言语，
心如死灰等刀落。
刀起异事即刻现，
酷暑仲夏飘飞雪。

在场无不大吃惊，
心怀敬畏把首垂。
飞雪飘零窦娥前，
无言昭示窦娥冤。

张良吹箫

此夜间军士入眠，
嘈杂声渐渐不闻，
放哨兵严阵以待，
以防备突然进犯。

低缓缓沉郁悠扬，
抚人心余音袅袅，
轻柔柔动人心弦，
恰好似风铃^①声声。

饱满如顿挫抑扬，
哀婉间珠落玉盘，
铿锵如裂石流云，
轻叹息哀莫心死。

动人乐悲悲切切，

---

① 风铃，更通俗的叫法是"铁马"，虽然现实中两者有很大区别。风铃是钟形的，而铁马是扁平的且形状各异，但中间都有一块铁片，否则就不能发出声音。这些风铃悬挂在佛塔或寺庙角落的屋檐上，当风吹过时，会发出悦耳又忧郁的声音。

应声①者不绝于耳，
齐声和浅斟低唱，
天籁般萦绕人间。

入睡人闻声而醒，
恍惚间昨日之乐，
戚戚然泪光闪烁，
往日情一一浮现。

儿时景映入眼帘，
梦中人久别重逢，
儿女爱妻老父母，
骁勇者泪湿衣衫。

夜阑幽梦忽还乡，
不思量翻涌心上，
思乡情深难遏制，
情随声响愈发浓。

飘飘乎从何而来？
引得人魂不守舍，
洞箫声洋洋盈耳，
纵使铁汉亦柔情。

一时间相顾无言，
仙乐声声把人唤，
不及天亮返故乡，
看敌军人离兵散。

① 回声，更常见的说法是"回响"。

乐声阵阵魔力现，

神乎其神不可言，

张良^①一曲洞箫声，

吹散八千兵士气。

---

① 张良是刘邦（西汉开国皇帝）的军士。某次战斗前一晚，张良在垓下吹箫，
霸王手下的军队被这种愁绪触动，生出强烈的思乡之情，八千人在一夜间撤退。据说，
角笛曲（ranz des vaches）让瑞士人也产生乡愁。

杨 贵 妃

（中国的阿那克里翁诗歌 ①）

天生丽质杨贵妃，

自来尤物独一个。

国色天香谁堪比，

风姿绰约无人敌。

放眼大唐王朝里，

婀娜多姿唯一人，

肤若凝脂，

一言一行，

无与伦比，

白璧无瑕，

成千个人人人夸，

五十出戏戏戏唱 ②。

天生丽质杨贵妃，

一颦一笑皆是情，

一顾一盼皆有意，

风姿绰约无人敌，

出水芙蓉花一枝，

① 阿那克里翁为古希腊抒情诗人，其诗歌多描写爱情。——译者

② 以杨贵妃为女主角的戏有五十出，至今仍在数百万中国人中广受欢迎。

蹁跹起舞发丝扬。

　　鬓云乱洒，

　　香丝漫飞，

　　轻抚慢捻，

　　滑落香肩，

珠圆玉润相辉映，

谁人能比杨贵妃?

天生丽质杨贵妃:

　　眉似柳叶，

　　"秋波"① 荡，

　　杏眼脉脉，

　　常含情。

杏眼朦胧微微闪烁，

　　害羞地轻轻一瞥，

腼腆颔首，顽皮抬眼，

欢快，闪耀，嫣然，灵动，

谁的眼睛能比她更明亮?

一双明眸时而梨花带雨，

　　时而顾盼生姿。

数不清的十四行诗都在赞美它，

李太白为它写下了一首首诗。

羞涩、水灵、恳切、戏弄，

迷人、慵懒、可爱、妩媚，

魅惑、狡黠、顽皮、淘气，

率性、肆意、柔情、骄矜，

_____

① 秋波，比喻眼睛好看。

明闪闪的杨贵妃的眼眸。

天生丽质杨贵妃，

唇赛樱桃红，

撅起嘴，生闷气，含笑，雀跃：

好似喃喃自语："我们如此甜蜜——

来吧，用你的嘴掠过我们，

品味我们，亲吻我们，鼓弄我们，震颤我们！

我们会教给你真正的幸福！

用香甜的吻滋养你！

在我们殷红的嘴唇里，

潜藏着最甘美的花香：

我们拥有给予的力量

生命归于无尽，幸福归于存在！"

贵妃浅笑，朱唇轻启，

两排珍珠牙，

肤若凝脂，

面色潮红容光焕发——

期待着被咬一口的水蜜桃——

露华滋润，霞光照耀。

李太白挥毫四行诗，

妙语连珠，

无人能敌。

"那绯红的脸颊，

玫瑰般娇艳！ ①

亲了这侧脸颊，另一侧也会，

---

① 直到今天，鲜花和颜色都以她的名字命名。我们称为"玫瑰红"的颜色一直是以她的名字命名的。

羞答答地表示——‘亲吻我’。"

天生丽质杨贵妃，

倾国倾城貌无敌。

谁比她婀娜？

一颦一笑一举一动，

无与伦比，

白璧无瑕！

诗人写文赞叹她，

唐明皇^①也为其倾倒。

---

① 唐明皇是唐朝著名的皇帝。大约在 730 年 (唐明皇在位时间为 712—756。——
译者)，杨贵妃是他最爱的妃子。

皇帝的爱妃

（中国的阿那克里翁诗歌）

唐明皇宠爱杨贵妃，

为她活着，与她活着，永不分离，

在她身侧走来走去。

在宜人的夏日里，

携手漫步，

与杨贵妃并肩，

聆听泉水的演奏，

爬上假山，

穿梭在诗情画意中，

在山间、湖泊、奇石、谷地和林间。

"若朕没有杨贵妃，

要这江山有何用？

有贵妃俗世变天堂，

真乃俗世乐土。"

正午有情人在湖边，

（每日他都会带贵妃来此地）

莲叶荷花萦绕周围，

水中嬉戏无比欢愉，

此刻他们行至林荫道，

头顶树荫如盖，
树荫的缝隙间，
衬托出斑驳的蓝色，
露出天空的容颜，
洒遍有情人周身。

"若朕没有杨贵妃，
要这美景有何用？
贵妃行走朕身侧，
真乃天堂，她就是王后。"

脚下绿草如茵，
万紫千红的花儿争奇斗艳，
毛色光鲜啼啭的鸟儿
自由飞翔。
在这里避暑时，
贵妃会教鸟儿歌艺①。

每棵树上都能听到
树叶婆娑，轻声慢语
神乎其神——
似天使的翅膀轻轻挥舞。

"若朕没有杨贵妃，
要这江山有何用？
贵妃常伴朕身侧，
真乃俗世乐土。"

---

① 实际上，中国人认为是这些鸟儿模仿她的声音啼叫。

浮光掠影穿透密叶

纵横交错，

时而后退，时而前进，

阳光在阴影后飞驰，

在草地上撒下的网，

是描龙绣凤的作品——

巧夺天工，

闪烁如阿拉伯花饰，

任由光束、日光和阴影雕刻而成，

大地是绿色的密林珐琅。

"若朕没有杨贵妃，

要这美景有何用？

贵妃常伴朕身侧，

真乃天堂，她就是王后。"

情　丝
（中国的阿那克里翁诗歌）

如瀑青丝一根根坠落，
拿剪刀的手依旧无情挥舞
在秀发间，直到全部剪完，
停下，低头看着满地狼藉。

小脚踩在自己的黑发上，
流转的眼波里是难以言喻的轻蔑。
是荣宠！剪掉的头发是荣宠，
但透过玻璃看去，她依旧光彩照人。

一瞬间她又低落了，默默跪下，
跪在那些刚才还飘逸在自己身上的黑发上。
面如死灰，心如刀割，
泪下似雨，低声道：
"把头发拿给你的主子，用这黑色缎发
为他的琵琶换上新弦。
在他回应我前，
让一直弹奏的琴弦变成他的心弦。

"让他看着青丝，回想从前，

他曾把玩的秀发是什么样！

他曾拔下一根亲吻并缠绕，

缠绕过我二人的手指，信誓旦旦：

'若我与这心爱的秀发分开，

若我不爱你，或者没有现在那么爱你，

那就让我永怀绝望，

若违誓言，天地不容！'"

爱意浓烈！杨妃知道爱的力量，

她被赶出宫没多少时间，

不足一个时辰她的头发就送来了他的回信，

他回应道："回来吧，免你罪过。"

幻　乐

若这是一场梦，我祈祷再也不会
从这般场景中醒来。
若是真的，但愿一直如此！
管它真假，幸福如斯！

这定是天堂，而我，一介凡人，
在这富丽堂皇的大殿里肃然起敬。
我看到霓裳作顶，门庭流光溢彩，
苍穹作墙，群星环绕。

屋顶、墙壁、蓝色和金色的马赛克地板
在不断变化的色谱中熠熠生辉，
光束从四面八方倾泻而来，
交织出璀璨无边的壮丽之景。

鎏金宝座，耀然夺目，
眼花缭乱又蔚为大观。
窈窕身姿，周身雪白，

正是嫦娥①，玉貌花容的仙女。

霓裳羽翅的仙女轻舞盘旋，

在王座上方幻化为顶。

众仙女立于她面前，

身着华服，飘带飞舞。

仙女在上空朱唇轻启吐气如兰，

声声婉转，下坠，

又与低处的歌声交织，

金色音符的影戏萦绕大殿。

每一个音律都沁人心脾，

如大地久旱逢甘霖。

这芬芳馥郁，让人沉醉于

万花丛中坠落的音乐菁华。

若这是一场梦，我祈祷再也不会

从这般场景中醒来。

若是真的，但愿一直如此！

管它真假，幸福如斯！

---

① 嫦娥是月宫中的仙女。杨贵妃在梦中被她带到广寒宫，贵妃在那里听到了仙乐，醒来后，她立即将梦中的仙乐谱成乐曲，取名《霓裳羽衣曲》(历史上，《霓裳羽衣曲》的作者有多种说法，司登德在这里只是提供了其中的一种传说。——译者)。皇帝将乐曲交给李龟年，让乐手们练习。排练的时候，一位乐人在宫殿外听到了这首乐曲，被这天籁震撼，便将它记了下来。不久，当首都长安被叛军攻占，李隆基逃亡在外遇到了一个人，此人正在街头以卖唱这首乐曲为生。

杨贵妃之死

无声无息，
并排而坐，
无言以对。
他们都试过
去掩饰
内心深处的
恐惧。

那是什么？远处的喧嚣。
夜风的哀号？汹涌的海浪？
离得越近越发清晰，
传来那个名字，苍天！是杨贵妃的名字！
他们只是听着却不言语，他们都很清楚
这低沉的声音对一个人来说就是丧钟。

越来越近，越来越近，
嘶哑的嘈杂声传来：
现在听得更清楚了，
他们喊着一个名字，

喊的正是杨贵妃的名字!

"打倒祸水!

我们忍了太久了,

今夜,我们发誓

要她偿命!

"她在何处,你的宠妃,

不堪的杨贵妃?

把她拖出来,无耻的国贼!

让我们的刀看看

是不是她玉体里流的血,

比你的臣子的血更纯粹?

臣子们多年忍辱负重含冤蒙屈,①

他们的辛苦钱浸泡在血汗和泪水中!

"儿子被杀,女儿被玷污!

家园被掠夺,田地荒芜!

她就是叛乱和斗争的根源,②

若她不死,我们决不开战!"

"只有杨贵妃

---

① 对杨贵妃的诸多怨言之一,就是她喜欢新鲜的荔枝。她太喜欢荔枝了,以至于应季的时候,她每天都命人把荔枝从距离长安三千里的南方运过来。这种看似简单的要求造成了巨大的艰难困苦和不公正。那些携带荔枝的信使在贵妃的保护下,实施了各种暴力掠夺。

② 杨贵妃曾与一位名叫安禄山的贵族勾结,而据说安禄山后来发动叛乱就是为了得到她。尽管如此,皇帝还是集结了一支庞大的军队,由杨贵妃陪同去见安禄山。一到四川的马嵬(马嵬并不在四川,而应该是唐明皇在逃往四川的途中经过马嵬。——译者),皇帝的大军就叛变了,宣称杨贵妃是他们造反的原因,并要求取她性命,否则就拒绝出战。皇帝别无选择,只好妥协。有人说,皇帝下令由士兵勒死她;还有人说,她是自缢而死。后者似乎更可信。

死

才能阻止

这场叛乱!

"苍天无眼!

非得如此!

我一定得宣告你的死期吗?

把你送进坟墓吗?

唉! 我的杨贵妃,

我无力救你!

我能让你活下来吗?

性命、王位、江山, 我都愿意献上,

把你从坟墓里救出来。

可他们却执意如此,

我这个愿意为你而死的人, 却下令要你性命。"

"看, 我很平静, 我害怕的不是死,

而是他们野蛮的方式。

说你能忍受我躺在这里吗?

在血泊中挣扎, 被残忍的刽子手丢弃?

"想象一下你曾经如此珍惜的秀发,

被他们沾满鲜血的手缠绕。

撕扯—扭打—昏厥—流血! 你能忍受

眼前的这一切吗?

"被百刃刺穿, 我的鲜血流淌

流成血河, 你看得到

那麻木不仁的谋杀者眼瞅着我垂死挣扎——

用饥渴的目光幸灾乐祸地注视着我的痛苦?

"我这样卑贱，但让我忏悔吧，
在这最后的时刻，
为我的滔天大过赎罪，
而且，饶了我吧，就像你也得到了原谅那样！

"我最后一次求你，让我独自死去吧，
除了你，不要让任何人看到我死去。
动手吧，让我独自面对，
别让那腌臜之人看到我玉碎香消。

"东西就在这里。我只能解开
腰间的绸带，
打个结，打个结，套一个索，
是我亲手套在脖子上的。

"用我自己的双手紧紧地拉扯两端，
就这样死去"
——话未说出口——
短暂地挣扎，杨妃命殒
带着她所背负的骂名。

"收起她的尸身！
别让我看见
那苍白的脸，
那双眼睛如此刺目，
凝望着我！

"它们无处不在地跟着我，
看着我去的地方——

在地上——在天上，
还是那个空洞的眼神。
带走那双眼睛！

"把她轻轻放进墓里
像她倒下时那样。
这儿——在这口老井旁边
柳枝摇曳。
轻轻地用土盖住她。
哦！杨贵妃！
现在我失去了你，
这江山又算什么！"

杨贵妃之墓

四百名侍女站在杨贵妃墓侧，
他绝不让任何人看到贵妃的玉体。
一片沉寂笼罩，无人说话，
四下悄然，只有铁锹的声响。

缓缓而挖，因为这些纤纤玉手
都不曾挥动铁锹劳作过。
只有侍女的手才能挪动杨妃的尸身，
除了明皇，也只有侍女能看到杨妃。

还在挖，明皇立在一旁，
双臂交叉，嘴唇颤抖，眼神疲惫又期待，
站在不远处看着侍女们挖，
不多时，她们就会挖出青黑的尸身了。

一道微弱的光线照进挖开的坟墓，
却在周围投下了更深邃的幽黑。
那一刻——坟墓、挖的人，这奇特的场景——
阴影里的一切都在等待贵妃的尸身。

"现在，现在，小心点，我要把尸身原样挖出来，

　　就算躺着，她也是倒下时的样子。

绝不能挪动她的衣衫，千万小心，

　　轻轻举起来。——老天！尸身不在这里！"

侍女们惊声尖叫，明皇脸白如纸，

　　哀风似乎也像人一样悲号。

"这可怕的谜是什么意思？再挖，再挖深一些！

　　她一定在！挖，不准抗旨！"

侍女们战战兢兢地听命，明皇厉色地看着，

　　直到他确信尸身真的消失了。

衣物、首饰都不见了，看不到任何痕迹，

　　可怜的杨贵妃只留下一个小小的香囊①。

---

① 事实上，皇帝之所以下令命四百名侍女来挖出可怜的杨贵妃的尸体，是因为他不愿让任何男人看到贵妃的尸体。同样确定的是，尸体消失了，没人知道是以何种方式消失的。但人们普遍认为，杨贵妃羽化为仙女，留下了她在去世和下葬时佩带的香囊，作为给皇帝的遗物。

几年后，有个开酒馆的老妇人常拿着杨贵妃的一只锦袜来展出。杨贵妃死时是否穿着袜子，我们不得而知。常常有很多人蜂拥至这家酒馆去看，尽管杨贵妃生前不得人心，但她死后的悲惨命运，一定使人们对她产生了同情。病态的好奇心似乎在当时的人们和现在的我们身上都很普遍。

杜 鹃 花^①

来到此地不多时，
没来由想把歌^②唱，
唱得高了唱得低，
请你各位多见谅。

要我唱歌莫多问，
要我摇橹^③马上去，
要我喝酒杯倒空，

---

① 《杜鹃花》是即兴歌曲的典型代表，同时它也展示了大量的历史信息，其中一些信息是由即兴歌手以押韵的形式演唱出来的。读者也会在一两个地方感受到，歌手有时也不理解歌词，但他却能很容易地引入一些押韵的东西，这些东西与主题无关，但却足以给他喘息的时间，就好像抓住了线索，就能毫无阻碍地继续下去。

而歌词除了押韵以外并无他意。事实上，在与中文文本保持一致的情况下，还要把它翻译成英文歌词是很难的。这首作品的新颖性和信息量是它的主要优点，它的新颖性是毫无疑问的，因为除了我自己的作品外，我不记得在任何英汉作品中见过这些即兴创作的歌词，更不用说那种风格的样本了。

这是不久前寄给《中国评论》的一篇文章。

② 民歌或山歌。这些歌通常是即兴创作而成，来自歌手脑海中印象最深刻的内容。中国人很擅长这种艺术形式，小贩和货郎会用韵文夸耀自己的商品质量，乡下人会夸耀自己田地富饶、住宅舒适等。事实上，几乎每一个中国人都在某种程度上具有韵文的天赋。因此，杜鹃花是民歌的基础，歌手似乎会依据杜鹃花的不同颜色唱不同的主题。

③ 划船。

要我结婚生女儿。

小曲好唱头难开，
樱桃好吃树难栽，[①]
大米好吃地难锄，
鱼汤好喝网难筛。

要唱小曲先定题，
"水击石头在小溪"，
"红尾鲤鱼波浪戏"，
"杨树摆动像奴隶"。

唱歌定题题不好，
拉弓弓弦也会断，
粗丝能把弦来续，
换个题来也能唱。

歌里从东唱到西，
镰刀耙草没目的，
货郎没有好货卖，
串起珠子抓一起。

不常唱歌歌会忘，
不常走路路长草，
不常用刀刀生锈，
情谊长久也变淡。

我且唱歌你且听，

① 樱桃树苗在中国很难培育，存活率不足百分之一。但当它们长大后，又和其他果树一样耐寒。

夫差^①大败敌三千，
锣声响起兵马退，
且等我来继续唱。

四行小曲事两件，
水沟挖出运河来，
女子嫁人姓名改，
活久就成老太太。

有人听歌有人唱，
来的都是座上客，
喜欢您就听我唱，
不喜您就悉尊便。

老爷出门敲大锣，
和尚大街念弥陀^②，
情歌唱的女人爱，
庄稼汉唱歌不觉劳。

唱起歌来歌声亮，
歌声亮却不刺耳，
词不相同韵一样，
唱到各位心喜欢。

杜鹃花开花儿绿，

---

① 吴王夫差。大约在前 300 年 (此处与史实不符，夫差灭越大约在前 494 年。——译者)，也就是人们所称的战国，吴王打败了他的对手——越王勾践的军队。据说勾践在受到吴王的羞辱后，发誓不报仇决不罢休。他坚持复仇，卧薪尝胆。最终，越王勾践实现了自己的目标，灭了吴国并将吴王放逐。
② 阿弥陀佛。

纣王^①事事听妲己，

　　忠臣良民尽被害，

　　讨伐纣王灭商代。

杜鹃花开花儿金，

　　太公^②八十遇文王，

　　辅佐文王推翻商，

　　周坐王位八百年。

杜鹃花开花儿红，

　　孙膑^③自来兵法懂，

　　兵法得自一只猴，

　　"七雄"^④争霸名利收。

杜鹃花开花儿蓝，

　　苏秦为名历多年，

　　游说秦国空手归，

---

① 纣王是商朝最后一位君主，他的虐行直到今天都遭到唾骂。这个暴君发明了许多酷刑，其中即包括"炮烙"。炮烙是用一根空心的铜柱，里面装满了燃烧的炭，受刑者被逼迫抱着铜柱，痛苦至死。条件允许的话，纣王最喜欢的妃子妲己比他更加暴虐。妲己最大的乐趣之一是打赌孕妇怀的是男孩还是女孩，为了满足她的好奇心，纣王会命人直接在她面前剖开孕妇的肚子。

② 太公姓姜，是一位垂钓者，在八十岁时才成为周的丞相。在他的辅助下，商王朝被推翻，周朝得以稳固建立，周文王的三十四个后代相继称王。

③ 孙膑是西汉时期一位有才智的将军，他写了一本关于军事战术的书，名为《六甲兵书》并流传至今。然而，人们普遍认为是一只猴子送了他这本价值连城的书。

④ 汉朝第一位皇帝给他的七个儿子每人一块封地作为赏赐。这些诸侯国的名字是秦、楚、韩、齐、赵、燕和魏。(此处与史实不符，战国七雄是春秋末年的七个主要诸侯国。——译者)

归至家中遭妻嫌。①

杜鹃花开香又香，
韩信②持矛追霸王，
萧何③月下追韩信，
黄金易得价低廉。

杜鹃花开黄又黄，
韩信垓下困霸王④，
一路追至乌江口，
霸王自刎谢江东。

杜鹃花开花儿香，
昭君⑤出塞过边关，
行至水边身投江，
为保气节把命丧。

杜鹃花开花儿灰，

---

① 337年的战国时期（应为前337年。——译者），苏秦还是一名穷书生，他离开家到处游说，希望能求得一官半职，然而却无功而返。回到家里，正在织布的妻子对他不理不睬，甚至都不肯看他一眼，嫂嫂也不给他做饭。于是他再次外出，这一次他成功谋到了一份收入丰厚的官职。回到家后，家人都非常尊敬他，妻子跪在他面前。苏秦察觉到了这一差异，痛批道："前倨后恭也。"

② 名将韩信曾一度穷困潦倒，有一次一位老妇人给他管了一顿饭。韩信当上将军后，遂赠予老妇人一千两报答她。

③ 萧何是相国。他制定了五种刑罚并定下汉律。秦朝被推翻时，其他将军都一心想掠夺金银财宝，只有萧何在寻找国家文书，借此他掌握了政府运作的方式。萧何认定韩信有将帅之才并举荐了他。下一段证明了萧何的眼光是多么独到。

④ 霸王是汉高帝刘邦的对手。他性情残暴，所到之处烧杀抢掠，生灵涂炭。在被韩信追上后，他发现已无处逃脱，于是在乌江附近自刎，就此结束了一生。但霸王的残虐行为仍留在每个中国人的记忆中，以至于有时有些特别恶劣的事物会以他的名字来命名。北京有一种笔直多刺的仙人掌，人们只知道它的名字叫"霸王鞭"，还有一种圆形多刺的仙人掌叫作"霸王拳"。

⑤ 见本书第27页《穿越界河》。

梁冀^①想要坐皇位，

两度谋害小皇帝，

渔女手下彻底败。

杜鹃花开花儿黑，

万家救了渔女命，

来日册封皇后时，

报答万家救命恩。

杜鹃花开花儿尖，

简人^②卖书度流年，

渔翁父女常接济，

月夜逃出敌阵营。

杜鹃花开颜色殊，

虎牢关三英战吕布^③，

董卓强行占貂蝉，

老谋深算王司徒。

杜鹃花开花心露，

貂蝉受命王司徒，

凤仪亭内起分歧，

吕布一戟血飞花。

---

① 汉朝大臣梁冀为了坐上龙椅，欲秘密谋害两位皇帝。相士万家春劝他不要生此邪念，但梁冀并未听从。后来一位渔妇救了皇帝，并刺杀了梁冀。相士和渔妇后来都得到盛赞，而前者主要是受到后者的影响。

② 这些人物均出现在戏曲（《渔家乐》——译者）中，并非历史人物。

③ 将军吕布是大臣董卓的养子，董卓虽机敏却品性欠缺。王司徒也是一位能臣，他希望打破董卓与吕布这两个人强劲的联盟，于是使出计谋让二人产生矛盾。他暗暗将一位忠实的侍女——也是他的干女儿貂蝉，先献给吕布，后又献给董卓。这引起两人的争端并最终为此而战，吕布最终得到了侍女。之后吕布又与王司徒联手击败了董卓。

杜鹃花开香又香，

刘备①迎娶刘尚香。

甘露寺内见刘备，

身边紧随赵子龙。

杜鹃花开又枯槁，

张飞喝断当阳桥②，

巨响一声桥塌陷，

恰似情谊霎时崩。

杜鹃花开披血光，

秦琼三打铜旗阵，

罗成被绑旗杆上，

其妻护夫把箭挡。③

杜鹃花开花色深，

仁贵④渡河征高丽，

秦王飞跳大山涧，

---

① 刘备（原文疑错为刘德。——译者）是汉朝皇帝。东吴皇帝孙权要将其妹许配给刘备，但实际上是想杀了他。孙权的母亲在甘露寺见到了刘备和他的忠实护卫赵子龙，听闻有关其命运的传闻，遂立即前往皇宫，斥责儿子背信弃义，并坚持将女儿嫁给了刘备。在其妻的努力下，刘备最终逃离了东吴。

② 张飞此时正被敌人追击，他的兵力并不占优势。他很可能已经毁了当阳桥，而大喝只是桥塌的信号。不管怎样，毋庸置疑的是当阳桥是在他大喊的时候倒塌的。

③ 秦琼是叛军首领（此处与史实不符，瓦岗寨首领为李密。——译者）。山东登州靠山王杨林派兵将其带走。秦琼独自一人，被四面围困。中间擂台上站着一人，手举一面铜旗，以铜旗示意秦琼前进的方向。秦琼两次尝试从士兵中穿过，但都失败了。然而，敌军中有秦琼的朋友，他用箭射中了发令员。士兵们因为看不到信号而不知所措，秦琼趁机逃出。据说，射箭的人是罗成，他被绑在旗杆上，成了靶子，但罗成的妻子勇敢无畏地以身体为罗成挡住了箭，成功救了他。

④ 仁贵是唐朝将军，因高丽人多年未进贡，仁贵遂被派去征战高丽。

唯有尉迟追不舍。①

杜鹃花开红彤彤，
仁贵渡河征高丽，
山东响马②秦叔宝，
好像断桥地树立两旁。

杜鹃花开花色红，
仁贵渡河征高丽，
古庆德③解甲归了家，
学着桑阳种甜瓜。

杜鹃花开花儿灰，
敲更穷汉刘知远④，
瓜园里得到兵书和宝剑，
起义封为唐朝的王。

杜鹃花儿蓝又蓝，
三娘生儿刘咬脐，

---

① 这可能是一个狭窄的过道，短时间内一个勇士可以以一挡百。

② "响马"，顾名思义，这些人都骑着马，而每匹马脖子上都挂着铃铛以警示路人骑手路过。除此之外，响马们还会放一支箭暗示他们可以逃跑。朝廷疏于管理使响马们非常大胆妄为。秦叔宝是他们的首领，后来成为唐朝的将军。

③ 古庆德（古庆德是音译。——译者）在权力和影响力上都是仁贵的对手。当仁贵变得过于强大时，古庆德辞去了职务，重新投身畜牧业。

④ 后汉皇帝刘知远命途多舛。有一日，他将怀有身孕的妻子留在兄嫂身边。嫂嫂却对她百般虐待，在她生孩子那天，还让她在磨坊里碾玉米，为牲畜打水，嫂嫂甚至不愿意借给她一把剪刀来剪断孩子的脐带，最后她不得不咬断脐带。因此，孩子的名字叫"咬脐"。咬脐长大后，有一天外出打猎，为了追捕一只野兔而来到一口井边，遇到了正在打水的母亲，而距离母子二人上次见面已过去好几年了。

咬脐长成入监狱，
窦公哭喊知远又现。

杜鹃花开花又黄，
三娘咬断儿脐带，
咬脐打猎过井边，
偶遇生母李三娘。

杜鹃花儿红又红，
瑞兰客栈遇世隆，
破镜重圆合为一，
夫妻离散再团圆。①

杜鹃花开白又香，
赵匡胤千里送京娘②，
后周叛军谋反时，
马上称王十八年。

杜鹃六叶整齐排，
岳飞反被秦桧卖，
十二道金牌传出去，

---

① 一对夫妇在幼时就已订婚，但后来迫于世道不得不分开。偶然再重逢时，他们认出了彼此，并在一家客栈里完婚。

② 赵匡胤是宋朝（建于960年）的第一位皇帝。在他登基之前，国家动乱，他曾安全护送一位名叫京娘的少女回到千里之外的家。因此，他们朝夕相伴，赵匡胤对她无微不至，也从未忘记自己作为一名侠士的职责。后来，当他在陈桥指挥后周的军队时，将领们给他披上了黄袍，迫使他成为皇帝。"马上"（on horseback）一词与英语中的"martial"（尚武）——如"martial king（武者之王）"——完全相同。更神奇的是，当把"上"发为短音时，"马上"的读音和意义都与"martial"非常相似。

岳飞父子齐被害。①

杜鹃花开花儿满，
武大长街卖炊饼，
金莲把酒常言欢，
武二面前原形现。②

杜鹃六叶光又光，
潘巧云情迷海阇黎，
石秀杨雄定下计，
杀了水性杨花女。③

杜鹃花开花儿蓝，
水泊梁山聚好汉，
武松独臂擒方腊，
打虎英雄好儿男。

杜鹃花开色如泥，

---

① 秦桧是宋高宗时期的奸臣。岳飞与金军交战即将得胜，秦桧觉察到这一点，但出于私利——他与金军勾结——发出了十二道命令，让岳飞回朝。这样一来，岳飞就得离开军队，失去已经获得的优势。岳飞接连拒绝听令，直到第十二道金牌传来，岳飞不得不在儿子的陪同下离开战场。秦桧一见到他们，便下令处决了岳飞父子。

② 武大郎是小说《金瓶梅》中的人物之一。他身材矮小，靠卖炊饼为生。他的妻子是一个美丽却放荡的女人，她试图勾引武大郎的弟弟武松，但武松为人豪爽耿直，拒绝了嫂嫂的诱惑。武松离开了家，以防引起更多麻烦。武大郎的妻子爱上了非常富有并有权势的男人西门庆，二人的奸情被发现后，他们采用最恶毒最无耻的方式毒害了武大郎。武松听到哥哥被谋杀后，杀死了嫂嫂。在故事的开头，武松作为英雄出现在镇上，因为他打死了一只老虎，而这只老虎长期为害四方。武松是一条好汉，后来他失去了一只胳膊，还独臂擒住了臭名昭著的盗匪方腊。

③ 娇俏的潘巧云爱上了和尚海阇黎。丈夫杨雄发现她不忠，在翠屏山怒杀潘巧云。

强取豪夺魏忠贤①，

"圣意"持续不多时，

忠臣顺昌遭谋害。

杜鹃花开六瓣红，

天打雷劈赛卢医，

窦娥②被绑赴刑场，

六月初三天飞雪。

杜鹃花开花儿褐，

流离失所郑元和③，

为果腹唱起莲花落，

高中翰林状元名。

杜鹃花开花儿蓝，

李闯身死城门前，

崇祯自缢"煤山"④上，

清世祖顺治得皇位。

杜鹃花开花儿灰，

康熙雍正接乾隆，

---

① 魏忠贤是明朝的太监。他肆奸植党，假借皇帝的名义祸乱朝纲，迫害忠臣，最终被处死。

② 见本书第91页《六月雪》。

③ 唐朝书生郑元和挥霍无度，后来沦为乞丐。他曾为一个娼妓一掷千金，娼妓也对他情真意切。娼妓竭尽全力支持并鼓励他继续苦读，最终郑元和顺利通过科举考试成为状元。为了感谢该女子在他落魄时的付出，他高中状元后便娶其为妻。

④ 李闯是明末农民起义的领袖，他也曾进京称帝统治中国。明末崇祯在煤山自缢身亡，"煤山"即外国人常说的景山。

微服私访民爱戴^①,

长治久安江山稳。

杜鹃花开花儿白,

嘉庆励精又图治。

风调雨顺缠万贯,

长治久安民康泰。

杜鹃花开花又开,

一统"天下"道光^②帝,

四海之内享太平,

万岁万岁万万岁。

<hr>

① 乾隆深受臣民爱戴,可以说是前无古人后无来者。乾隆曾巡视江南杭州,这证明了天子不应该一直待在百姓看不见也无法靠近的皇宫里。

② 这首歌谣显然写于道光统治时期。此后,正如读者可能知道的那样,另外两位皇帝登了皇位——咸丰和现在(作者收集歌谣时。——译者)年轻的同治皇帝。

怯　五　更^{①②}

一更儿里，

月影儿照花台。

郎君定下计，

他说晚上来。

叫丫鬟打上四两酒哇，

四个菜碟儿就摆上来。

一等也不来，

二等也不来，

不知道郎君在哪儿打莲台。

脱下绣鞋无心把他唤呀，

扑簌簌两眼落下泪来。

二更儿里，

月影儿高。

思想起郎君奴家好心焦，

秋波杏眼流下了泪呀，

---

① 中国人将晚上分为五更：一更大约从晚上 9 点开始，也叫作"定更"；二更大约从晚上 11 点开始；三更大约从凌晨 1 点开始；四更大约从凌晨 3 点开始；五更大约从凌晨 5 点开始。"更"是根据晚间的时间长度设置的，根据情况会或早或晚一些。

② 经考证，其内容更接近天津时调《怯五更》。——译者

直哭得两眼赛过樱桃。

骂声贼可恼，

一去把我抛，

你不该把我哄，

接连哄奴好几遭，

这真是哄死人儿不偿命。

这样的人儿，

怎么能够和你相交。

三更儿里，

月影儿东。

独守空房内心焦，

魂牵梦绕把郎想。

"说回来你不回，

定是不想回。"

灯儿也不明，

被儿冷似冰。

叫声丫鬟忙把火炉生，

炉火倒比郎君热呀，

叫它十声九不应。

四更儿里，

月影儿西。

思想起郎君流落在哪里，

"一朵鲜花儿你摘了去呀，

半开不落，

花儿算谁的?

奴家相交你，

我们才十六七，

并无三心和二意，

来来往往三年整啊，
哪一宗哪一样儿对不起你？”

五更儿里，
到了天明。
忽听得门外有人声，
听了听本是郎君到哇。
双手捂耳，
假装聋。
叫声："姐姐快开门，
可怜读书在外的人。
今天若把门儿开放，
杀身不忘姐姐你的恩。
叫也叫不应，
站得腿发疼。
丫鬟姐姐你快给讲讲情，
今日若把好话讲啊，
买点儿礼物报答你的情。
剪子钢条针儿，
绒线买半斤儿，
北京的肥皂苏州的手巾儿。
今天说下明天买到哇，
撒谎掉皮儿算不了一个人儿。"
双双人儿进绣房，
带进了桂花香。
"郎君你去了哪儿，
说与我听听。
桂花本是我们妇道人家用啊，
因何落到郎君你的身上。"
说话就翻腔，

佳人儿呲儿呲儿地撕了衣裳。

丫鬟在一旁解劝姑娘：

"撕坏了你的衣裳，

你还得自己做呀。

倒不如，

轻轻地打他两巴掌。"

郎君跪当央：

"姐姐听端详，

从今往后定然变心肠。"

其他中国歌谣

咸丰逃往热河^① 去 ^{②③}

英法联军进了京，

正是咸丰十年，

消息飞来警钟鸣，^④

大街小巷乱哄哄！

火急火燎大臣忙，

奔着皇宫找出路，

同求皇上快避祸，

退到木兰^⑤躲一躲。

---

① 中国皇帝的夏季居所，得名于一条外国人称之为"热河"的河流。

② 作为一首本土政治讽喻诗的代表，上面这首诗非常有名，让人想起彼得·平德尔（沃尔科特博士）的一些段落中未经雕琢的部分。1860 年英法联军入侵北京，咸丰皇帝逃往热河。这首诗显然出自某位陪同逃往的官员之手。一经发表，它就被列入北京的禁书目录，只能秘密地印刷和销售。

③ 据伊维德考证，原曲目为牌子曲《热河叹》。——译者

④ 当英法联军入侵北京时，皇帝正住在颐和园。因设置有驿站，英法联军入侵的消息很快就通过信使传到了北京。从北京到颐和园这段路上，人员都被安排在相距不远的地方，所以英法联军入侵的消息在极短的时间内就从一个人传到了另一个人。

⑤ 热河的另一个名字。

此时正是八月间，

原定八日晌午走，

迫不及待提前行。①

马车②皆备，

蓄势待发，

惊魂不定咸丰逃③。

随从守卫，

诸如此等，

苦不堪言。

从未见过，

此等惨状，

乱哄哄作一团。

奇也怪也?

天翻地覆，

不比从前，

大摇大摆，

鼻孔朝天，

今时不同往日!

低声下气，

卑不足道，

望过去愁容满面，

猝不及防，

---

① 命令里说中午出发，但他们已经迫不及待了，所以天一亮就离开了。

② 这里和下文几处都提到了马车这个说法，但皇帝乘坐的是轿子。

③ 咸丰的祖父嘉庆在热河暴毙，像这样没有死在宫中的情况都是厄运。因此，嘉庆的儿子道光在其统治期间从未去过热河，咸丰也害怕去热河，但迫于处境不得不去。有钱人家都已经离开北京，四散奔逃。

惴惴不安，
枕戈待旦随时出发。

无论如何，
困难重重，
但要护皇上周全，
不曾叫苦连天的，
拖着双腿往前走，
筋疲力尽奔热河。

忽然间遭逢巨变，
八旗军不值一提，
想从前潇洒倜傥，
看今日溃不成军。

有的人披着薄纱，
急慌慌毫不在意，
有人显摆穗子和腰牌，
旁边的却衣衫褴褛。

有戴凉帽儿的，
有戴热死个人的毡帽儿的，
各式儿的裤子，
各式儿的鞋。

有人穿着长外套，有人穿着短外套，
各式各样，五花八门。
这个穿宽袍，那个穿窄裙，
个个都是又厚又脏。

赫赫有名的豹尾枪，
不留神散了一路 ①，
　无心思装腔作势，
　仓皇皇赶紧逃命。

骄阳似火热难当，
双脚磨出大水泡，
　一个个筋疲力尽，
　双腿好似灌了铅。

忍饥挨饿继续走，
唇焦口燥不堪言，
　无饭无水不敢歇，
　迫不及待赶路忙。

皇帝终于停下来，
他喝茶来我们休息，
　侥幸得到一杯水，
　可怜得感恩戴德。

歇息没有几分钟，
忽然听闻继续走。
　一阵喧闹吵嚷嚷，
　王公们急忙再动身。

骑兵尚且容易些，
苦了步行的军士们。
　那是侍卫还是随从？

① 这些侍卫在守卫皇帝时，应当把长矛一直"带着"，他们显然"驾轻就熟"（这里是讽刺侍卫们有了逃跑经验，丢盔弃甲成为家常。——译者）。

连把弓箭都没有!

长剑就手放一边，
随意挂在马背上，
没有鞍来没有鞯^①，
苦了马匹和骑马人^②。

可怜的轿夫汗如雨，
扛着轿子尘满面，
用尽全力还嫌慢，
风尘仆仆一路奔。

鞍马劳顿不得歇，
鞋子磨掉千层底，
要是走在大街上，
抬脚就要往下掉。

渡河眼看浪滔滔，
不由得思想起从前，
若这也算一桩好事，
好似轿夫得了意外赏。

费尽气力爬上岸，
还有泥潭一尺深，
深陷泥潭脚难干，
不远还有下一片滩。

---

① 可能是铺在轿子上和皇帝居住的房间里的棉垫。

② 每段行程都应该有人马交接，但匆忙中这件事没有安排到位，也可能是没有足够的人力和马匹来完成交接。众所周知，皇帝不得不吃煮鸡蛋和简餐，因为没有给他的日常饮食做任何准备。

往前看见石槽①现，
昏昏沉沉见长亭②，
稍稍有些心安慰，
此处度过第一夜。

日头西斜③，
稍事休息，
想找个软床都是奢侈，
随处找个，
平整土地，
大街上就支起了床。

饿得前心贴后背，
穷得没钱买锅巴，
有顿晚饭该多好，
一定吃得连渣都不剩。

有人分到玉米棒，
我分到一块生土豆，
坐在地上大口嚼，
心存感激无怨言。

想起妻子想起家，
不由得心生感慨，
从前不知家里好，
此后定会倍珍惜。

---

① 石槽系 Shih-tsao 的音译。石槽可能是沿途的地名。——译者
② 从北京到热河，每隔一段都修建了长亭以供皇帝休息。
③ 太阳下山了。

一更里，月升空，
月影儿照在地铺上，
谁料想善恶到头，
我们又罪有应得。

职位、荣誉和官阶，
不得不说，只能怪我们自己，
早知道遭逢此难，
又岂会在乎官阶。

二更里，月西沉，
秋风刺骨寒，
寻不到一条毯子，
只有一件薄衣衫。

三更里，月儿落，
乌云密布雨要来，
悄寂无声四下静，
想起家里安逸的床。

不是病来不是惊，
谢天谢地都还好，
但伸手不见五指，
甚时才能回京城？

四更里，如何是好？
雨下得湿透衣衫，
匆忙出行忘了蓑衣，
要是带上就好了。

五更里，四下响动，
鸡鸣狗吠天将明，
惨兮兮苦不堪言，
眼含热泪到天明。

理理衣衫，
跑到旅亭，
备好轿子不多言，
步履匆匆再出发。

第三日早上进了山，
面红耳赤喘吁吁，
去路已然多坎坷，
山路崎岖又颠簸。

重山叠嶂入眼帘，
高峰耸立向青天，
四面八方群山绕，
秋色一片在山尖。

眼前好似天堂景，
青山绿水如诗画。
一桥横跨山涧中，
浪花奔涌嬉戏闹。
一处峭壁垂直起，
遮住水流宝石纱，
镶镀一层金水花。
半是娇羞半是真，
浅吟低唱喃喃话。
轻声细语流向桥，

蜿蜒曲折路上滑，
时而光下亮晶晶，
时而羞涩躲闪闪。

定睛看向光辉景，
心中豪气悄然生，
艰难困苦抛脑后，
巍巍长城入眼帘。

遥想始皇①修长城，
孟姜芳名万世唱，
殿前得赏玉腰带，
千里寻夫到长城。

眼前胜景无心看，
但觉人困马又乏。
过路遇到乡下佬，②
不肯多看咱一眼。

日夜兼程跑不停，
风霜日晒无需言，
越过一重一重山，
前路崎岖更艰难。

陡峭山路不好走，
绑着轿子往上拉，
汗流浃背推又拽，
好不容易才上去。

---

① 中国的第一位皇帝。
② 路上的老人嘲笑地指着他们，称他们为懦夫和逃跑者——估计是小声说的。

骑马扬鞭继续行，
十五夜里到滦平，
圆圆的月儿当空照，
月色万里静。①

家家摆上瓜果糕，
若我在家也这样做，
亲朋欢聚在一起，
现在我只想能有点儿吃。

无人陪伴话在心，
抬头望月长叹息，
是非对错且不论，
只想早日回北京！

离家以来多磨难，
身无分文可挂牵，
再差也不过如此，
八天八夜就地眠。

哪怕只是一杯酒，
足以聊慰且开怀。
艰难困苦权不计，
暂且安稳度中秋。

料是此行多不济，
倒地睡到天大亮，
一觉醒来日高悬，

---

① 这首歌谣的作者尽管赶路艰辛，但显然对风景等有敏锐的洞察力。

辛苦奔波又一天。

备好轿子一路行，
没有多时到滦河，
白浪翻腾似蒸汽，
舟船顺着河水行。

跨过大桥至对岸，
千辛万苦不停歇，
穿山越岭一座座，
热河牌楼终得见。

耳听得一阵喧嚣，
茶酒洋药 ① 琳琅满目，
胜过了所有地方，
思想起烟袋斜街 ②。

笨手笨脚 ③ 的乡巴佬东张西望，
小商小贩吆喝忙，
男的女的扶老携幼，
人声鼎沸吵嚷嚷。

门上挂着小纸伞，
在别处我不曾见，
说不好为什么这么做，

① 鸦片。
② 北京前门外有两条半圆形的街道和商场，出售各种各样的用品和装饰品。其
也被称为杂货市场。这两条街分别是东、西烟袋斜街。
③ 字面意思为"傻""蠢"。

女人说这是五七①。

沸沸扬扬继续行，
来到了牌坊跟前，
离行宫越来越近，
辖罕木②美轮美奂！

真真是富丽堂皇，
三座大门立中央，
上书三个大金字，
正是丽正门③。

听闻得周围校场，
方圆四十里松柏盎然，
在其中麋鹿成群，
无人敢惊扰它们。

群臣跪倒在两侧，
万岁声中轿子入，
所闻所见难以言，
但晓得侍卫忙什么。

筋疲力尽口舌燥，
衣衫不整帽也歪，
汗流浃背脏兮兮，

① 在人死后的第三十五天，人们会在门口挂上纸伞，然后烧掉。我不明白为什么要挂纸伞。这种风俗一定是当地特有的，就像我在其他地方遇到的一样。
② 辖罕木是源自满语的词。辖罕木高三四英尺，由木头制成，放在宫殿、衙门等入口的两侧。
③ 丽正门可以翻译为"辉煌的正门"。

努力让自己干净利索。

三五成群找住处，
寻个地方好睡觉，
有人去找老朋友，
有人跑去旅店寻。

女人们簇拥而来，
尽心力照顾我们，
个个都不施粉黛，
患上了大脖子病①。

派我们出去放哨，
这倒是容易很多，
暮去朝来一天天，
终于领到了辛苦钱。

天气日渐冷起来，
几千件狐裘拿出来，
到了手里再一看，
说是羊皮也不为过。

不久京城传来信，
一切都已安顿好，
恳求皇帝速速回，
国不可一日无君。

返程日子约定好，

---

① 我听说几乎每个女人都得了这种难看的水肿，主要是因为水。

到了那天又反悔，

皇帝又把日子改，

得知消息真沮丧。

皇帝明显不想回，

思前想后没主意，

又是回又是不回，

又是走来又是停。

最后决定留在这^①，

过了冬天再回去，

回京时间遥无期，

死后送去东陵^②里。

---

① 大臣们劝他留下来，很可能是担心皇帝会被迫接见外国人，从而让外国人知
道他们的逃亡情况。

② 东陵是清代皇家陵墓之一，另一个是西陵。奇怪的是，没有哪位清朝皇帝和
他的父亲葬在同一个地方，皇帝们交替葬在东陵和西陵。因此，咸丰葬在东陵，道光
在西陵，嘉庆在东陵，乾隆在西陵，雍正在东陵，康熙在西陵，顺治在东陵。(此处
与史实不符，清东陵埋葬的皇帝有顺治、康熙、乾隆、咸丰、同治，清西陵埋葬的皇
帝有雍正、嘉庆、道光、光绪。——译者) 有传言，东陵里葬的只有顺治的画像，他
暗地里在五台山出家做了和尚。每年都会有很多鞑靼人去那里拜祭。

卢沟桥的狮子①

北京城三十里外，
行人且去看一看，
便是那座卢沟桥。
无所事事闲得慌，
径直奔向卢沟桥，
定然看到这奇景。

桥两边，
立满石狮子，
望柱上蹲靠着，
说来奇怪，
狮子也不多，
可数也数不清。

---

① 卢沟桥，离北京大约三十里，位于彰仪门的西边。由明朝太监刘瑾建造的一
条石路，通向并终止于卢沟桥，这座桥比这条路要古老得多，据说这座桥建于唐朝。

人们普遍认为，从未有人成功地数出桥两侧护墙上的石狮数量——尽管这看起来
很容易。一位懂行的人出了一个主意，先在石狮的两侧贴上一张红纸，然后数它们，
但据说他已经死了，任务没有完成。北京附近的每一个人都知道这个传说，许多人都
试图数数狮子，但都放弃了这项任务，因为他们认为毫无希望。

偏有人不信这邪，
数得病魔缠身去黄泉，
数得鬼迷心窍渐疯癫，
一日日数来数去，
白发苍颜时光逝，
谁也没有数清过。

人人都饶有兴致，
看起来不到一百只，
数起来却颇费气力。
那些不屑一顾的人，
且让他去数一数，
数到最后都得服输。

顺着第一行，
仔细往前走，
估摸着数对了，但，瞧!
且去对面看，
狮子数量翻了番，
刚才看着是一只，
现在不知多少只。

形状各异大小不一，
毛簇尾巴茶色眼珠子，
阳光照耀下闪闪烁烁，
嬉耍间栩栩如生。
有的洋洋自得舔着嘴，
有的忙不迭地吮着爪子，
小狮子爬在大狮子背上，
透过缝隙、角落和孔洞偷偷地瞄，

蹲在爹妈的鼻尖，
从脚趾边悄悄地瞟，
上下左右，
无处不在，
都是些奇奇怪怪的地方，
肚子下面，歇靠在耳朵上，
梳梳鬃毛，理理毛簇尾巴，
尽管数，定然无功而返。
数来数去，
数不出一个数。
以为数清了，
跑来再看一次，
哑然发现又不一样，
这儿少一头，那儿多一头。
到头来不得不放弃，
唉！这可太常见了，
除非留在卢沟桥一直数，
数到癫狂，
数到死，数到化身石狮子，
给这本就数不清的石狮子，
再添一个数，
更加数不清。

别管您去哪儿做甚，
留心卢沟桥的石狮子！
千万别去数，
数到死，数到疯，数到变成石狮子。

骷　髅　树 ①

干枯凋敝的老树你可瞧见？
瘦骨嶙峋好似那骷髅一般，
形销骨立长臂向空中伸展，
骷髅树旁便是那自尽者聚集地。

行旅的人在夜间经过那里，
不寒而栗急匆匆莫敢回头。
那骷髅树如斯般令人生畏，
离到很远瞧不见才觉释然。

这树何时死去的无人知晓，
老人们说结果时树被毁掉。
尽管这些骷髅树死去多日，
树枝却仍像从前结出恶果。

有的行人喜欢在树下沉思，

① 这些树位于皇堂子的东侧，靠近北京的英国大使馆附近。要是有人从树下走过，
人们会说他是在"挑拣树枝"。

其他中国歌谣 | 149

脸色阴沉任谁都显而易见，
这些人都惶惶然焦躁不安，
他们正是那果实迅速成熟。

夜以继日这些人踱来踱去，
围绕着那骷髅树愁眉苦脸，
这些个人愈发的思想阴暗，
在枯枝败叶间去寻找宿命。

夜里看去那树枝森然可怖，
好似那声声尖叫刺破夜空，
行路的人惊得要魂飞魄散，
长夜梦中尖叫声久久萦绕。

行路的人如若是姗姗来迟，
四下里娓娓之声传于耳畔，
"爬上树来"，鬼使神差之下，
行路的人慢慢地靠近老树。

往上看去古怪样映入眼帘，
枝丫纵横处处都似有仙子，
四下无人不得不加入其中，
竭尽全力爬到那骷髅树上。

愈来愈近这人也爬得更快，
匆忙爬上去时日头已当空，
日光照耀行人也化身果实，
像一根枯树枝摆弄着尸体。

不论其他且先为我们祈告，
愿这行人为我们指出正道，
远离那骷髅树和它的恶果，
托老天的福夜间莫要去那。

清朝传说 ①

　　那顺治 ② 虽然是鞑子首领，
　　　也倒海也翻江神通广大，
　　　既是王也是贼无人能敌。
　　　邓将军奉了命前去捉拿 ③，
　　　想要去征服那乌合之卒，
　　　剿灭了顺治来平定叛乱。

　　　邓将军把身动师出有名，
　　　若一举擒住了顺治贼人，
　　　定然是留青史大事一件。
　　　邓将军暗自间心下盘算，
　　　该如何能打敌落花流水，
　　　为他日再不留任何后患。

　　　邓将军和顺治依次比试，
　　　不料想那顺治更胜一筹，
　　　为擒住邓将军顺治出手，

---

① 清宫存在堂子祭祀的传统。据说堂子中供奉一座无头将军雕像，即邓将军。
② 顺治，清朝第一位皇帝（清入关后的第一位皇帝。——译者）。
③ 顺治给明朝的最后一位皇帝带来了巨大困扰，邓将军被派到东北去收服顺治。

要让那邓将军成为亡魂，
设下了陷阱来天罗地网，
捉到了汉人将当作鞑子。

见此状那顺治如释重负，
令众人发怵的汉人将军，
被紧紧捆绑着带到面前，
一根根绳索条深嵌肉里，
见到了邓将军顺治不悦，
即刻间下命令将其斩首。

说时迟那时快手起刀落，
一砍刀朝向了将军头颅，
眼瞅着一颗头片刻落地，
却不见那尸身随之倒下，
在场的众人都目瞪口呆，
无头的身体仍立得笔挺。

霎时间四下里乱作一团，
想尽一切办法束手无策，
为了争头等功众人纷纷，
拉过来扯过去一刻不停，
那身体直挺挺维持原状，
邓将军无头尸纹丝不动。

那顺治无计施山穷水尽，
眼流泪央求到汉人将军，
倒下来认他做家中之神①，

---

① 司登德原文为"Lars"，即古罗马的家神。——译者

倒下来认他做祖先户神，
受香火得祭拜世世代代，
若不然定叫那小鬼索命。

那顺治言罢了不等片刻，
霎时间四下里电闪雷鸣，
不多时消散了神术妙法，
邓将军无头尸砰然倒地，
那顺治想反悔为时已晚，
埋葬了邓将军颓然远去。

顺治他抓住了汉人将军，
舍弃了他自己列祖列宗，
自此后对敌将毕恭毕敬，
年年都拜灵牌①不敢有怠，
那顺治无他法只能守信，
也不管这誓言荒谬绝伦。

说也奇那顺治一言九鼎，
尽管这有损其自傲自满，
从那时到现在除夕夜里，
皇帝爷要祭奠跪地叩拜，
虽然说鞑子们不以为然，
说到底还是要跪我汉人。

---

① 牌位供在皇家堂子内，至今除夕夜里皇帝都要供奉。这似乎让北京的一些汉族人感到非常满意，尽管并不确定某些满族人是否同样满意。上述传说是否属实，由读者自行决定。然而，北京人普遍相信这个传说。

汉族人以一种幽默的方式看待这个传说，以此来表达他们看到征服者黔驴技穷的一面。

金屋藏娇

若能娶到阿娇为妻，
定要带她远走高飞，
逃离皇宫与世隔绝，
寻处桃源无边自在。

群山怀抱青峰高耸，
天地尽头苍穹浩瀚，
以天为庐以山作墙，
山环水绕万紫千红。

潺潺流水蜿蜒蛇行，
闪烁似泪无心滑落，
顺山而下剔透晶莹，
与云霞戏于林叶藏。

水流荟萃延绵不绝，
好似泪珠拥入湖心，
树木丛生花草丰茂，
依青偎翠徜徉时光。

丽日当空鸟语花香，

竟浑不知老之将至，

金屋^①自横山水之间，

安然其中乐以忘忧。

---

① 汉武帝孩童时期，姑母长公主问他想不想娶妻，汉武帝答道："想。"当长公主的女儿阿娇被带出来时，有人问汉武帝愿不愿意娶阿娇为妻，他回答说："若能娶到阿娇为妻，我要给她盖一座金屋。"

卢沟桥的铁枪

卢沟桥的铁枪从何而来？
是何人将铁枪放在此处？
可知晓是何人立枪河里？
又为何这铁枪四四方方？

据传说一海寇杀人如麻，
手持的正是这四方铁枪。[①]
举起枪高过头环绕一圈，
身也强力也壮拔山扛鼎。

四方枪既作桨也作兵器，
又划船又能战一举两得，
白日里忙碌在河心中流，
到夜里安歇时推回岸边。

---

① 王燕章（此处与史实不符，应为五代时期的王彦章。——译者）是唐朝恶名
昭著的海盗。他曾对过往船只敲诈勒索，但由于他力大无比，人们都很惧怕他。传说
没有说出是谁杀死了王燕章，但毫无疑问他的死让所有人欢呼。

据我所知，传言方形铁枪至今仍在河床中，凡人之手无法移动。然而我怀疑，如
果真的尽力把它拉出来，方形铁枪是否能留在水里那么久呢？卢沟桥有两大奇闻和场
景，即"石狮"和上面提到的"方形铁枪"。

这一日夜里在卢沟桥上，
王燕章在河沿酣然入梦。
对头们跳下水银牙咬刀，
不提防爬上船蹑手蹑脚。
来到了王燕章卧榻之旁，
王燕章一如在梦乡之中，
长匕首直刺进燕章胸口，
一猛子扎进河隐入水里。

王燕章骤跳起面露诧异，
嘶吼着上前去追杀仇敌，
怒火起冲上头愤然倒地，
两个人一双双沉入水下。

水波里暗流涌倒海翻江，
扭扯间厮打间难解难分，
一番番殊死斗血染江河，
惊心也动魄也致命一击。

到次日一大早河沿边上，
方枪旁赫然间尸体横陈，
好消息传出去野火燎原，
王燕章就这般一命呜呼。

到今日铁方枪还在河中，
如此做皆出于别无他法。
王燕章将此枪立在此地，
这世上再无人可以撼动。

争夺王位①

"你骑骡，我骑马，

比比谁的坐骑快，

你争我夺抢王位，

绕着九里山，跑回这棵树。

谁先跑回九里山，

谁把王位坐。

将对将，骡对马，

你说划不划得来？""同意！同意！"

刘邦善战霸王勇，

争斗激烈又漫长，

雄心勃勃战火燃，

翘首以盼坐龙椅。

两个人难分伯仲，

一股劲拼死向前，

谁有权势有地位，

_____

① 刘邦和霸王多次交锋后，双方互有胜负，最后他们同意通过比试谁的坐骑跑得快来解决王位之争。比赛地点定在九里山附近。之所以叫九里山，是因为这座山方圆九里。赢得比赛的人就是公认的王，失败的人要对王称臣并进贡。快回到起点的时候，霸王的骡子突然阵痛，不得不停下来下驹，霸王也因此输掉了比赛。

就靠坐骑定胜负。

两只坐骑背对背，
马上之人面东西，
喊声开始飞奔去，
四蹄应声着地来，
背向而驰步如飞，
一门心思奔着王位去。
正是比了速度比手腕，
九里山上夺王位。

纵横驰骋尘烟起，
一心盼着得荣光，
霸王骑骡刘邦骑马，
风驰电掣不停歇。
谁又能先回原点，
成为那天选之子？
二人都志在必得，
意气风发夺第一。

"马儿你快些再快些，
赢得天下靠的是你。"
"骡子你跑着别停下，
赢得龙椅全仗着你。"
到底是骡还是马，
哪个先过终点线？
谁能实现帝王梦，
一举称霸九里山？

一个向东一个向西，

背道而驰飞蹿去，

奔跑环绕九里山，

霸王骑骡，刘邦骑马。

迅雷不及掩耳间，

再次相逢面对面，

赛程已半打照面，

擦肩而过谁将赢？

一只骡子一匹马，

火速环绕九里山，

扬鞭飞驰奔腾去，

步步逼近终点线：

一马当先争第一！

骡子勇往夺天下！

鹿死谁手？

花落何家？

为主力争夺天下，

骏马奋勇再加程！

眼瞧骡子跑得欢，

趔趔趄趄下了个驹！

刘邦言："好马儿一顶一！"

霸王道："死骡子 ① 丢王位！

罚骡子家族永不准下驹，

自此往后，骡子传宗接代靠马和驴！"

---

① 一些书里提到霸王的坐骑是"特"，并且将"特"描述为双足善跑的动物。
其他书中只是简单提及霸王的坐骑是骡子。不少字典中将"特"定义为公牛（bull）、
小阉牛（bullock）或阉公牛（ox）。"我骑的是追风特"常用来表示"我尽快赶来了""我
用最快的速度过来了"等。

杨　树①

看椿树这般扬眉吐气，
我哈哈大笑。
卑微又无用的东西，
还被册封为树王。②
它有什么可骄傲的地方？
且看看我们俩，
把它和我比一比，
论起美貌与实力，
门外汉也瞧得出，
我高大壮硕绿油油，
挺拔壮硕远胜于它。

四肢颤又抖，
赫然获悉了，

---

① 这首歌谣的内容可能来自 "桑树和椿树" 的民间传说。——译者
② 据说乾隆帝非常喜欢椿树（一种比不上榆树的树），并册封它"树王"。奇怪的是，尽管中国人认为这种树相对来说没什么价值，会毫不吝惜地把它挖出来烧柴；但与此同时，人们认为如果不在房屋顶上放一块椿树（一般比铅笔还小，用钉子固定住），那这房子就不吉利。这是对它树王地位的认可。

椿树称树王，

气破了肚子。^①

桑树

事已至此，

它该学学我，

笑一笑，百事了。

笑乾隆荒腔走板心血来潮^②，

哈！哈！遗憾已然铸成。

柳树哭，栗树嚎，甜槐^③在哀叫，

苦哈哈苍柏连叹息，

松树枝，

随风摇，

粗壮的老树在号啕。

大咧咧的橡树面色沉，

近乎要绝望；

梨子、苹果和樱桃，

彼唱此和怨声载道；

娇羞的桃子红了眼。

李子、杏子泪滴石穿。

林中的树呀、果呀、花呀，

不论大小，

都坚信自己才配称王：

---

　① 桑树价值极大，养活了很多蚕，但它却看到一棵毫无价值的树地位在自己之上。
桑树非常生气，气破了肚子。

　② 影射的是乾隆将树王的称号赐给了椿树。

　③ 槐树的一种，无论是叶子还是花朵都非常美丽，在很多方面都很有价值。

随它们怎么想，

我一点儿不受影响。

不管怎么着，

我行我素，

逍遥快活，

越笑越强壮，

毫不妒忌。

我才是真王，笑话它们。

哈！哈！俯瞰万物，我大笑，

看那奇怪的日头

镀金镶边，

我的绿叶，

四处飘荡。

乍眼一瞧，

都是从树枝得的养分。

我的树叶翩翩起舞，

来回摇摆，

它们鼓掌嬉戏

在日头的边缘投下身影。

我笑白云，笑夏日的蓝天，

笑飞翔的鸟儿。

烈日当头，

挥洒金光，

从早到晚照耀着我。

我笑那些树

它们号啕大哭，

连春天和煦的风，

也让它们叹息。

可这风让我的叶子欢快地颤动，

这是我的笑声！还有哪棵树像我一样快活？^①

---

① 中国人认为杨树哈哈笑是因为看到椿树的自负、桑树的愤怒和其他树木的哀叹，是因为想到椿树被册封为树王。同时，杨树理所当然地认为自己的身形和身高比其他树都要好得多，因此可以嘲笑它们。在这首歌中，中国诗人以不同于多数外国人看法的方式介绍了杨树。诗人格雷谈到杨树时说："杨树叶也不招惹最温和的微风。（Nor aspen leaves confess the gentlest breeze.）"一首极受欢迎、以其第一行命名的英语民谣中也提道："来到杨树颤动之地。（Come where the aspens quiver.）"我们也有一些常见的表达方式如"颤如杨树（trembled like an aspen）"和"颤抖如杨树叶（shook like an aspen leaf）"等。

帝 皇 树①

在京西有一棵老白果树，
孤零零独树干松树环绕，
当此时正好是大清王朝，
顺治爷登基时亲手种下。

白果树年岁久万古长青，
枝苍劲叶繁茂刺破长空，
光阴逝似水流白果不老，
据传说与王朝同生共死。

风瑟瑟雨潇潇丝毫不畏，
叶森森果累累年复一年，

---

① 潭柘寺位于距北京约一百里的西山，帝皇树就种在潭柘寺院子里。所有北方
人都深信上述传说，去潭柘寺朝圣或参拜的许多中国人都会在其前叩头，他们认定潭
柘寺拥有骇人的力量。帝皇树直径约六英尺，在它的根上有几根枝蔓（歌谣中只写了
一根），每根枝蔓都代表着清朝的一位君主，从第一位君主顺治开始（顺治是清人关
后的第一位君主。——译者）。

代表咸丰的枝蔓总是弱不禁风，这更加证明了这棵树的力量，因为咸丰无论是智
力还是体力都籍籍无名。正如歌中所唱，代表当今皇帝的枝蔓看起来欣欣向荣，但它
会如何生长还有待观察。这个传说中文版的结尾认为这首歌谣是真的，因为用了"定
不虚言"这几个字。

帝王薨新君登有迹可循，
都在那粗枝干拔地而起。

枝叶枯知皇帝大限已临，
枝叶死知皇帝驾鹤西去，
原地方生出了新鲜枝干，
新皇帝要继位治理天下。

诸皇帝无一不留心查看，
对于他的枝叶明察秋毫，
盖因为树与人利害攸关，
树活着就不能让他死去。

帝皇树正是这老树之名，
现如今又长出繁枝茂叶，
树根下却正是同治①皇帝，
愿天佑帝皇树千秋万载！

---

① 上文提到同治已经死了。

虞姬之死①

　　"怎会如此？大王定是玩笑。
　　如何这般弃贱妾于不顾？
　　倒不如王直接了结贱妾，
　　贱妾宁死也不作汉军俘虏。

　　"贱妾未曾替大王分忧乎？
　　可曾弃大王于穷途末路？
　　为了大王贱妾死不足惜，
　　贱妾宁死也不愿听闻此言。

　　"欢爱时王也曾对妾起誓，
　　比翼鸟连理枝至死不渝，
　　如此这般是帝王之情乎？
　　如此这般要悲恸收场乎？

　　"妾不曾与大王患难与共？

---

　　① 虞姬是霸王最宠爱的妃子，多年来一直忠实地追随在霸王身侧。霸王败北时对虞姬说，他不得不先离开虞姬，因为虞姬不可能随他从包围军中杀出一条路来。霸王告诉虞姬不用担心，因为敌人看到她的美貌肯定不会伤她性命。但是，虞姬宁愿在她所爱的男人面前自刎，也不愿被抛弃而最终落入敌人之手。

妾不曾与大王携手并肩？
夜间里大王您枕妾入眠，
贱妾守护左右不敢怠慢。

"妾不曾待大王柔情缱绻？
妾不曾侍大王鞍前马后？
妾不曾绝境时给王士气？
大王您弃贱妾如何忍心？

"贱妾虽一女流却也愿意，
与大王在一起并肩作战，
置生死于不顾出征杀敌，
刀光里剑影中为王拼杀。

"若贱妾身死于马背之上，
垂危时也定然不离大王，
身已故香魂在誓死追随，
守护在王身边寸步不离。

"请大王多惦念昔日誓言，
若大王此时刻心意已决，
贱妾将当王面自刎而死，
死在这故土死在王面前。"

说话间虞美人拔剑出鞘，
利剑出刺胸膛四下环顾，
莞尔笑泣声响刺破长空，
虞美人俯身倒奄奄一息。

"如贱妾所言说敌军已至，

贱妾还有气时大王勿走，

现如今命绝矣大王勿留！"

虞美人放声哭渐闭双眼。①

---

① 霸王因虞姬的死痛哭不已，但已无暇沉溺悲痛。他骑上马从敌军中成功突围，

向乌江方向逃去。

活 动 松 ①

对着那老松树轻轻打躬，
您就会看到那奇事发生，
老松树端正地躬身回礼，
这就是活动松名字由来。

树影下人往来徘徊不停，
老松树浅低头微微示意，
若您把手指头放在树上，
一整棵活动松随之而动。

说起来真叫人不可思议，
伸手摇整棵树哈腰瑟缩，
收回手活动松复归如初，
还是那原本的老树模样。

据传言活动松长在暗井，
树与根隔着那薄土一层，

① 活动松在离北京约一百里的西山戒台寺院内。许多外国人都见过这棵树，且可以证明用手推树时树会动。读者可能会对活动松打躬等彬彬有礼的举止有自己的看法。

活动松悬垂于天地之间，
但道是也有人对此不屑。

活动松根和枝上天下地，
天下在万物存老树不死，
不靠天不靠地不靠众生，
但又离不了天地离不了人。

活动松这神力从何而来？
老人说这精灵安家根里，
精灵们静下来树干笔直，
精灵们闹起来树干哈腰。

多少年多少树树倒根摧，
活动松扛住了雨打风吹，
雷霆起老松树点头哈腰，
风浪里似孤舟飘飘摇摇。

我所唱我所讲绝非虚事，
但与我同见过均无二异，
打从那盘古爷① 开天辟地，
就有这活动松稀奇无比。

---

① 盘古，中国的"亚当"。

乌骓跳江[①]

"呜呼！乌骓骁勇无畏，

念及分离心下伤悲，

不论何时我一声呼唤，

你第一时间出现，

驮着我，

赴汤蹈火，

奔赴千里。

"黑缎一般，

通体匀称。

或进或退，

永不止息，

双眸闪动，

四蹄飞踏，

日行万里。

"我之勇猛归功于你。

---

① 为了表示他对亭长的感激，也为了避免他的马落入敌人手中，霸王把马送给了亭长——掌管这艘船的人。这艘船是他唯一的逃生手段。但这匹马就像虞姬——霸王的爱妃一样，非常效忠主人，所以它宁死也不愿与霸王分开。

我心无所畏惧，

翻身上马，

我冲锋陷阵。

乌骓呵，我再也

不闻嘶鸣声声，

不见狼烟四起！

"乌骓呵，我忠实的战马！

念及分离心下伤悲。

我将不再纵身上马，

我将不再给你爱抚。

你对我忠诚如一。

带它走吧，

徒添回忆而已。"

当此时，那乌骓起身，头颅低垂，

好似听懂了主人一言一语。

乌骓依偎着霸王，

眼波脉脉，情意无限。

好似埋怨："为什么定要分开呢？

无论生死，无论何事，我都要和主人共同分担。"

霸王趴在马脖子上哭道："可怜的马儿，

你那赤诚之心比我更通人情。"

"把它带走！我见不得它那悲戚的眼神。"

两边各有一士兵抓住缰绳，

想牵乌骓上船——他们好心地想把它牵上船，但无论如何

悲愤的乌骓也不肯离开霸王身边。

它反抗，挣扎，毫无悔意，
士兵们竭尽全力拖着气喘吁吁的马儿，
最后数人合力，才把那低垂头颅的马儿
慢慢牵至河边。

行到河岸，那乌骓猛地一跳，
从抓他的士兵手中挣脱，扭转身来，
深情望向霸王，随即一声痛苦嘶鸣，
一头扎进河里，再未起身。

独眼鲁班

你可曾留心过瓦工干活，
怎么去知道他什么样子？
瓦工会站一边扭扭肩膀，
皱起眉抿起嘴眯起眼睛。
怎么去知道他眯着眼睛？
这真是一个奇怪的事实，
但你会发现它不容置疑，
所有人都有着眯眼习惯。

先铺上几块砖拿手比画，
用食指大拇指捏一根线，
测一测活干得到底怎样，
眯起眼来看看是不是直。
这不是铅锤线是眯缝眼，
　他可以随便试上一试，
东鼓鼓西捣捣拨来弄去，
但若没眯缝眼绝不可能。

搅泥沙拌泥浆拿起工具，
从不说为什么眯起眼睛。
每一步都必须严格检查，
主要就靠的是眯起眼睛，
不眯眼肯定会测算失误，
哪怕是把砖头敲上一敲，
也都要摆架势眯上眼睛。
不眯眼定然就敲不准砖。

你可曾留心过木匠使刨，
看哪块木头料歪歪斜斜，
左敲敲右打打恢复平整，
不眯眼定然就敲打不准，
不眯眼肯定就难以完成，
不然得敲打上一个星期，
但是我内心里实话实说，
要不是眯缝眼绝不可能。

你可曾耐下心留心看过，
老石匠如何用锤子和凿？
虽然也偶尔用尺子干活，
但用得最多的还是眯眼，
眯起眼他就能断定方正。
虽然也偶尔使水平和尺，
但如果非要让他们来选，
这两种都不入他们法眼。

要知道为什么听我解释：

据传说在过去很久以前，
穷工匠叫鲁班闻名天下，
而鲁班他只有一只眼睛。
都知道老鲁班一只眼睛，
老鲁班早早就看不见了，
失明的就正是右边眼睛，
他因此不得不眯上右眼。

老鲁班死后羽化成仙，
被世人尊崇为"百工之祖"，
这也是为什么直到今日，
工匠都学鲁班眯起眼睛。
他们不学本事只学眯眼，
每个人都这样乐在其中，
尽全心尽全力有样学样，
学鲁班眯缝眼把活来干。

要是有人问起工匠何名？
他做起活计来手艺如何？
你要是想夸他巧夺天工，
只消说他真是鲁班在世！
就是连眯眼睛也赛鲁班！
工匠们尽所能想比鲁班，
连眯眼也学得有模有样！

我所说我所道句句是真，
要不信你可以试上一试。
试过了就知道所言不虚，

但确实无法去判断好坏。

每个人都这样眯缝着眼，

每个人无论他熟不熟练，

每个人无论他贵贱老少，

干起活都是那眯缝着眼。①

① 许多庙里都供奉着鲁班，他通常以坐姿出现，只有一个眼睛，右手拿着一把尺子。鲁班诞一般在六月十三，当天各行各业的工匠都会来到鲁班庙，祭拜他们的守护神。

北京城门之一的平则门里有一座喇嘛寺，名为白塔寺庙，建于明朝永乐年间。寺庙的顶上有一个铜伞顶。乾隆元年的一天早上，京城的老百姓惊讶地发现，寺庙顶上装饰着一条红丝带，上面还挂着一把尺子、一把瓦工的泥刀、一把平展的泥水匠的抹子。这事很快就传开了，人们说是鲁班连夜从天上下来干完活，但把工具落在了这里。后来人们得知，原来是僧人们找了一个小偷来做了这个活，并散播了鲁班的故事，好为寺庙招揽香火。乾隆严惩了主持喇嘛，并剥夺了他的官衔（红色顶戴）。

孟姜女哭长城

回看历史长河里，
不唱英雄不唱功，
唱的故事就一个，
千里寻夫孟姜女。

一介女流又守寡，
冰清玉洁似雪白，
流芳百世美名传，
增光添彩日月长。

语言朴实且无华，
难表高风与亮节。
万里奔向长城去，
催人泪下鼓人心。

尽我所能唱出来，
粗言糙语把事讲，
听者伤心闻者泪，
一声叹息怜孟姜。

从前^①有个华亭城，

历史里头有记载，

有个人叫孟隆德，

夫妻二人恩爱深，

安分守己无忧愁，

唯独多年无子嗣，

若能得一儿半女，

定感谢皇天后土。

天从人意遂心愿，

老夫人心满意足，

感恩戴德谢命运，

怀胎有孕终得偿。

不久生个女娃娃，

老两口乐开了花，

女娃娃和老两口，

树缠藤来藤缠树，

女娃娃欢声笑语，

老两口天伦之乐。

满月那天喜盈盈，

取个名字叫孟姜^②，

行动不曾改姓名，

从生到死是孟姜。

小孟姜，长得快，

① 两千多年前。

② 孩子的第一个名字叫作奶名，相当于西方的教名。在出生后的第三天到第三十天（满月）内的任一天都可以给孩子取名。一般来说在出生后的第三天和第三十天是最常见的取奶名的仪式时间。

天真无邪惹人爱，
又聪明，又伶俐，
房里整日忙绣花。
心灵手巧样样好，
温柔善良明事理，
爹妈视她如珍宝，
邻里见了人人夸，
秀外慧中人人爱，
谁人能比孟姜女！
小孟姜长到十六，
整日心内想的是，
如何报答父母恩，
还爹妈养育女儿情。
孟姜女娇艳欲滴，
一日日含苞待放，
孟姜女笑靥如花，
出落得得体大方，
女娃长成大姑娘，
是人也美心也善。

孟姜女长到十六岁，
爹妈殷切来嘱咐：
"我儿你已十六岁，
愿你甜甜又蜜蜜。
正是盛放的好年纪，
岁岁年年似今朝。
但我儿你得知晓，
有一日终得分开，
我二人年老体衰，
不能时时顾全你。

我们的钱都给你。
但钱也不是完全计。
我们合计商量后，
需为你觅个良人①，
招个女婿进门庭，
延续我孟家香火。
让孩子随咱家姓，
我们活着也能看到后。"

孟姜听了羞红脸：
"我还不想离爹娘，
我还不想去成亲！
我想留在咱家里，
伺候爹娘在身边，
孝顺父母到终老，
孟姜还是个小女娃，
我还不想去嫁人。"

不唱华亭孟姜女，
她的故事先不表。
苏州有对老夫妻，
老来得子天保佑。

生下三天起名字，
就叫一个万喜良。
自始至终未改名，
也无人知晓他姓名。

---

① 中国家庭中若没有男孩，又不希望绝后的话，父母可以请媒人做媒，招个女婿来与女儿成亲。结婚时，新郎会成为岳父家里的一员。这对新人的长子随新娘娘家姓，继承家产，其后代也得随娘家姓氏。其余的孩子则可以随新郎的姓氏。

万喜良相貌过人，
好似是天上仙子，
自由洒脱不拘束，
下凡来到人世间。

老两口看着万喜良，
一日日长大成人，
一表人才貌端正，
喜爱得难以言表。

万喜良长到八岁，
能熟读四书五经，
能引经据典，
谈古论今不在话下。

学会了这些学问，
又开始学做文章，
诗词歌赋样样精，
无人能与他匹敌。

暂且不表万喜良，
说回皇上和朝廷。
塞外常年不稳定，
鞑靼肆虐难安宁，
担忧他们来进攻，
皇上想要防入侵，
召集一群熟练工，
命令他们修长城。
长城和国土一样长，

得有城门和烽火台。
长城环抱着子民，
鞑靼休想打进来。

修长城步履维艰，
多少人丢了性命①，
死后便被扔进墙里，
把长城当作坟墓。

有一夜皇帝做梦，
说苏州有一少年②，
不管他所犯何罪，
都必须得到赦免，
这正是民意所向。
皇帝醒来兴致高，
派人苏州去抓人。
苏州六座城门口，
个个贴满了告示。③
每条大街小巷里，
人头攒动，议论纷纷。
看到告示不由得，
同情可怜万喜良。

"谁敢包庇万喜良，
定要叫他试一试，
皇权国法的威力；

———————

① 不知道具体有多少人死于修长城，但肯定有成千上万人。长城是所有死在那里的人的坟墓。
② 这少年姓"万"。
③ 显然在这么早的时候，人们就已经知道了贴告示的好处。

谁敢包庇万喜良，
定然砍头不留情，
还要连带诛九族。
要是知道万喜良，
藏身何处何地方，
马上报告给官府，
官府一定多表扬；
谁若知晓此信息，
奖励酬劳定不少；
谁若抓住万喜良，
加官晋爵指日待。"

万父看到这告示，
满心绝望叹不公：
"为何要抓我的儿？
老汉就这一独苗！
我儿若去修长城，
定然再也回不来。
我就这一个指望，
谁给我养老送终？
我若生病谁照顾，
我若死了谁戴孝？"
涕泗横流叹无常，
立刻动身往家赶，
咳声叹气告诉老伴，
吩咐儿子快逃命。
万喜良，认了命，
先沐浴，后更衣。
先和爹娘拜天地，
再拜诸神赐生命，

再向祖宗牌位拜，
求求祖宗多保佑，
保佑儿子免厄运。
神灵祖宗都拜完，
劝起爹娘莫伤心：
"我暂出去些时日，
躲避风头等事了，
没几天就再回来。"
可怜的孩子泪涟涟，
涕泪交下说不出言。
"若我死在长城上，
二老高龄逢此劫。
不能尽孝在身边，
何苦生我到人间？"
内心不祥苦难言，
号啕大哭冲出门。

不知疲倦往前跑，
穿大街，走小巷，
遇到不少老熟人，
不顾一切逃命去，
不走左，不走右，
径直跑向城门去。

附近村子里的人，
来来往往不绝息，
城内外人头攒动，
见喜良满脸伤恸，
赶紧穿过城门去，
飞奔逃到郊外边，

怕的是悬赏他人头。

路上逢人便追问：
"可曾抓到万喜良？
活要见人死要见尸，
定要他插翅难逃。
万喜良心里真是苦。"
每个人都看了告示。
万喜良绝尘而去，
顾不得浑身酸痛。
一路上荒无人烟，
怕遇到其他的人。
万喜良绝尘而去，
筋疲力尽脚流血，
怕的是悬赏他人头。

尘土飞扬日高照，
一路颠簸不停歇，
直累得昏昏沉沉，
忽见得一座花园，
瞧见了大门敞开，
见四下并没有人，
径直便走了过去。
"是个藏身的好地方！"
说完便立刻进去，
扑倒在一棵树下。
安然地度过一晚，
黎明时继续启程，
身心舒展焕然一新。

唱完喜良在草地上，
又累又疲又悲伤。
再次唱回孟姜女，
歌唱孟姜好姑娘。

转眼又是到黄昏，
太阳就要落西山，
夕阳辉映万物明，
片片树叶镀金黄。

余晖渐渐消散去，
霞光浅浅若隐现，
日薄西山有还无，
似明非明暗非暗。

孟姜做完手中活，
走出房间向凉亭，
瞧见了日头西沉，
把玩着一把小扇。

凉亭就在小山上，
比花园高上两丈多，
爬上山顶转过身，
望着山丘一重重。

花园墙内景观美，
亭台楼阁湖面净，
落英缤纷丛林密，
天堂也不过如此。

枝繁叶茂绿意盎，
姹紫嫣红全开遍，
古树挺拔直参天，
松柏交错相映辉。

日头余晖洒下来，
林间光影闪又烁，
逗弄着枝枝叶叶，
亲吻着树影婆娑。

天上留下道道痕迹，
迎着夕阳翩翩起舞，
紫金交错的天空，
泛起了玫瑰红色。

在这如画风景里，
湖面平得像镜面，
倒映着桃红柳绿，
还有那云蒸霞蔚。

星夜弥漫又璀璨，
皎洁的月亮升起来，
孟姜望向湖面里，
瞧见自己的好容颜。

沉醉于山水之间，
徜徉于碧波之中，
很长时间挪不开，
忽想去凉亭歇一歇。

走一步，一回头，
处处都是好风景。
突然一阵风吹起，
吹落扇子进水里。

慌忙使唤丫鬟来，
喊了半天无人应：
"附近没有什么人，
我干脆自己捡扇子。"

念头刚一冒出来，
一步轻跃下台阶，
害羞地周围看一看，
脱下衣服就去捡扇。

慢慢转过身子来，
害羞得满身通红，
怯怯地望着地面，
又看向碧绿的湖面。

她瞧见了，
赤身裸体的男子，
英俊绝伦的脸庞，
四目相对羞红了脸。

孟姜想看又不敢看，
羞得想找个地缝钻，
她知道自己脸红了，
浑身血液沸腾着。

不经意抬起眼，
去湖里捡扇子，
谁能想到四目相对，
孟姜内心惊诧。

枝叶繁茂的大树下，
立着个俊朗的小伙子，
目不转睛地看着孟姜，
她也深深地望着他。

孟姜又羞又害怕，
赶紧整理起衣衫，
还没收拾停当，
小伙就走到她身旁。

教男人瞧见自己这般模样，
孟姜真想找个地缝钻进去，
孟姜是又羞又心烦，
还忍不住要发火。

怪的是冥冥之中，
又觉得心内愉悦，
一阵阵头晕目眩，
一双眼脉脉含情。

"多亏了这个良机，
我一个逃犯来此躲避，
多亏了你的扇子，
被风刮进了水里！

"要不是这个机会，
也无缘此情此景：
夕阳西下湖面金光，
得遇此人间仙子。"

"你是谁？从哪儿来？"
孟姜是又气又羞。
"父母是谁？家住何处？
何故跑到这里来？"

小伙从头细细讲：
要抓他去修长城，
爹娘不忍让他逃，
告示上悬赏他人头。

疲惫不堪苦难言，
天意让他进花园，
本打算树下将就一晚，
次日一早继续逃命。

"我在树下歇息时，
听到有人唤丫头，
顺着声音望过去，
剩下的你全都知晓。

"我是一个逃命的，
生死都在你手中。
可否留我住一晚？
天明我就上路走。"

听着小伙讲身世，
孟姜的脸上一时红一时白。
"你不要离开这地方，
我带你去见爹娘。
你刚才看见我那样，
定要娶我为妻子。
我若成了你的妻，
定与你同甘苦共患难。"

"方才瞧见你赤身裸体，"
孟姜羞得低垂了眼，
"你必须成为我丈夫，
我一定要做你的妻。"

两人并排湖边坐，
想象做了小夫妻。
湖边停留不多时，
暗许下海誓山盟。

期待着未来生活，
夜深了依依不舍，
牵着手站了起来，
重新又走回房里。

手牵手胸有成竹，
年轻炽热的两个人，
回到了房间里，
勇敢地说了经历。

孟父听完整件事，

和善地看着小伙子，
缓缓地微笑说道：
"原来你是万喜良，
你已逃出来了吗？
就留在我家里吧，
弥补皇上的无道之事，
做我的女婿吧。

"她是我的乖女儿，
她是我的掌上明珠。
我的财产都给你，
但求你们能相爱，
照顾我二老天年，
为我们养老送终。"

"你要把财产留给我？
还要让女儿嫁逃犯？
叫你唯一的孩子，
跟着我一起吃苦？
我真是不敢想象，
叫一个如此善良的人，
搭上了她的一生，
若是发生此等事，
消息传到各处去，
你就不怕受牵连？"

"安心待在家里面，
我定要护你周全，
等到事情风头过，
你再安心来露面。"

万喜良终于放下心，
他是真心爱孟姜，
万喜良终于定了心，
多亏他没有任何隐藏，
感谢二老接纳他，
这么一个逃命的人，
接下来的事情，
听我后面细细唱。

万喜良和孟姜女，
婚礼就定在今晚。
把大厅打扫干净，
装花帐，挂花灯。

老人小孩都忙活，
红色蜡烛点得亮，
张灯结彩来庆祝，
孟姜今晚把亲成。

世事无常难预料，
原本正是得意时，
不想福兮祸所依，
晴天霹雳落下来。

天下没有不透风的墙，
消息很快传开来，
婚礼还没有办完，
外面传来吵闹声。

"再不开门就撞破门！

逃走的小伙人在哪儿？"
争吵中传来哭喊声，
"他生死都是我的人。"

吵闹声越来越大。
"听听外面的怒吼声！
听他们怎么撞大门，
又是撞，又是吼。"

"藏起来，躲起来！
他们就要靠近了！
藏在这个仓房里
他们绝对找不到你。"

薄门板已经撑不住，
狼子野心的这伙人，
撞烂了薄门板，
冲进了一堆人。

这儿也找那儿也找，
高也找低也找，
厨房里翻柜子里捣，
人待的地方寻了个便。

找遍拐角和旮旯，
仓房里找到了他，
把人带到大厅里，
绑着胳膊绑着腿。

直接刺进肩膀里，

疼得喜良满地滚，
绑得像个肉粽子①，
脖子上一条重锁链。

可怜的小伙站在门口，
老丈人看了泪涟涟：
"你去了长城我怎么办？
谁来为我养老送终？"

"我此去长城必死无疑，
就让孟姜改嫁吧。
我不要这样拖累她，
忘掉我这个可怜人。

"我命里，带不幸，
如此这般情愿死。
让孟姜再找个人，
找个比我好的人。"

孟姜听完忙声道：
"你是夫君我是妻，
二人生死不分离，
好女子不嫁二夫。

"好马不吃
回头草；
好女不嫁，
回头郎。"

① 字面意思为"像个腊肠"。

终于到了分离时，
孟姜不得已别喜良。
喜良命运惨难测，
孟姜满心是悲伤。

围观的也于心不忍，
同情这对苦命鸳鸯，
刚成亲的小夫妻，
迫于暴政要分离。

去长城，路漫漫，
小伙日日渐虚弱，
长城终于现眼前，
小伙时日也无多。

到达长城才三天，
万喜良就把命丧，
随行的埋他长城里，
担忧着厄运落在自己头。

眼见过去几个月，
孟姜气色越来越差，
爹娘尽全力安慰她，
思夫之心未衰减。

孟姜要去寻喜良，
她是他的好新娘。
二人生死不分离，
互相扶持做个伴。

爹娘知道忙劝说，
是又威逼又利诱，
万里寻父路漫漫，
一介女流怎能行？

下定决心去长城，
心怀不忍离父母，
为了找到万喜良，
不惜付出一切代价。

孟姜素衣又朴裳，
戴着婚戒^①上路去，
身无分文路难行，
挨家挨户去讨饭。

穿大街，过小巷，
小脚蹒跚慢慢行。
离开家乡一路上，
见到许多老熟人：
人人都叹万喜良，
孟姜一路道了别。
匆匆穿过苏州去，
不向左，不向右，
不顾眼前繁华景，
直到城门在眼前，
众人惊叹孟姜女，
孤身一人赶路途，
身影消失终不见。

---

① 此处为司登德按照西方习俗进行的翻译，以示孟姜女已婚的身份。——译者

孟姜女穿过城门，
不敢做任何耽搁，
一路疾驰不停歇，
不管旁人说什么，
走过城，穿过镇，
黄昏时分到徐舍①。
守城侍卫见孟姜，
"为何深夜还在此？
可有任何凭与证？
想要过去先给钱。
这么晚你不该在外面。
若是没钱你就得等，
不能放你过城门。"

孟姜苦笑看侍卫。
"今日奔波一整天，
要是有钱我定给——"
可是实在无分文，
扯下裙子给侍卫，
"拿去换点喝酒钱。"
听见吵吵闹闹声，
侍卫长，走过来，
叫他们，不要吵，
说说到底为什么。
孟姜听言马上说，
为何深夜在路上，
为何想要穿城门。

---

① 徐舍是 Hsü-shu 的音译。

瑟瑟说与侍卫长听，

万喜良如何到长城，

她方才成完亲，

被迫与夫君分离，

离开亲朋和好友，

独自寻夫去长城。

侍卫长，听分明，

真相交给时间断。

转过头对孟姜道：

"唱完花名^①放你行。"

片刻后，夜空里，

响起孟姜的歌声，

侍卫在旁静静听：

歌　　谣^②

（一）

正月里来是新春，

家家户户点红灯，

别家丈夫团团圆，

孟姜女丈夫造长城。

（二）

二月里来暖洋洋，

双双燕子到南阳，

---

① 很明显这首歌谣的名字错了。从孟姜女所唱的那首歌谣的大意来看，应该是
《十二月》。"花名"不是一首歌谣的名字，而是一首受欢迎的曲名。

② 这部分翻译参照了《孟姜女哭长城十二月调》。——译者

新窝做得端端正，
对对成双在华梁。

（三）

三月里来正清明，
桃红柳绿百草青，
家家坟头飘白纸，
孟姜女家坟上冷清清。

（四）

四月里来养蚕忙，
姑嫂两人去采桑，
桑篮挂在桑树上，
抹把眼泪采把桑。

（五）

五月里来是黄梅，
家家田内稻秧插，
黄梅发水热难耐，
孟姜女脸上泪滑滑。

（六）

六月里来热难挡，
金斑①唱歌蚊嗡嗡，
宁可吃我千口血，
不可叮我亲夫郎。

---

① 一种画眉鸟。

（七）

七月里来七秋凉，
家家窗下做衣裳，
夫人小姐忙针线，
红橙黄绿青蓝裳。

（八）

八月里来雁门开，
花雁竹下带书来，
大雁本该做信物，
丈夫身边的掉下来。

（九）

九月里来是重阳，
夫妻团聚老酒香，
宴请宾客来赏菊，
无夫饮酒不成双。

（十）

十月里来稻上场，
乡人忙碌收稻粱，
秋高气爽把歌唱，
庆祝丰产好收成。

（十一）

十一月里落秋叶，

风雪挡不住孟姜女，
夜里梦见我丈夫，
声声唤我去长城。

（十二）

十二月里过年忙，
杀猪宰羊闹盈盈，
孟姜女一路向长城，
心碎寻夫万喜良。

孟姜女，唱着歌，
唱得周围许多人
不由自主泪盈盈，
过去那么长时间，
从未如此泪潸潸。

习惯冷酷的侍卫们，
生平第一次抹眼泪，
落下了两三滴泪，
铁汉也有真柔情。

孟姜虽无分文钱，
却把裙子也拿回来。
侍卫长吩咐开了门，
深夜放行孟姜女。
一一道别侍卫们，
消失在夜里看不见。

一路前行不停歇，

皮破血流身体乏，

一天一天去长城，

一路乞讨把饭要。

孟姜女故事传开来，

沿途经过每一村，

男女老少相扶携，

出门迎接孟姜女，

又嘘寒，又问暖，

孟姜心善如观音 ①，

人人都愿帮助她，

腌臜泼才也不能，

诋毁忠贞的孟姜女。

一路上风尘仆仆，

时而停下歇一歇，

又涉水，

又跋山，

站在山顶向下望，

前路漫漫无止尽。

此行何时是个头！

手遮凉棚当阴凉，

天与地一片颜色，

交融一体成紫色。

孟姜继续往前走，

一天比一天更近，

上天保佑她见到万喜良！

心跳加剧头又痛，

---

① 观世音菩萨。

双脚疲乏抬不起来，
跨过一条河，翻过一座山，
一天又一天，依旧在赶路，
不往左也不往右，
长城终于入眼帘。
步履蹒跚四肢颤，
一步步走到长城，
瞧一瞧这里的人，
孟姜心里有了数，
一张张脸上看得出，
不说她也都知道，
万喜良死在长城上。

哭喊再三穿长城，
黑云似帘高悬起，
好似为她指明了路，
万喜良埋在那地方。
三次呼喊丈夫名，
工人惊立在原地，
大惊失色地看到，
长城顶端的烽火台，
轰鸣如雷崩裂开，
摇摆片刻轰然倒。
一切烟尘散尽后，
喜良的衣服露出来
还有那白骨森森！

孟姜跪倒白骨边，

拿起手骨滴血验 ①，

验完立刻就知道

是不是夫君万喜良。

孟姜刺穿了自己的手，

血滴落在白骨上，

看看会不会吸收，

才知是不是她夫君，

若是血滴滑落下，

定然不是她夫君，

是真是假验一验，

溶进去定是万喜良。

工人怯怯地围一圈，

看着孟姜把血验，

静悄悄地站一堆，

看着血滴在手骨上，

快速滴下快速溶，

正是夫君万喜良。

孟姜颓然脱裙，

坐在喜良身旁边，

摇又晃，晃又摇，

悲叹苦命的万喜良：

"我们才刚刚成亲，

我万里寻夫你却已死。

为何抓你来修长城？

让害你的人也遭罪。

让天子 ② 也受诅咒！

让暴君暴尸荒野！"

---

① 即使目前，如果遇到与上述类似的情况，人们还是会"验血"。

② 南方人讨厌秦始皇的名字，但北方人对他的评价则好一些。

恰巧县令走过来，
听到孟姜骂皇上，
立刻写了一奏本，
亲自上庭告御状。
"龙眼"才看了一页，
气得浑身发起抖：
"这是什么贼臣子，
破口对着朕大骂！
把人带到我面前，
看我怎么处置她。
我要她家族一起受罚，
连根拔起诛九族！"

不久孟姜被领进宫，
列数罪名一桩桩。
孟姜跪在金銮殿，
原委告诉皇帝听。
孟姜说起伤心事当，
"龙眼"一亮赛宝石，
孟姜真是倾城貌，
从未见过这天姿，
对着两边朝臣说：
"真乃倾国倾城貌，
风姿绰约惹人爱！
虽然刚才骂了朕，
但是如果她愿意，
朕愿娶她做贵妃！"
孟姜心下生出计，
坚决不嫁给暴君，
急急忙忙连声道：

“既然陛下要娶我，
只消答应三件事，
事成我就是你的人。”
皇帝听完心内悦，
孟姜道出三件事，
三件事她尽管说，
皇帝一定会满足。

孟姜壮胆站起来：
“我的心愿有三桩：
造一座桥通长城，
长十里，宽十里；
为我夫君建十里墓；
身穿孝服去祭拜。
这样我才无牵挂，
葬了他就万事了，
陛下若肯这样做，
孟姜此生是你的人。

皇帝是洋洋得意：
“三桩心愿有何难？
区区小事不足挂。
修桥建坟有何难？”
命令很快传下来，
工人从四处聚集起，
卖力干活拼了命，
三天全部就完成。
皇帝欢天又喜地，
命官员都穿孝服，
紧接着又下命令，

列队前往喜良墓。
皇帝孟姜在领头，
坐在一辆金车上，
所有人都听命令，
到了墓前群臣拜，
皇帝自己也下跪，
跪在孟姜女身旁。

皇帝跪着心内想：
"所有这些都为了她。
从未听人说起过，
历史上也未见过，
天子做出这等牺牲，
就为博得孟姜女，
我一个皇帝拜奴隶，
在他坟前奠杯酒！"

在场的都默不语，
天子起身去献祭，
墓前倒上三杯酒：
"孟姜现在是我的人。
尊享恩宠独一个。"
回来路过桥上时对着孟姜说：
"三桩心愿已完成，
今晚我就等你来，
皇宫里头把亲成，
定要隆重又热闹。
丫鬟太监已吩咐，
为贵妃备好行宫。"

孟姜听完连声叫:
"你以为我会嫁给你?
你以为权力和地位
就能买走我的心?
都是你的狠命令,
夺走我的心上人。

"我不过是在骗你
还我夫君一个葬礼!
你想得到我的心,
满足你心血来潮。
真是狂妄又自大,
想在他墓前征服我!

"我视钱财如粪土!
你只会教人害怕!
面目丑陋又可恶!
我憎恨你足下之地!
就连空气也讨厌!
我要随着夫君去!"

孟姜说着走下车,
哭喊一声长城崩,
纵身跳进河水里,
随波逐流长逝去。①

---

① 很多人都说孟姜女把她丈夫的骨头捡了起来,抱在怀里跳进河中。后来孟姜
女被封为"河神",在一个叫口西的地方有一座寺庙是为她而建的。倒塌的塔里露出
了她丈夫的骨头,虽经过多次重建,但还是会再次倒塌。故事是这样的:塔一旦建成,
就会再次倒塌。

一切就像一场梦，
在场君臣都呆住，
不知所措立在河边，
看河水汹涌带走一切。

忠贞洁烈孟姜女，
誓死要把节操守，
为了喜良舍了命，
生前无二心，死后长相随。

孟姜寻夫已唱完，
故事过去这么久，
依然动人的心魄，
熠熠生辉万万年。

只要我们愿意听，
忠勇事迹永流传，
孟姜寻夫感人心，
落泪同情孟姜女。

百虫聚会①

蚂蚱斜靠树枝上，

病入膏肓情况糟：

长年患有哮喘病，

金风阵阵身受潮，

蚂蚱自己也明白，

做不好保暖秋受凉。

眼下前胸受了凉，

夜间整宿不得睡，

咳嗽喷嚏不间断，

痰多呕吐喘吁吁，

蚂蚱他还发了烧，

眼瞅着时日不多。

咳嗽滚滚呼吸急，

呻吟连连软了狗豆皮②。

---

① 原名直译为《蚂蚱先生的疾病、死亡和葬礼，以及他坟墓里的战斗》（*The Illness, Death, and Funeral Obsequies of Mr. Locust, with a Slight Account of the Battle at His Grave*）。其他版本可参见附录二"早稻田大学图书馆藏宝文堂版《百虫聚会　蚂蚱算命》"。——译者

② 字面意思为"狗豆"。

急忙叫来他的妻，
他妻闻见失了色。
"快快叫人去请先生，
请不来先生都是命，
撇下你来做寡妇。
莫要哭我还没死，
不至于此泪涟涟。
走过来扶起这片叶，
再来扶正我的头，
要记住我还没死。
你且去，等一等，
听我嘱咐说分明，
你可知，
那知了，
药典里有灵丹药，
它专治我哮喘，
助我离病身，
生龙又活虎。"
他妻闻言忙说道：
"夫君你要有希望，
我叫大夫来开药，
给你开个顺气丸，
保你药到病又除。"
话虽如此这般说，
她心知蚂蚱死期到。

他妻病榻轻声唤，
叫来了长腿她的儿：
"快去外边请先生，
莫贪玩，速速回。

快去知了先生那，

求他速来帮帮忙，

你的爹爹得了病，

就说我觉得事不妙，

叫他来见蝈蝈先生①，

商讨一下如何是好，

毕竟三个臭皮匠，顶个诸葛亮。"

小蚂蚱一听着了急，

连蹦带跳出门去，

快步到了先生处，

先生闻言拾掇了药，

小蚂蚱领路出了门，

不久便来到病榻边，

口袋里掏出两皮盒，

一个装着药，一个装眼镜。

知了戴好眼镜，

说他相信

蚂蚱的病情没那么坏。

突然他又停了停，

惊掉了下巴颏，

拉下了本就长长的脸。

一瞬间他瞧见，

是吃药也好，还是热敷也好，

都治不好蚂蚱的风寒病。

知了心里想，

开个方子，

怕是也没用。

---

① 可能是创作者的疏忽，后文没有说明或者提到蝈蝈先生和知了先生就此病案
进行了讨论。

患了风寒不去治，
不药而愈是无稽之谈，
病人自己最清楚。

知了喊蚂蚱："张开嘴，
伸出舌头再伸伸腿。"
蚂蚱听了先生话，
知了又在旁躺下
触角往前探一探，
要给蚂蚱号号脉，
不看手腕，
看脚腕。

"只是风寒不打紧，
开个药方给你服。
专治风寒和咳痰。
海葱糖浆你拿去，
保你药到病就除。"
知了此言全安慰，
只道是医者仁心。

调好一剂药，临走又吩咐：
"蚂蚱他妻你莫伤心。
当此之时莫要怕，
一切都要备妥当。
蚂蚱他大势已去，
能活几日不敢说，
兴许一周，兴许今天。
知了来时已太晚，
回天乏术无人能医，

紧要关头随时丢了命。
蚂蚱的性命救不回，
一命呜呼不远矣。"

寡妇料想哭也无济于事，
急忙跑回蚂蚱身边，
死马当作活马医，
服下药看看再说。

蚂蚱服了知了的药，
咳嗽不断喷嚏连连，
死神来拿蚂蚱命，
蹬腿喘气撒手人寰。

蚂蚱死讯不胫而走，
亲朋好友忙来拜谒，
有的忙着表哀思，
有的想着捞油水。

请来了蟋蟀
打棺材，
做好了棺材就把蚂蚱往里抬，
请来了白蛾
织孝布，
请来了蜘蛛搭大棚。①

蚂蚱家人闻死讯，
接二连三纷纷来。

---

① 在中国葬礼上，院子里要搭一个大棚，棺材就放在大棚里，因为人们认为阳光或月光照在棺材上是不吉利的。

成百上千声势大，

爱侄蝈蝈儿①把头领，

蜻蜓做总管，

水牛②把茶倒，

油浑蚂蚱③当厨子，

橡碗盛满汤。

[上文的翻译很随意，

"下厨"（cook）被译成"当厨子"（chef-de-cuisine），

"上菜"（serve up）被译成"倒碗汤"（serve out），

"橡碗"（acorn tureen）指的是"大橡杯"（large acorn cup）。

"当厨子"听起来比"下厨"好，

"大橡杯"不如"橡碗"好，

为了押韵不得已，

译者总得失些意。]④

磕头虫⑤和蚱蜢把堂跑，

招呼客人看谁有需要。

来的是虱子公鸡湿湿虫⑥，

（尖尖的角带着房子来）

爱瓢⑦和蚂蚁土蚣臭虫来，

幼虫和蛆还有那毛毛虫象鼻虫鼻涕虫，

螳螂伴着小螨虫，

---

① 蝈蝈儿，蚂蚱的一种。

② 水牛是蜗牛的俗称。

③ 油浑蚂蚱（Greasy Locust）。

④ 此处是司登德插入的自己的一段表述，用来说明为了英译的押韵，自己对原文作了不得已的改动。——译者

⑤ "卖油的"（Oil-seller）和"跑堂儿的"（Hall runner），或"服务员"（waiter）都是磕头虫（skip-jack）的俗称。

⑥ 湿湿虫（Damp-damp-insect）。

⑦ 爱瓢（Lady-bird），根据字面意思可写作"Love-to-whirl"。

蠕虫来得迟，跟着病秧子进了门。

苍蝇（房子，火，蓝瓶和马），

尸体边忙得不可开交。

扁虱虽然生了病，该有的礼数不能少；

蝇子嗡嗡叫，谁人不知他来到；

蟑螂和甲虫，背着大邮包；

蝎子也来到，尾插大毒刀；

钱串 ① 一家全赶到；

蚊子哭得声音哑。

白的、黄的和花的，

蝴蝶儿带着黑老婆儿 ②，

黑老婆儿的儿子是飞蛾——

风流成性辜负了老情人灯蛾。

斗蟋笑话祈祷的，

蟋蟀合唱满屋响。

斑毛 ③ 带着金龟子跳蚤来，

土蜂就把丧乐奏，

蜜蜂黄蜂老雄蜂，一起来协助。

土蜂吹长号，其他弹弦乐，

小蟋蟀吹笛子，

有才的马蜂吹短号，

金钟儿 ④ 敲铙钹，

蚊子把号吹，

粉虱不停打着鼓，

_____

① 在提到的蜈蚣中，有一种叫作"钱串"。这种虫子大量存在于大多数屋子中，但其完全无毒。

② 黑老婆儿（Dame Black），一种黑色的大蛾。

③ 斑毛，"班毛"或"班猫"。

④ 金钟儿是蟋蟀的一种，因其振翅能发出悦耳的铃声而深受中国人喜爱。

甲壳虫①精准计着时。

出殡队伍准备好，
小蚂蚱②扛着灵牌走在前，
四只知了来清道，
六十四只蚂蚱抬棺材，
八十只蝎子两两成对
带着出殡的家伙什，
萤火虫把光打
照亮前行黑魃魃的路。
白衣寡妇跟在棺材旁，
亲朋好友随其后。
总管下命令，
壁虎带队到坟前，
蝼蛄和甲虫挖好了墓，
嘴当锄来又当锹。

百虫立在了坟四周，
牛蛙叫声划破长空（牛蛙声嘶或许是因太潮湿），
闻此声送葬的逃之夭夭。
百虫都晓得这是什么声，
天敌张大嘴，叫声一阵阵，
牛蛙在前青蛙在后，
前仆后继让百虫瑟瑟发抖。
带翅膀的飞起来，
带刺的决定一战到底。

---

① 英国人所称的"甲壳虫"。
② 儿子有义务走在已故父母的送葬队伍前面，带着父母的"灵牌"或者这里翻译的"灵位"。

青蛙刚一跳，碰到小蜜蜂，
狼吞虎咽无所阻碍，
重整旗鼓全速前进。
老蜈蚣①率部队冲锋陷阵，
又砍又刺被杀得片甲不留。
死去的老蜈蚣不计其数，
土蜂黄蜂是落花流水，
顷刻间尸横遍野。

蝎子护着蚂蚱身，
三次击退青蛙军；
蝎子只只扬起尾，
也只是徒劳无功。
青蛙冲锋把缺口露，
蝎子忙不迭钻进去。
到最后抱头鼠窜，
留下遍地死伤无数。
青蛙悠然游哉囫囵大吃，
尸身棺材一个不留。
蛙儿蹦回水塘里，
一切恢复又如初。
黎明初现东方时，
只剩下葬礼战场盛宴余烬。

---

① 这里可能指的是"皇家蜈蚣"（royal centipede）。

霸王之死①

黑夜里被敌军步步紧逼，
霸王仍坚持着继续前行，
手下死的死逃亡的逃亡，
只剩下霸王他孤立无援。

行到了乌江畔稍事休息，
眼望着乌江水垂头丧气，
偶然间瞟一眼赫然看见，
草丛里正停着一艘小船。

霸王他跳上船划起了桨，
小木船刹那间驶离岸边，
敌军们做梦也料想不到，
霸王他划着船安全逃离。

---

① 据说，韩信料定霸王十分迷信，便用蜂蜜写下预言打败了霸王的军队。虫子们很自然地被蜂蜜吸引到石头上，并在无意中用身体一起写下了谶词"霸王乌江丧"〔准确地说"口"字跟在"江"之后（"丧"的繁体为"喪"。——译者）〕，正如霸王所看到的那样。这是利用他的迷信导致其自杀，因为霸王是自刎而死的。
据说霸王十分强壮，能"力吹房上瓦"。

行进至水面上霸王心安，
悄无声静无息不留痕迹，
霸王是累又困躺下便睡，
小木船轻轻地随波逐流。

天破晓霸王才苏醒过来，
造化将他带到一座小岛，
四下里看一看拿起船桨，
迅速地把小船划到岸边。

上河岸四下里空无一人，
霸王他骤然间面失血色，
眼跟前石头上几个大字：
　　"霸王乌江丧！"

霸王见这景象心内凛然：
"奇怪哉！预言我命丧此处！
谁人来写下这神异预言
　　'霸王乌江丧！'"

霸王他走近瞧："是何神异？"
越靠近这几字越发醒目。
"何鬼怪能想出这等言语？
"老天爷！这些字都是活的！"

像一层厚硬壳贴在表面
石头上小虫子不计其数，
小虫子用身躯写下预言：
　　"霸王乌江丧！"

"连虫子也如此团结一致，
聚集来宣判我死期已至？
我定然已被这预言诅咒，
'霸王乌江丧乎'？"

这预言密布在周遭身侧，
风吹着鸟叫着四下散布，
乌江水轻声吟老树叹息：
"霸王乌江丧！"

山坡上平川上四面八方，
草丛里林石间天地宇宙，
萦绕在脑海里久久不绝：
"霸王乌江丧！"

"预言里说我将命丧此处，
我不能叫旁人拿了性命。"
霸王他拔出剑自刎而死，
霸王乌江丧。①

---

① 历史上对霸王之死有不同的说法："在韩信军队的紧追不舍下，霸王到了乌江边，有一艘船正等着把他送到对岸，在那儿他将安全地与自己的百姓在一起。船主亭长劝他渡河逃走，但霸王坚决拒绝，说自己战败无颜面对江东父老。他转身对跟随他的几个人说，韩信愿出千金买他的首级，遂叫他们拿去领赏。于是他拔出剑，当着他们的面自刎而死。"

霸王死于三十一岁。他生于秦王政十五年（前232），卒于汉高帝五年（前202）腊月。

耗子告猫①

花鼓敲金钟锤各响三次，

穿阴曹越地府丧钟响起。

皮鞭子震三下②穿云裂石，

人群里不由得惊恐万状。

阎王殿静悄悄万籁俱寂，

众判官端坐着默然不语。

小鬼们往来间源源不绝，

欢喜的愁苦的各有各样，

阎王爷③高坐在大殿之上，

威严地四下看谁也难逃，

众臣子围绕在阎王身旁，

小鬼们跪在前惶恐不安，

---

① 相关版本可见早稻田大学风陵文库《新刻老鼠含冤阎王审猫段·耗子告猫京都宝文堂版》。——译者

② 皇帝去祭祀时，宫门两边会各站一名手持鞭子的官员。这些官员负责"挥动"鞭子，这种鞭子也被叫作"皮蟒"。皮蟒的柄长约十八英寸，鞭长六英尺。当鞭子"噼啪"作响时，听起来就像是枪声，不过只能用来发出声响，中国人认为这样能突出这一场合的震撼和威严。当满族旗人犯事时，也会被鞭打臀部或腿部。但每次判决只能打二十七下，尽管随后还可以再打二十七下。实际上，可以打多个二十七下，而每二十七下都是分开命令的。

③ 阎王。

等待着听判决关乎造化。

阎王道："想当年乾坤已定，
　混沌中生天地直到今时，
　指命我阎王爷行使天意，
　我所作我所为不敢违天。
　有天意指引我出谋献策，
　人世间一切罪一视同仁，
　凡间人都不能蒙骗老天，
　耍心思玩心眼欺上瞒下，
　不过是雕虫计算得什么，
　这阴谋那诡计昭然若揭。
　老天爷赐予我这般神力，
　看透了人身上点点心思，
　想作恶不顾及作恶后果，
　阎王爷早已经摸透心思。
　一旦你产生了作恶念头，
　阎王爷早已经了如指掌，
　人世间一切事向来如此，
　要来到阎王殿接受审判，
　好与坏善与恶当面定夺，
　阎王爷定然会明辨是非。"

　阎王爷当此时正说话间，
　殿门口响起来吱吱声响，
　阎王爷厉声喝来人是谁？
　一声声听闻着尖利刺人，
　堂下人听起来不绝于耳，
　且看到上来人正是耗子。
　"俺正是那冤魂一只耗子，

求求您让俺去递上状子。
天可见俺受到莫大冤屈，
求求您快快些让俺进去，
要不然俺就要抓破殿门，
要不然俺就要咬烂鼓头。"

阎王道："小杂碎让它进来，
大殿前诉冤屈还它公道。"
小耗子心怯怯爬向阎王，
左瞧瞧右瞧瞧半信半疑。

小耗子跪倒在阎王脚下：
"尊阎王您瞧瞧俺的状子，
瞧一瞧您便知俺的冤屈。"
阎王爷展开状声声读来。

"原告人小耗子言辞凿凿，
原告人小耗子坦言相告，
冤屈鬼小耗子生前恭顺，
原告人小耗子循次而进，
原告人小耗子赌咒发誓：
狠心的贼狸猫害它性命。"

"小耗子到今年整整七岁，
从未曾有过那害理伤天。
白日里苟且在墙脚地洞，
黑了天它才敢探出洞门，
东寻寻西找找到处觅食，
米饭粒碎骨头其余尔尔，
小耗子看不起盗窃恶习，

它所作仅仅是偷鸡摸狗，
若不信可查验耗子洞府。

"原告人蒙受了弥天大冤，
小耗子竟然被错当盗贼，
被追得无路逃躲回洞府，
整日里饿得它不得好睡，
翻过来翻过去饥火烧肠，
但想到贼狸猫不敢出洞，
夜半时耗子才摸出洞府，
蹑着手蹑着脚瑟瑟发抖。

"小耗子洞府旁有只狸猫，
穿又好吃又好白白胖胖，
乐呵时喵喵叫吹起胡子，
恼羞时呼呼地甩打尾巴。

"俩眼睛似铜铃爪似利刃，
尖利牙白似雪龇出嘴外，
凶起来喵呜叫吓坏耗子，
听起来好像那老虎吼叫。

"这一宿小耗子出门遛弯，
前脚刚迈出那洞府一步，
贼狸猫骤然间暴跳而至，
扑上去把耗子撂倒在地。

"小耗子挣不开逐渐力虚，
气若丝吱吱叫无能为力，
贼狸猫愈发得变本加厉，

把耗子咬了个遍体鳞伤。

"戏耍间把耗子逗上弄下,
爪子抓嘴巴咬不休不止,
小耗子死一般血肉淋漓,
筋也疲力也尽不堪折磨。

"从鼠头到鼠腿骨肉齐崩,
鼻也啃尾也嚼狼吞虎咽,
小耗子头皮麻心惊肉跳,
简直在狸猫肚修了座坟。

"小耗子与狸猫无冤无仇,
却倒是为何故如此这般,
贼狸猫兴致起害它性命,
没缘由将耗子咬成肉末。

"法有言'命抵命'猫鼠同理,
小耗子也想要快活似猫 ①,
并非是怀恶意存心报复,
为正义求公道高声疾呼,
小耗子诚恳求阎王殿下,
速速地派差使前去擒拿,
叫狸猫到阴司对簿公堂,
冤有头债有主罪有应得,
声也嘶力也竭但为公道,
贼狸猫杀耗子天理难容。"

---

① 这句话表达的意思与夏洛克的"难道犹太人就没有眼睛"(夏洛克是莎士比亚戏剧《威尼斯商人》中的角色,该句意在说明犹太人与其他种族的人并无二致。——译者)一样。

——蒙冤的耗子

阎王爷看罢了耗子大状，
大骂那小狸猫胆大畜生：
"上前来阴差使马面牛头 ①，
你二人即刻去狸猫家中，
定将那杀鼠的猫擒来阴司。"

这牛头和马面接到命令，
即刻间不停留离开阴司，
紧赶着慢赶着一路狂奔，
似疾风如闪电大步流星，
二阴差这一路挥洒不停，
最终是赶到了狸猫的家。

这边厢小狸猫毫不知情，
卧在那炉灶旁悠然悠然，
把前胸和后背贴着取暖，
小狸猫乐呵呵咕咕哝哝，
眉也开眼也笑花枝招展，
正忙着将自己梳洗打扮。

叹人生快活短稍纵即逝，
小狸猫即刻便乐极生悲，
那牛头和马面擒住狸猫，
脖子上套锁链五花大绑，
等不及小狸猫换衣易服 ②，

---

① 马面和牛头是阎王的鬼卒。很明显从职责来看，他们是跑腿的和随从。

② 正如下文所言，只是将猫的魂魄带走了，而并非肉体，这根据正文即可推断出来。

不停歇赶回那阴司复命。

进到了阎王殿眼前所见，
吓得那小狸猫脊背发凉，
又是惊又是吓不知所措，
毛茸茸的毛发根根竖立，
它未曾怕过那鼠辈耗子，
但现在怕起了耗子魂魄，
望过去满眼是魑魅魍魉，
凶猛如狸猫也胆战心惊。
猪羊牛马还有猫狗耗子，
鸟兽虫鱼还有长虫蛤蟆，
人世间万般物不一而足，
在阴司皆可见样样不落。

阎王殿这一边恶鬼成堆，
阎王殿那一边善鬼林立，
小狸猫看魂魄往来不绝，
穿梭于阴司间惊掉下巴。

但闻得四下里悄寂无声，
私语者走动者一概皆无，
真可谓此时无声胜有声，
历历在目一切尽在不言中。

穿"金桥"的魂魄直达上天，
长"角羽"的魂魄投入地狱，
在阳间那魂魄滥杀无辜，
在地狱上刀山永生永世。

放火的被投入火海地狱，
挑拨的说谎的大卸八块，
挥霍的浪费的吃穿无度，
一股脑都送去"铁狗""铜蛇"。

贪杯的送去那酒池煮沸，
舞弊的进舂臼立马捣碎，
骗人的被送去挖掉心肝，
不孝的恶畜生拔去舌头。

小狸猫看的是又惊又呆，
眼前这一幕幕真是可怖，
一时间三魂魄丢了两魂。
忽闻得一声声好似惊雷，
响彻在阎王殿久久不散，
小狸猫吓得是汗毛倒立，
不敢进不敢退呆立原地，
长尾巴竖后面立得僵直，
小鼻头紧缩着吓得冒泡：
"小狸猫到地狱遭哪般罪？"

阎王殿两扇门渐渐打开，
眼跟前所见闻九牛一毛，
铰链条时间久锈迹斑斑，
哗啦啦摩擦声不绝于耳，
小狸猫受不了一跃而起，
愈发的惶惶然惊惧无措。

说时迟那时快四下漆黑，
大殿里伸出手不见五指，

乌泱泱涌进来阴霾骤起，
阎王殿大堂里浓云密布，
鬼森森阴沉沉黑云压顶，
净是些云精魄死去多时。

一波平一波起响声震天，
小狸猫瑟缩着又怕又寒，
狂风起不停歇呼啸而过，
四下里霎时间冷若冰霜。

一阵阵透骨寒传遍全身，
头也冷脚也冷无一处暖，
止不住上下牙打起架来，
打激灵抖成筛哆哆嗦嗦，
小狸猫倒吸了一口冷气，
透心凉进五脏万蚁蚀骨。

那牛头和马面守着殿门，
俩小鬼和急脚①跟着协助。
只见到一小鬼上前开箱，
小狸猫听分明不敢怠慢。

原告人找讼师读罢诉状，
小狸猫掏出纸毕恭毕敬，
点着头哈着腰交与阎王：
"尊阎王您且看自有公道。"
阎王爷不停顿接过状书，
忙不迭翻开来细看分明。

_____

① 急脚，阎王的另一位鬼卒和随从。

上写道小耗子状告狸猫
或许没必要专门提到，
这儿和那儿任何地方，
都一定很熟悉狸猫嘴脸。

"小狸猫尽心力不敢怠慢，
穷人家富人家一视同仁，
专门去消灭那祸害毒物，
驱蟊贼赶鼠患看家护院。

"小狸猫敢发誓洁身自好，
日日里守在家念佛祷告①。
绝不跟野公猫同流合污，
绝不受野公猫淫威利诱。

"不是我小狸猫心肠太狠，
只因为耗子们恶贯满盈。
只好逸不务劳以窃为生，
毁粮食坏物品无恶不作。

"小耗子咬法典无视律令，
咬坏书咬坏籍一无忌惮。
小耗子心不诚亵渎神灵，
进庙堂偷烛头处处留痕。

"小耗子进厨房为非作歹，
锅也钻碗也钻丁零当啷，

---

① 猫发出的呼噜声，通常被称为"念佛"（念诵阿弥陀佛）。

瓢也打盆也打稀里哗啦，
把食物胡乱撒杯盘狼藉。

"柜子里箱子里胡咬乱啃，
地缝里墙脚边到处打洞，
抽屉里床板下翻来倒去，
东也跑西也蹿一刻不歇。

"跑进去食篮里拿一块肉，
跳进去饭碗里擦一擦脚，
烂鼻头嗅一嗅美味佳肴，
长尾巴甩一甩^①味美浓汤。

"老妈子大厨子咬牙切齿，
立誓要发动起灭鼠大战，
买来了耗子药涂在肉上，
小耗子闻一闻一口不进。

"捕鼠夹碎砖块^②摆满洞，
小耗子太狡猾一动不动，
他显然已看出此等陷阱，
什么诱什么饵一无是处。

"小耗子探出头四下张望，
但很快又回去缩头缩脑。
小耗子太奸诈没法抓住，
任天罗和地网也不奈何。

---

① "甩"是一个俗语词汇，土语。
② 老鼠洞入口处的一块砖，只要轻轻一碰就会掉下来把老鼠压碎。

"女主人受尽了耗子欺侮，
下决心一定要消灭耗子，
小狸猫作为这最后法宝，
灭耗子除鼠害责无旁贷。

"好吃的好喝的紧着它来，
又是鸡又是鱼山珍海味，
偷偷地摸摸地零食甜点，
都无需小狸猫一一列举。

"女主人心地好菩萨心肠，
不亏待小狸猫对她不薄，
凡事情把狸猫想在前头，
小狸猫心下里常怀感激。

"小狸猫十分讨姑娘欢心，
整日里舒服得哼哼唧唧，
又是投又是喂无限温柔，
把狸猫抱在怀拥香入眠。

"小狸猫抓耗子没白没黑，
好些只被吓跑不见踪迹，
就剩下这一个小小祸害，
叫狸猫找了它个把多月。

"小耗子被抓后不知悔改，
小狸猫扑上去一口断气，
咬死了小耗子嚼骨吃肉，
吞下去咽下去难解其恨。

"小耗子的罪行不止于此，
这耗子才死去没有多时，
跑到了阎王殿变成冤魂，
控告那小狸猫害他性命。

"如若不查清楚说个明白，
小狸猫日后定心慵意懒。
小狸猫朝阎王昂首挺胸，
它自信尽职责无愧于心。"

阎王爷读罢了狸猫状子，
面也红耳也赤目露凶光，
大喝道老耗子气煞人也，
你怎敢反过来状告狸猫？

"小耗子真侥幸罪不至死，
这一次暂且先放你一马，
吩咐声众鬼卒推将下去，
打在他阴山后永不翻身！"

小耗子听闻言还想狡辩，
悄摸着爬到了阎王殿前：
"视鼠命如草芥天理何在？
瞎了眼的老天叫俺如何！

"追逐间贼狸猫害俺性命，
小耗子向阎王递上诉状，
谁料想贼狸猫无罪释放，
小耗子又一次落得惩罚。"

小耗子忙磕头喊着阎王：
"小耗子向阎王发誓保证，
俺要是像狸猫顿顿佳肴，
定不会被擒拿困在枷锁。

"阎王爷您思量俺如此做，
为的是混一口剩菜剩饭？
小耗子作保证不离鼠洞，
偷东西全因为迫不得已。

"老天意让耗子做了窃贼，
小耗子无怨言别无选择，
小耗子没得吃饥肠辘辘，
不比那贼狸猫有吃有喝。

"要想活就得去四处觅食，
没有米没有肉如何生活？"
小狸猫打断了耗子的话：
"既如此你应该自食其力
看起来还得再学学'手艺'。"

小耗子争辩道："照你说来，
鸟兽和虫鱼都自食其力？
若不是偷抢盗何来食物，
怕不是早早都饿死完了。"

小狸猫闻此言连连啐道：
"小耗子你在哪我就在哪，
小耗子你且看人打猎物，
就像我小狸猫天生捉贼。"

小耗子吱吱叫："如此说来，
　这世道全为你才来创造！
　小耗子不认你歪理邪说。
　红日头高悬在天空之上，
　那为何还要有月亮星星？"

阎王爷敲敲桌喊声："停下，
　莫要争莫要吵乱我心神。
　你们俩当这是什么地方？
　阎王爷在面前成何体统？

"人世间一切物鸟兽虫鱼，
　要活命都得要历尽艰难。
　行正道走坦途谋求衣食，
　万不得妄想着与人争食。

"事关乎你们俩还有人类，
　为生计人类也不择手段，
　　强欺弱，大欺小，
　富欺穷，皇帝老儿欺天下。

"抽打这小耗子丢进禁河[①]！
　带狸猫魂魄去回到阳间。
　从此后小耗子世世代代，
　都做了小狸猫果腹之物。"

———————
　① 实际上禁河无处不在。

狸猫还魂

当此时小狸猫横尸房内，
趴在那炉灶边一动不动，
小狸猫被阴差擒走魂魄，
平躺着脸向上四蹄朝天。

王太太忙进屋细看分明，
只见得小狸猫双目紧闭，
又拍背又捋胸哭个不停，
任凭你怎么叫就是不语。

王太太流老泪放了悲声，
怀抱着小狸猫手足无措：
"小猫孩小猫孩你怎如此，
拿什么换回你重返阳间？

"一刻前看着你生龙活虎，
又淘气又顽皮兴高采烈，
现下你躺这里没了性命，
可怜的小猫孩呜呼哀哉！

"害怕狗伤着你战战兢兢，
出门去没人敢动你分毫，
在家里看一眼见不到你，
心担惊肉受怕四下寻找。"

为救回小狸猫不遗余力，
定要为小狸猫招回魂魄，

找到了隔壁的好心邻居，
借来了纸元宝试它一试，
权且把死马作活马医治。

王太太动起手不加迟疑，
拿出碗倒上水撒了些米，
簸箕里烧掉了不少纸钱，
香炉里三根香也化灰烬。

桃树枝摆放在狸猫身旁，
反复哭了三次喊了五道：
"五道神五道神饶我狸猫，
小狸猫小狸猫快快还魂。

"饶了我小狸猫还它性命！
定会对佛祖们感激不尽，
日日里大殿前祷告不停。
五道神五道神我可怜的猫！"

王太太求完神关上了门，
端起碗连着米倒在地上，
又把碗放在了狸猫身旁，
拿顶针哐哐哐敲了三下。

王太太一边厢猛敲水碗，
一边厢忙着喊："猫儿回来！"
来不及念出口最后一句，
就得到老天爷答话回应，
奇迹马上就出现在眼前。

当此时接了命牛头马面，
带回了小狸猫命还阳间。
小狸猫的魂魄回归肉身，
王太太对此事一无所知。

小狸猫的魂魄进入肉身，
蹬蹬腿捋捋须舒展懒腰，
好一番折腾后静静端坐，
王太太见狸猫好生欢喜。

王太太朝西北双手合十，
虔诚地唱诵起阿弥陀佛！
感谢天感谢地感谢五道，
送回它小狸猫还魂阳间。

歪脖儿树

景山下有一棵嶙峋老树，
明朝人经常在树下走过，
这老树永乐种崇祯死其上，
见证了大明朝从始至终。

从前它身挺拔枝繁叶茂，
现在它光秃秃歪七扭八，
两百年前向天子低下了头，
到现在被唤作"歪脖儿树"。

两百年前
骚乱起，
天明时分，
在那
歪脖儿树下，
黎明初现，
崇祯尸首
在树上摆来荡去。

正是崇祯，

歪颈儿树上
晃荡的尸身
是明王朝最后一帝。

众叛亲离，
他再不需
摇摆不定，
皆由天命，
"天下一切"。
景山脚下，
亡国之君——
孤家寡人
悬在这棵歪脖儿树上。

那一定是
奇怪的景象，
看到
在晨光中，
皇帝的尸体
在老树上摆荡。

附近的每个人
见到这一切，
瑟瑟发抖，
面色苍白。
苍白可怖的脸，
明王朝最后一人
挂在树枝上，
往下看，
眉头紧锁，

看着那群人。

尸体轻摆，

歪脖儿树上是明王朝最后一人。

谁知道说了什么？

在崇祯和皇后

最后的别离中，①

夜深人静时，

他赤脚逃跑，

不敢有耽搁，

一路跑到歪脖儿树前，

这棵吊死他的树，

履行使命，

最后的大明。

他和她的离别，

无人可知。

不可思议，

死在歪脖儿树上，

崇祯的最后时光

只有一人知道。

放下尸首，

在他怀中

有一份遗书，

上面写着：

"给李自成，

当看到我

挂在树上，

---

① 传说皇后自杀了，而公主则被崇祯杀死了，以防她落入叛军手中。

请读读这遗书。

这是我们最后的遗愿。”

打开遗书，如是写道：

“拜上拜上多拜上，

拜上皇兄李自成，

要杀杀我文合武，

千万别杀好黎民。”①②

这棵树，

吊死崇祯的树，

该如何处理？

谁敢

承担这皇家之果？

是留下

还是连根拔去，

给王朝陪葬？

不该砍掉

如此

恶名昭著的树，

而要用锁链③，

留着它。

用铁链锁住

永远永远，

---

① 遗书的汉语翻译为原书所有。——译者

② 李自成在皇宫里住了十八天。李自成敬重死去的崇祯帝，下令将其厚葬并进行祭奠。

③ 清朝的第一个皇帝顺治（清入关后的第一位皇帝。——译者）下令用铁链锁住这棵树。他还允许崇祯的遗体葬在明十三陵（下令将崇祯皇帝葬在明十三陵的并非顺治，而是李自成。——译者）。

为它犯下的滔天大罪。

当老槐树

被放出来，

大清王朝

也摇摇欲坠。①

愿这浩劫，

永不发生，

就像歪脖儿树取下的锁链。

---

① 人们认为一旦解开歪脖儿树的锁链，当朝就会遭受灭顶之灾。直到今天，歪脖儿树仍被锁着，但锁链已经快要掉到地上了。

阔大奶奶逛西顶

阔大奶奶年近五十，
是出了名的勤俭人。
她是又有钱又会花钱，
每分钱都用在刀刃上，
锱铢必较物尽其用，
过日子的一把好手。

心宽体胖的阔大奶奶
打定主意要出门
去一年一回的西顶①庙会。
西顶庙离着北京十五里，
是个游玩的好去处，
又能拜佛又能耍把式。

阔大奶奶上了车，
打个手势就出发，
丫鬟们瞧见奶奶打手势，
忙不迭钻进旁边的车，

① 西顶是一座寺庙，那里每年四月一日至十五日都会举行庙会。

跟在大奶奶后面走，
随车的还有骑行和步行的侍卫。

这么多的人：
有的在后有的在前，
还有扶着车听吩咐的①，
防着车里的奶奶们受到惊扰
喊他们，
浩浩荡荡一队人马。

咯咯笑声传出车里，
暗暗秋波投向车外，
直叫人心魂跟着颤。
苹果糕饼和点心吃个没停！

阔大奶奶有个唖壶儿②，
她自个儿坐着谁也不知她喝了多少。
但只要来上一口，阔大奶奶就容光焕发，
宅心仁厚的阔大奶奶到了西顶早已满面红光。
车里还有个菜斗儿③，
供她在路上尽情享用。

进了庙随从跑去叫方丈，
老方丈真叫人起敬，

---

① 经常可以看到仆人们一只手搭在车上随车奔跑。这样做可能是为了他们自己方便，以防车里的人叫他们时，他们不在跟前。

② "唖壶儿"由锡制成，有一个可以拧的"吸管"，其用途和形状类似于婴儿吸吮的奶瓶。外出时这些"唖壶儿"可以挂在肩上。

③ "菜斗儿"由柳条编成，和一个特大的"三明治盒"没什么不同。"菜斗儿"也可以挂在肩上。

一会儿工夫就端上了茶，
说是珍藏的最好的茶。
请着夫人进屋小憩，
只觉得蓬荜生辉。
阔大奶奶是他的香客——最主要的香客之一
他要尽尽地主之谊。

心宽体胖的阔大奶奶喝了茶，
喊上丫鬟就准备走。
站起身说声休息好了，
要去西顶逛逛找乐子。

赏钱交到老方丈手上，
阔大奶奶说起了老和尚一听就懂的话：
"庙会完了你定要来找我们，
恭候大驾，好吃好喝招待您。"

阔大奶奶穿行在熙熙攘攘的庙会，
虽已不复年轻，
却更怡然自乐，
奇声儿奇景儿都叫她兴奋。

买着卖着，
叫着唤着。
"劳驾！靠边站！走路不看道吗？"
吼着喊着，
夸夸其谈，滔滔不绝，
打铙钹，吹喇叭，笛子滴滴响。

敲着锣，打着鼓，

吹着，弹着，

间或有好些叫嚷，

吆喝着，言语着。

丫头在走绳索。

"她走得真好啊！"

哎呀！她要掉下去了！

骂骂咧咧，

东张西望。

"太太，看看摊上的精品吧。

这儿有各式各样给乖小子的玩具，

给小丫头戴的红绳、花儿、小装饰，

给勤快媳妇的

顶针、剪子和刀子。

从我的货里随便挑——机不可失。"

输钱的，赢钱的，

喜笑颜开的，

抽陀螺的，跑旱船的，

嘶鸣的马，嚎叫的驴，

化缘的和尚，

踩高跷的，撂大石的。

转伞的[①]，扭秧歌的，

讲故事的，摇铃的。

打鼓的边唱歌，

边打起

三根鼓槌：

---

① 一种被称为"伞轮子"的旋转装置，类似于英国集市上使用的那种。

这两根，敲起来花里胡哨，
那第三根半空里飞个不停。

吞云的，吐雾的，
插科的，打诨的，
说乐子，逗人笑的。
狗熊跳舞，人群争先恐后，
摩肩接踵，
看丑角跟观众逗趣。

实在是人声鼎沸。
"马上开始了！"
货如轮转！八方来财！
门口的人买票，
门里的人表演，
还有看起来栩栩如生的木偶。

乡下人成群结队
来看耗子表演，
看西洋镜里变化无常的欢乐景儿。
"三个铜板就能看
看一个十六岁的丫头，
人面马身！"

演杂技的女人
绝活不断。
有的叫人心生怜悯，
有的张牙舞爪，
嬉笑怒骂，众生百相。

阔大奶奶逛完了庙会的景儿，

茶水喝了个饱，

丫鬟们个个领了赏，

有发钗，有耳坠，簪钗环佩，

上了车回北京，

逛一趟西顶心满意足。

颠 倒 歌

正 月

正月里来过端午，^①
太阳从西往东落，
寺庙坐南朝向北，^②
满口颠三倒四言！

壮丁身上肉全无，
唱起歌来声声叹，
斋戒求佛又行善，
到头引来诸般恶。

麻籽大豆榨不出油，
叫花子自力又更生，
有钱人奔波生计忙，
咱几个天亮才上床。

火折子，点不着，

———————————
① 端午节实际上在五月初五。
② 恰恰相反。

老狗晚上晒太阳，
木炭拿来做果馅儿，
真话说来全是假。

二　月

二月里来草木枯，
骂起人来倒像夸，
午夜时分日高悬，
燕子急忙向北飞。

河水一路向西流^①，
坏的也作好的看，
火药好吃勤加煮，
搭钮好用莫上油。

兵卒负责领军饷，
战事起来逃跑忙，
吃的只有葫芦汤，
以一当百成军团。

女人鞠躬男人抱臂，
老太婆好似俏闺女，
守着大夫想寻死，
满口仁义假君子。

---

① 中国人认为所有的河流都向东流。

三　月

三月绿雪把冰结，
桑树上，采棉花，
斋戒的人吃糖肉，
贪嘴的懒得把饭吃。

请了朋友来吃饭，
糕点美酒待客慢，
吃茶吃到醉醺醺，
骡子树下把脚歇。

两个胖子坐轿顶，
抬着白马游街巷，
拿着羽毛敲铜锣，
丫头作小子来男作女。

心花怒放泪汪汪，
悲痛欲绝笑盈盈，
眉开眼笑气鼓鼓，
温文尔雅晃悠悠。

四　月

四月里秋风刺骨，
公鸡下蛋母鸡鸣，
日月都从西方起，
相思皆因胸中痛。

鱼儿也作鸟儿当，生起气来把歌唱，
树上长来腿当翅。
马儿生来八条腿，
会下蛋来会打洞。

白虎也作虫子看，大海深处把家安，
日常无事采茶忙。
文人胸中无点墨，
傻瓜倒是聪明人。

秃子秀发长满头，
壮士拄着拐棍走，
呆子能言又善道，
直肠子倒见不得光。

五　月

五月天气倍凉爽，
呆瓜圣人分不清，
鸭蛋长得像葫芦 ①，
五十文下了两次蛋。

十担不如一担重，
隐居的声色犬马，
八十岁小孩学走路，
几百年后才说话。

_____

① 形似8。

酒鬼最恨喝酒人，
狗吠笔墨真好听，
水里鱼儿岸上欢，
吃了鞭子道声谢。

胆小鬼不知什么是怕，
鹿叫一声老虎逃，
猫儿躲着老鼠走，
晌午时分点蜡烛。

六　　月

六月地里结了冰，
正是插秧好时节，
苍蝇空中结网忙，
蜘蛛倒被苍蝇吃。

文章写作有妙法，
草鞋猪油各一样，
满街能人傻子少，
督学是个睁眼瞎。

凉棚倒比房子好，
大象虱子一般大，
长长的荔枝赛锥子，
都知甘蔗似苦胆。

说蜂蜜酸来醋香甜，
反着走来能见面，

杀个人也不犯法，
只要不来第二次。

七　月

七月里来天晴朗，
老少绫罗迎新年，
受了虐待多欢喜，
一无是处是钱粮。

不孝子得天护佑，
任劳任怨受天谴，
见丫头抽烟真好玩，
翰林学士一派胡言。

挣钱的常常守不住财，
挑挑拣拣随遇安，
糕点也叫新鲜肉，
脚掌也算是小腿。

老死的，叫夭夭，
归根到底是大喘气，
松树柏树不耐寒，
过了冬天活不长。

八　月

八月春天来，三年才一次。
风和日又丽！

柳红桃又绿！
泥槽里肥猪干净净。

花钱的更有钱，
害病的更长寿，
瞎子装作看不见，
跳蚤咬死老头子。

黑女人，多漂亮，
低垂眼睛叫盯着看，
光身子叫穿衣真讲究，
死前遗言作玩笑。

做好事的孩子受鞭打，
行善的往往恶意多，
黑红是白光是暗，
锄头是耙子扫帚是铲。

九　　月

九月里来杏花蓝，
亮黑的梨花争奇斗艳，
细溜的榆树长在粗南瓜架，
葡萄长在青豆藤。

蛙声婉转如天籁，
好似嗓子眼儿疼，
花猫齐声喵喵叫，
粪堆飘出阵阵香。

矿井里挖出无花果，
大老粗拿来当柴卖，
喝了一杯还是渴，
花香倒是臭烘烘。

昨夜炎热下起了雪，
水沟却是阳关道，
山脚河床变干涸，
喜见扁舟叶叶过。

十　月

十月天气日渐暖，
蜈蚣成群结队出，
长虫蝎子空中飞，
又吃草来又追鸟。

家雀儿用嘴啄死了鹰，
聋子说不出来话，
屠夫看见了羊吃奶，
转头就被羊咬死。

大雨倾盆地上干，
泼辣的丫头叫腼腆，
蓝云常被太阳遮，
干完的活算未完工。

兴高采烈是遗憾，
瑟瑟发抖流大汗，

一眼乱瞟是重罪，
两眼乱瞟是死刑。

十 一 月

十一月酷暑难耐，
全部衣服身上套，
想泡茶，说来易，
夜里烧水树荫下。

一行长柳叫橡树，
膝关节也叫手肘，
乌鸦唱歌不张嘴，
艳阳高照日全食。

冷冬里酷热难耐，
假象也被当成真，
饿死鬼叫饱死鬼，
锻造绫罗编铠甲。

手穿鞋来走路，
走在地上叫坐船，
猫是狗，狗是猫，
盘子是壶筷是杯。

十 二 月

十二月仲夏来，
苹果压弯桃树枝，

葫芦树上结果实，
乡巴佬搭梯根上挖。

不近女色登徒子，
赌鬼不爱摇骰子，
说是真实为假，
虫子踩人人翻身。

棺材死了尸体上摆，
熊是马来骆驼当牛，
提起当下说再会，
真话说出定是假。

腊月唱完歌也完了，
唱完也就十二个月，
唱出真相反当假，
眼见到底不为实。

打 夯 歌

庆新年！
贺新年！
丁郎月下去逛灯，
穿过街，走过市，
灯火通明亮如昼，
熙熙攘攘迎新年！
太平年！年太平！
增福增寿财运长。

天交三古①回家转，
见母跪倒放悲声，
趴母怀中哭不止，
双手紧握泪涟涟。
太平年！年太平！
丁郎难过哭断肠！

"我的儿，免悲声，
你且止住说分明，

_____

① 午夜。

何事让你凄凄然？
说与母亲听一听。
太平年！年太平！
我儿莫再泪潸潸！"

"尊声母亲听分明，
逛灯碰见二孩童，
他骂我，不好听，
有娘无父女孩生，
羊头上苍蝇带来的子，
野种冤家骨头轻，
无根扎草水上萍，
粪堆灵芝到底臭。
尊声母亲我敬重您，
此等脏话不该让您听，
但我知道这都是假，
母亲您高尚如仙子！"

母亲听完头低垂，
听儿哭泣讲分明，
母亲高傲地抬起头，
眼看儿子露慈祥。
"我的儿，街头童言不可信，
他们也都是苦出身，
我的儿你非私生，
莫被流言伤了心。

"母亲身世儿不知，
对儿一一说分明。
她儿时，她成亲，

做人媳妇好幸福，
直到他父遭不幸，
一日代罪去充军。
充何地，如何去，
如何改杜为高姓。

"到今天，十二年，
日日忧思不得寐，
长夜漫漫苦等待，
无处诉说心内愁，
泣涕涟涟泪不干，
孤苦伶仃无依靠，
苦熬等待他归来，
守得云开见月明。"

"我虽只是一孩童，
岂能不为母分忧？
我日日无忧无虑，
母夜夜惴惴不安。
让我去寻我父亲，
找回那慈父贤夫！
四处奔走寻寻觅，
不找到他不罢休，
定要为父证清白，
把他带回这里来。

"尊母亲，儿须行，
儿在家中心内忧，
不忍见母如此愁，
度日如年无止尽。

我年轻，体力好，
不怕难关一重重，
带我父亲回家里，
一家重聚享团圆。
我定要，寻回父，
母亲无须再挽留。"

母亲心下不舍得，
不愿儿子出远门。
"若是二人都不回，
叫我可该怎么办？"
心内处，
悲伤深，
不得不，狠了心，
应允儿子去寻父。

"你去吧，我的儿，
寻到你父亲，
速速回家来，
把他带回我身边。
但我儿，别忘了，
你未见过你父亲。"

怀中掏出三宗宝：
"三宗宝，交给你，
三样离别的信物，
他一半，我一半。

"瞧这些，是我的。
分别时，半面镜，

成亲时，半把梳，
扯破乌绫各一半。

"珍藏多年三宗宝，
何时才能重团圆？
有人对上三宗宝，
就是你父我的夫。"

半镜半梳半乌绫，
丁郎仔细收进怀。
次日天明破晓时，
丁郎离家去寻父。

离别情景在眼前，
满怀希望又畏惧，
丁郎难忘母亲恩，
母亲为儿求平安。

说不尽，离别情，
二人最终道分别。
眼望儿子泪婆娑，
望儿远行渐消失。

日复一日，
风尘仆仆，
行色匆匆是丁郎。
夜里休息，
白天赶路，
不敢有怠，
马不停蹄一路行，

三宗宝紧握在手里。

身上钱财渐花光，
囊中羞涩，
身无分文，
花光了所有钱，
也不愿停下来，
挨家挨户把饭讨，
夜里就在路边躺，
以天为盖地为床。

丁郎奔波不停歇，
终于快到襄阳城。
十二年前在这里，
父亲发配到襄阳。
双眼盈盈望城镇，
扑通一声跪下来，
祈求父亲还在世，
祈求还父自由身。

夜晚丁郎累又疲，
倒在地上就睡着，
忽忽悠悠在梦中，
叫夯号，在梦中，
父母身世道分明。
好似昨夜祈祷声，
耳内一遍又一遍，
声声句句传进来，
又有词，又有调，
传入丁郎梦中来，

抑扬顿挫一声声，
丁郎句句记心间。
声音整齐传入耳，
齐声唱起这些词：

"丁郎丁郎，
到了襄阳，
去土工处。
在土工处，
唱'打夯歌'，
寻你父亲。"

歌声渐悄不得闻，
丁郎躺在路边上，
一遍一遍喃喃语，
梦里最后一句词：
"到了襄阳，
唱'打夯歌'，
寻你父亲。"

一觉睡到天大亮，
神清气爽醒过来，
起身充满了希望，
尘土飞扬再跋涉，
歌声响彻脑海中，
定能找到他父亲。
不久进了襄阳城，
城门跟前情更怯，
心下欣喜不足道，
想象父亲呼喊道：

"我的儿，跟我回家，
只要唱出打夯歌，
想要什么有什么。"
（梦想就要实现了）

丁郎是喜出望外，
不由得心花怒放，
想起父亲喜极泣。
丁郎立刻回答道：
"我愿意试一试
那人定会满意的。"

进人群，上高桌，
丁郎唱起打夯歌，
手摸信物心祈祷，
略略停顿唱起歌，
歌声哀婉又纯朴，
土工跟着高声和。

打 夯 歌

北京来的苦孩子，
打夯，嗬嗬！ ①
为寻父亲唱夯歌，
打夯，嗬嗬！
正月里正月正，
打夯，嗬嗬！
辞别母亲出北京，

---

① 锤或称夯，落在"嗬"字上！这种声音与英国修路工发出的声音没有什么不同。

打夯，嗬嗬！

出门时，正飘雪，
　　打夯，嗬嗬！
前路茫茫无处去，
　　打夯，嗬嗬！
走完春天走夏天，
　　打夯，嗬嗬！
六月终于到终点。
　　打夯，嗬嗬！

忍饥挨饿不堪言，
　　打夯，嗬嗬！
跋山涉水一重重，
　　打夯，嗬嗬！
艰难困苦都忍下，
　　打夯，嗬嗬！
只因不愿轻放弃，
　　打夯，嗬嗬！

虽是乞丐宦家生，
　　打夯，嗬嗬！
我父也曾得功名，
　　打夯，嗬嗬！
光宗耀祖门楣扬，
　　打夯，嗬嗬！
后代个个学榜样，
　　打夯，嗬嗬！

从天降下是非坑，

打夯，嗬嗬！
恶贼见到我母亲，
打夯，嗬嗬！
贪图我母花容貌，
打夯，嗬嗬！
不惜一切要抢走，
打夯，嗬嗬！

年七为了行奸计，
打夯，嗬嗬！
为我父亲找差事，
打夯，嗬嗬！
曲意逢迎假意为，
打夯，嗬嗬！
成我父亲好弟兄，
打夯，嗬嗬！

一夜去年家吃饭，
打夯，嗬嗬！
父亲酒里下了药，
打夯，嗬嗬！
趁他不备杀家奴，
打夯，嗬嗬！
嫁祸我父杀了人，
打夯，嗬嗬！

父亲落狱受拷打，
打夯，嗬嗬！
坚持不肯认罪行，
打夯，嗬嗬！

最后实在没办法，
　　打夯，嗨嗨！
屈打成招定罪名，
　　打夯，嗨嗨！

年七登门说帮忙，
　　打夯，嗨嗨！
母亲拒绝大声骂，
　　打夯，嗨嗨！
年七调戏她不从，
　　打夯，嗨嗨！
一心只爱孩儿他爹，
　　打夯，嗨嗨！

贼说爱我娘杏眼，
　　打夯，嗨嗨！
我母听了下绝情，
　　打夯，嗨嗨！
我绝不让你得逞。
　　打夯，嗨嗨！
当面一把剜了眼，
　　打夯，嗨嗨！

父亲问罪出北京，
　　打夯，嗨嗨！
夫妻分别两情伤，
　　打夯，嗨嗨！
差人拆散我父母，
　　打夯，嗨嗨！
痛苦中母亲生下我，

打夯，嗬嗬！

父亲离开十二载，
　打夯，嗬嗬！
母亲日日泪洗面，
　打夯，嗬嗬！
时间日日流逝去，
　打夯，嗬嗬！
苦痛不曾减半分，
　打夯，嗬嗬！

我虽还是一孩童，
　打夯，嗬嗬！
不忍母亲愁满面，
　打夯，嗬嗬！
正月初一离开家，
　打夯，嗬嗬！
为寻父亲来襄阳，
　打夯，嗬嗬！

一路走，一路唱，
　打夯，嗬嗬！
定要找回我父亲，
　打夯，嗬嗬！
找不到我不罢休，
　打夯，嗬嗬！
一定要对上信物，
　打夯，嗬嗬！

我父就在这其中，

打夯，嗬嗬！
我一定要找到他，
打夯，嗬嗬！
真名实姓杜景龙，
打夯，嗬嗬！
改名换姓高仲举！

丁郎正把名字唱，
毫无预兆被打倒。
一个仆人冲上前，
打了丁郎一猛拳。

丁郎受惊又伤累累，
努力挣扎站起来，
白净脸庞满是血，
泪水从眼中涌出来。

晃晃悠悠站不稳，
又是血，又是泪，
咿咿呀呀倒地上，
耳中听见一声音——
慢声轻语带责备：
"狠毒虫，怎这样！打了这可怜小孩子！
你也是个人，这么不知羞?
还配做个人吗?
擦净血，带过来，
他可不是流浪汉。"
仆人低头不敢言，
带小孩来到夫人前。

夫人正在屋里忙，
听闻丁郎悦耳声，
跑窗前，屏风后，
仔细往外看下去。

听着歌声入了迷，
男孩真叫人生怜，
从头到尾听他讲，
心下可怜小丁郎。

男孩提起父假名，
夫人又气又心疼。
正是她的夫君名！
她是他父的妻子。

看到男孩倒地上，
周围无人肯相助，
夫人心下多不忍，
决心帮帮小丁郎。

丁郎低头谦逊样，
夫人细声对丁郎说：
"再唱一遍打夯歌；
我想听你唱一遍。
一句一句唱清楚，
让我听听对不对。"

男孩再唱起打夯歌，
杜景龙走进坐下来，
未曾想到这男孩，

正是他北京妻子所生。

丁郎一句句唱下去。
父亲心里不平静，
这正是他儿子，
他怎么才能弥补？

夫人看出他内心愧，
是又气恼又心疼，
恼的是自己被骗，
心疼他儿小丁郎。

夫人心里慢羞愧，
听丁郎唱起父亲名，
指着丈夫高声道：
"那就是你父高仲举。"

"这又怎么可能呢？
我又未曾结过婚，
花言巧语假冒名！
并无妻儿在北京！

"你父哪天离开家？
你父如今年几岁？
你生于何时何地？
你有何物为凭证？"

丁郎一一轻松答，
父亲当即放下心。
为了让人更可信，

怀中取出三宗宝。

父亲见到叹息道：
"正是她留的信物。"
梳子、镜子和乌绫，
一一对上无差错。

丁郎终于寻到父。
想起留给妻子的信，
还有这三宗宝，
实在无颜去面对。

"我的罪过实在大，
不知如何做解释。
你的父，被充军，
只当是无缘再团聚！

"只说在外丧尸灵，
你母在家徒叹息，
一刻也不待在家，
定会改嫁把姓更。

"谁想到，守得清，
教训我儿长成了！
若我得见她的面，
定不再负她的意。"

丁郎听完忍着泪，
对着父亲开始道：
"父亲说话太绝情，

这般无情又无意。

"为何还要说'如果'？
父亲有钱又有闲，
如果真的有心意，
和我一起回家去。

"我母现下无依靠，
你可知她多艰难？
从父离家至今日，
无亲无故一个人！

"我母在家穿补丁，
父穿绫罗并绸缎；
父食凤髓与龙肝，
我母吃糠又咽菜。

"我母住在破窑里，
父亲住着高楼亭；
我母睡着破草席，
父亲安眠高床上。"

夫人听闻心内惊，
十一年他只字不提，
她一直相安无事，
才发现丈夫绝情又绝义。

拍良心，平一平，
愧对丈夫的前妻，
她为大来奴为小，

同享富贵受荣华。

见到丈夫脸色白，
说什么也无济于事，
哎呀一声喘着气，
踉跄一下倒在地。

二人看着他倒地，
就像受了判决样，
竭尽全力救活他，
焦急等着大夫来。

大夫来后满脸严肃，
说这是患了瘫痪，
有心无力治不好，
半死不活没办法。

二人闻听吃了惊，
夫人马上做决定，
叫他前妻来襄阳，
和丁郎一起住那里。

马上派人去北京，
带着纹银和信件。
只有仆人回来了，
说是不肯收下钱。

前妻代来信一封，
多谢妹妹好恩情，
等夫君，病体康，

回到北京喜团聚。

丁郎长到十六岁，
出类拔萃成绩佳，
十六岁一考就得中，
十七岁二考又夺魁。

父亲常年身抱恙，
苟延残喘至今日，
直到神僧给了药，
才把病情医治好。

父子二人回北京，
衣锦荣归满面光，
父亲富贵又荣华，
难能可贵身体好。

一家三口再重逢①，
可恨磨难还未完，
幸福时光太短暂，
片刻之后厄运来。

三人讲起分别苦，
一群恶贼冲进来，
抓住丁郎他父亲，
捆了送进大牢里。

母子二人默默泣，

---

① 从丁郎和父亲离开襄阳后，就完全不再提起第二个妻子。她的好意显然未被感激。

丁郎勇敢抬起头，
"把这一切交给我，
定要救我父出来。"

丁郎定下新目标，
一心拿下翰林考，
暂不说是考功名，
这是救父好办法。

放榜高中第一名，
心内欢欣又雀跃！
三百六十位举子，
独他丁郎拔头筹。

金銮殿里人才聚①，
丁郎他高中状元。
金花十字②身上戴，
敲锣打鼓十三下③。

传丁郎，上龙廷，
怀中揣了一奏本，
敌人陷害他父亲，
要把父亲公道还。

---

① 第一批考取进士的只有十八人。在这十八人中，只有一位可以获得状元称号，从而进入翰林。状元被认为是当时全国最优秀的学者。

② 这些花被称为金花，但仅仅是金箔，并不是朝廷赐予高中的举子的，而是举子自己买来插在官帽上的。红十字是一条长长的丝绸，挂在穿戴者的双肩上，并且在前胸和后背交叉。

③ 今天会在状元面前举着锣（而非敲锣），还有四面方形的红旗和一把红色的伞。状元带着这些物品游街。

小丁郎，跪龙廷，
嘉靖吩咐他免礼，
夸他文章写得妙，
丁郎眼看时机到。

将奏本，给天子，
未读几句脸色变。
"恶贼如此大逆不道！
屈害忠臣欺良善！"

又将奏本地上扔，
金銮殿上神风起，
奏本刮到龙案中，
无人知这是何意。

天子见，怒气生，
又把奏本地上扔，
又见得，神风起，
还送奏本龙案中。

天子皱眉不思议，
再把奏本地上扔，
再一次，神风起，
还送奏本龙案中。

群臣惊吓瑟瑟抖。
"天意让朕阅此本！"
打开本，龙目睁，
当着群臣大声读。

睁大眼睛自己看，
年七正是那贼人。
奏本写下一条条，
加起来足足一百起。

下令抓住年恶贼，
扒了衣服当众打，
没收财产给丁郎，
赶出皇宫去讨饭。

父亲终于得清白，
从牢狱里回了家，
一家三口再团圆，
从此不再受磨难。

年七讨饭在路上，
过街老鼠人人打，
饥肠辘辘苦不堪，
无人敢施一把米。

苦熬撑了三四天，
饥火烧肠体不支，
眼发红，嘴发干，
心知此次在劫难逃。

摇摇晃晃往前走，
无人伸手敢帮忙，
想从前得意洋洋，
看今朝死在粪堆上。①

---

① 原文的很多部分在没有大量注释的情况下读者很难理解，因此我做了删减。

笼 中 雀[①]

看起来是我家，

雕梁画栋，

亭台轩榭，

好似行人画中游。

院里一瞥，

---

① 有人向乾隆皇帝献上了一位喀什姑娘，乾隆非常喜欢她，后来她成了乾隆最宠爱的妃子。为了不让她过于思念远方的家乡，乾隆在宫里建了一座楼，名为望家楼。隔着宫墙和一条马路，乾隆在望家楼对面命人修建了仿照她家乡的建筑，让她的陪嫁侍从们住在里面，这样她便可以一直看到她远方的家，甚至她乐意的时候也可以与她的女伴们交流。人们很难想象还有什么方式比乾隆表现出的对喀什姑娘的爱更细腻动人了，尽管像歌谣中所暗示的那样，这可能产生了与他本意完全相反的效果。这只会使她更加难以忍受金丝笼里的生活，因为这一直提醒着她，注定无法再回到原来的家。

望家楼和宫殿位于同一部分，妃子所在的建筑就是望家楼，路过长安街的人都可以看到。她的许多陪嫁侍从的后代仍然住在这座建筑内或附近，时间久了，与北京人已没有区别了。但是，有些妇女还依然坚持梳喀什特有的发型，女孩们会编一个小辫子，或者是将十几个小辫子编成一个大辫子，让珠玉点缀其间，同时戴一顶五颜六色的条纹圆帽。已婚妇女会编两个辫子，两侧各一个，同样戴着条纹圆帽。

乾隆给护送过妃子的男人每人每月赏银三两，这些人及其后代一直能领到这笔钱，直到道光将其削减至每人每月一两。作为穆斯林，人死后必须在十二小时内下葬。尸体要被清洗干净，擦干，裹上棉布，放在棺材里，再抬入坟墓。坟墓是一个深六七英尺的坑，坑的侧面挖出一个壁龛，与尸体的长度相当，高到可以让人跪在里面（民间传说人在埋葬后的第三天，尸体会站起来跪下祈祷）。没有棺材的尸体被安放在壁龛内，诵读赞词，填平坟坑，上面堆起一个坟头，形状与英国和其他西方国家相似。

时常可见些老面孔，

喀什人的妻女，

着我故乡装扮。

看起来是我家，

却叫人更想家。

想念家乡那让人珍爱的一切，

想念家中亲友。

眼不见亲友，

怅然有失心下空荡，

常对此景，怀想故乡，

不觉悲从中来。

看起来是我家，

谁人唱我故乡歌谣，

夕阳西下乡音阵阵，

轻柔婉转入我耳中。

罢了罢了，徒增悲伤，

思乡情更切，

何时再闻乡音，

似那般从前在家。

看起来是我家，

眼望宫墙一再思乡，

徒然悔恨满溢胸间，

与其怀念倒不如全忘掉。

望家楼弄巧反拙，

倒使我百般惆怅，

却又忍不住不看，

故乡近在眼前又远在天边。

莫娶寡妇

前几日得了闲，
走出门去遛弯，
没多远瞧跟前，
一老翁愁容满脸走过来。

手握拳，走近前，
哭得泪涟涟。
老翁流泪真可怜，
叫我心内也伤感。

我问道："何事让你泪涟涟，
不妨倾吐一二三。
你且与我说一说，
我能帮衬就帮衬。"

老翁闻声听我言，
止了泪水摇头连连：
"您愿屈尊听我谈，
我把不幸说与您听。

好叫您知。

不久前，

老汉有房有地也有钱，

有妻有女也有儿，

到如今一场空！

万念俱灰，

一无所有，

竹篮打水。

"不久前得偿夙愿，

妻贤子孝家和睦，

坐拥良田桃李满园，

沃野百里日食一升。

"驴肥骡壮，

香车两辆。

院里六畜兴旺，

个个能卖好价钱。

老汉志得意满，

却不料天妒红颜妻子归天。

"老汉不堪此击，

悲痛溢于言表，

但觉了无生趣，

哀思不能自己。

"到老汉愁思缓，

媒人捎来话儿，

要将寡妇说与我，

撮合不二好姻缘。

"寡妇年轻貌又美,
家财有万贯,
她又对我有意愿,
不几日便结下良缘。

"入得门来好似仙女下凡,
媒人说二十有七,
老汉瞧着撒了谎,
定然虚报了十岁。

"樱桃嘴珍珠牙天姿国色,
老汉拥佳人入怀,
又得一笔丰厚嫁妆,
看看我收的第二次嫁妆都有甚:

"看门狗汪汪叫,
黑夜里四下游,
提防毛贼进家门。
老驴子,
拉长了下巴,
呃啊呃啊。

"十只鸭子扁扁嘴,
小水沟里嘎巴嘎。
十只母鸡会下蛋,
下起蛋来咯咯哒。

"二十斤线来十斤纱,
又缝又补齐整整。

白玉打的洗衣石，
枣木棒槌做了俩。
十块银锭九串钱，
九串钱是康熙钱。

"衣服装成两大捆，
身上绑的是洋腰带。
两件皮大衣，
三口大铁锅，
一把硬毛刷，
再加一把大笊篱。

"两张桌子四个凳，
四把椅子一个箱，
四块没上身的花棉布，
织布机咔哒哒，
绣花门帘来一张，
缎子被单小二十张，
顶级的艺人一大群，
个个光鲜又华丽。

"照看这些是老汉的事，
她在家里享荣华；
老汉领着班子赶场赚钱，
她装腔作势游手好闲。

"前妻临终前叫老汉起誓，
照顾好一双儿女绝不能忘，
老汉发誓护他们一切周全，
谁料想这后妻百般憎厌。

"这一日到家中见儿被打，
蜷缩在她脚边如临深渊，
后妻她发了疯暴跳如雷，
老汉劝她收敛些，
她反倒怒不可遏：
'叫你看看谁是这家女主人！'

"抄起棍子打死看门狗，
抄起菜刀捅死了驴，
提着脑袋扔飞了扁嘴的鸭，
拧死了十只可怜的老母鸡。

"烧掉了十斤棉，
还有十斤线。
白玉打的洗衣石，
大大小小全摔了个遍。

"抡起大斧子，
舞来又挥去，
十锭雪花银，
康熙通宝钱，
挨个朝老汉扔过来！

"洋腰带身上系，
烧掉了全部衣服包。
扯下了两件皮大衣。
摔碎了三个大铁锅。

"抓起刷子笊篱就要烧，

怒火是一点未平息。
桌椅凳子全砍坏，
箱子也七零八碎。

"没上身的花布扯成片，
咔哒哒的织布机全砸坏，
被单扔地上点着火烧，
门帘撕成片。
把艺人扫地出门，
行头统统用火烧。

"烧的烧砸的砸才出了气，
她眼瞅这一切似笑非笑。
老汉在旁看着这破落模样，
她一气跑出去上吊自杀。

"老汉写信将此事告知亲友，
反倒全怪罪到老汉身上，
她亲友跑去了县衙门里，
递上了骇人的一纸诉状。

"老汉四处去贿赂各级官员，
先是这地方官无恶不作，
还有那小喽啰跑腿打杂，
骗的是老汉我身无分文。

"卖掉了庄稼果园全部田产，
卖掉了两架香车，
卖掉了鸡鸭猪驴三头骡，
卖光了家产求个平安。

"为了结这事情代价天大，
为赢官司输掉老汉万贯家财，
为赢官司失掉老汉一双儿女。
诸位君您瞧瞧老汉多惨。

"现下里您知老汉为何悲苦，
老汉我就不该伤心流泪？"
闻此事我也是哑口无言，
略表些小心意就此别过。

告 诫

一则小忠告，我说你且听，
在座各位君，定要记心里：
一定要听劝，莫要娶寡妇；
不听此言者，后悔一辈子。

借女出嫁^①

道光年间，

牛庄周边，

有一农夫叫李子秋，

他不爱惜自己的手，

因为他又有房来又有地，

真真是个"有钱人"。

李子秋娶了个妻，

夫人和蔼又可亲，

生个闺女小代笑。

唉！这闺女，

让二人丢尽老脸。

您愿意听，那我就讲。

哎呀！哎哟！

孩子不管爹妈死活，

爹妈怎奈何？

十有八九是大错特错。

代笑早已订了婚，

---

① 内容可能改编自民间故事《借女出阁》。詹恒学主编：《借女出嫁》，见中国民间文学集成辽宁卷辽阳市卷编委会编：《中国民间文学集成·辽宁卷·辽阳市卷》，1989年，第483—485页。

但她偏不爱胡林，

喜欢上得喜小伙子，

这得喜，模样俊，

可是家世不大好，

李家一个小仆役。

这二人日日私会，

见不得光，

有一年久。

长话短说，末了末了，

代笑是羞愤难当，

进退两难。

哎呀！哎哟！

与得喜珠胎暗结，

却又与胡林有婚约。

小代笑像坠入无尽深渊，

哎呀哎哟真可怜，

流再多泪也白搭，

想后悔为时晚矣。

茶饭不思，

坐立难安，

寻个没人处一个人待。

代笑娘，心思活，

凡事都有眼力见，

代笑现在这个样，

明眼人都能看得出。

丑事定然传千里，

叫人气急败坏，

"闺女呀，莫再瞒，

如何做到这般田地？”

代笑娘口若悬河，
骂起人来花样多，
指着鼻子破口骂，
细数了闺女几条罪。
骂得是天花乱坠，
一五一十骂分明，
骂完了，定下神，
问起闺女详细情。

“傻愣着，做什么，
说与我，细细讲，
原原本本道出来，
何事让你这样消沉？”

代笑不言垂下了头，
耳根子红到了眉毛梢，
哇地一下哭出了声，
抽抽泣泣打着颤：
“定是平日身子懒，
吃了油腻不消化，
我也实在说不上，
到底消沉是为哪般。”

“别唬我，你当我瞎？
编个故事把我骗，
不妨问问你自己，
死后你想去哪里？

"小贱蹄子如何是好，
毁了老李家和你自己。"
老夫人更生气，
拿着个袖口连声骂。

"与谁做下这勾当?
看我不抓烂他的脸。"
代笑只得一一交代，
她相好的是得喜。

老夫人涨红了脸，
听闻此名怒气冲天，
"竟是得喜小畜生！
他也配得上我女儿?"

母女二人愈吵愈烈，
老爷回来连声止。
老夫人忙说明，
小代笑和得喜勾搭在一起。

闻听此事老爷是又气又急:
"定要剥了兔崽子的皮。"
紧出门去捉得喜，
遍寻不见他踪迹。

捉不住得喜惹得他，
暴跳如雷意难平，
气呼呼回到家中去，
瞧见什么都不顺眼。
可怜的代笑倒了霉，

爹爹骂骂咧咧不停歇。
要是街坊知此事，
到时不知怎么说，
金玉其外，
败絮其中。

"贱丫头！你挨千刀！"
说着手下没停顿，
薅起头发就要打，
说时迟，那时快，
一声喊话传进耳，
抬起的巴掌停在空中，
听着声音连连抖，
忙叫代笑赶紧走。
走到门口探清楚，
何事如此闹哄哄，
门前一切映眼帘，
不由得他停下步。

胡家的媒人进了门，
李子秋犹如被雷击。
媒人跟着四个朋友，身后带的是订婚礼，
人群混杂面面相觑。

八大箱，抬的是
绫罗绸缎，
金银珠玉，
有一样算一样，
统统都是新娘的。
队伍里，

烧酒两壶，
烧猪两头分两列，
六十块，大点心，
美味佳肴塞满筐。

李子秋又气又恼，
鼓起勇气迈出门。
点头哈腰招呼着，
谈笑风生若无其事。
热茶水，
伺候着，
好酒好烟款待着。
胡家老父是心满意足，
鞠了个躬，
起了个誓：
"犬子胡林，
何其有幸，
与李氏之女代笑联姻。"

这老胡，
殊不知，
颜面早已丢失尽，
真真是还不知情。
这边厢，
烧了纸，
谢了脚夫，
送了老胡，
老李才得松口气。
内下悲伤，
收了聘礼，

该如何是好?

这聘礼本不当收,
老李该把实话讲,
恰恰相反他收了礼,
换作是谁也没辙。

说这不该那不该,
可说起来容易做起来难,
老李不该把聘礼收,
可谁又替他想一想?

时间飞逝,
亲事越近。
老李子秋,
心乱如麻,
日子越近越煎熬。
可怜的代笑,
独守空房泪涟涟,
大门不出二门不迈。

成亲的日子就要到,
小姑娘怯然失了色。
眼看丑事要暴露,
如何瞒天过海?
倘使成亲那一天,
拘押了代笑,又能说什么?
想到这儿老李就犯难。
李夫人思考片刻忽然道:
"有办法了,老爷!

我想到了！
我有一计，
虽有些匪夷所思，
但只要经营得当，
定保我们度此劫。
切莫言语，
听我细细道来。

"咱管家孙思，有个女儿叫鸾英，
鸾英年十七，正是合适人。
咱们借鸾英，替代笑出嫁，
正好遮住这桩丑事。"

老李脱口一声："啐！
谁见过借女出嫁此等荒唐事？"
"倒也并非全荒唐，
我办事来你放心。

"谁看到两人都会说，
真真好似一对双棒儿。
年纪相仿模样相近，
冒充起来轻而易举。

"到如今咱们别无他法，
借新娘虽然有些棘手，
但顶替咱闺女就几天，
穷人闺女好打发，罪责不大。

"第九日假新娘回到娘家①,
咱们就以此计掩人耳目。
代笑她早已被抱上床去,
再照旧让她回到婆家。"

老李听夫人言屏气凝神,
开口道:"夫人呐,我问一句,
孙思他心和善,
咱们想借他就借?"

"杞人忧天,
有钱能使鬼推磨。
无论如何这事必须做,
你且去试他一试。"

"但是,夫人呐,"
老李争道,
"你可知道?
孙思可能会拒绝
把女儿借给我,
也不愿,
自己闺女就这样出嫁。
虽只是九天,
但你知道

---

① 在婚后第九天的黎明时分,新娘的一位或多位亲戚——通常是父母——到新郎家接新娘回娘家,这叫回门。新郎是不是和他们一同回去并无规定,但这天的白天他必须去拜访他们,并向新娘的父母叩头,第一次相认。到了晚上,新娘会回到夫家。之后,双方可以随意走动,只要对方方便就行。

想在丈夫不知情的情况下交换新娘是绝不可能的。但他们相信,或者说他们觉得,男方迫不得已一定会缄默不言,因为如果不瞒着,他也担心给自家带来耻辱。

这请求，

可会惹怒他，

他是那等头脑发热的人。

若他勃然大怒，大吵大闹，

那胡林和代笑的亲事定要完。"

"这有何难，"夫人答，

"我知道他好喝酒，

你去请他来，斟上几杯酒，

对你来说，信手拈来。

"跟他东拉拉西扯扯，

聊聊天气村子和庄稼。

他穷得响叮当，他喝醉你暗示，

还不任由你摆布。

"你看准时机，抛出话题——

五十两借他女儿。

他不同意算我输，

金钱可是万能的。"

老李自己没主意，

对夫人是言听计又从。

本不该做此荒唐事，

却叫夫人牵着鼻子走。

老李被说服，

一门心思实行此计。

请了孙思，

热情招待，

让孙思好不快活。
老李老实对夫人道：
"真真是不出意外，
这是孙思此生得意时刻。"

老李招呼着："老兄，请坐。"
孙思何曾受过这等礼遇，
鞠完一躬后局促地坐下。
老李偷偷望向他，
温了酒忙给孙思满上，
孙思喝了酒，一点未察觉。
刚开始，小口抿，
过三巡，一口闷。

老李说说东说说西，
满口"伙计""好兄弟"，
又是志同道合，
又是肝胆相照。
凭三寸不烂之舌，
老李提及心中秘事。
放长线，钓大鱼，
鱼儿马上上钩了。

酒酣耳热之际，
孙思声音愈发粗哑，
老李眼眶发红，
患难才见真情，
实话告诉孙思，
忠不忠就在此了。
孙思道："我虽穷，但你放心，

我这朋友值得交。"

老李绘声绘色，
一板一眼，
打从头讲起来，
恶果如何铸成，
一发不可收拾！
如今随时随地，
代笑一旦有了孩子，
简直是将丑事告天下！

孙思听完哈哈笑：
"告诉我此事是何意？
我又不是老产婆，
实在是叫人糊涂。

"此事着实让人惊。"
孙思轻哼一声作同情。
"若是别事定不推辞，
但此事与我无牵连。"

"此事是与你不相干，
可我也是无他法。
明日就是成亲日，
真叫我进退两难。

"为今之计就只有，
借上你女儿几天，
让她假扮我女儿，
第九天回门就了结。"

孙思听完跳如雷，
一脚踢翻座下凳，
满脸写着不可能，
张口就骂："老杂种！
这般提议是为何，
把我当成什么人？

"借我女儿用几天！
杀了你个老杂种！"
孙思说完气吼吼，
踢完椅子踢桌子，
又是摔来又是骂，
打翻了酒，摔碎了杯！

"太无情！让我走！
我看起来这般傻吗？
如何让我女儿这样做？
你女儿，丢了人，
要怪就怪你自己，
你教子，没有方！"

老李听完吓破了胆，
慌忙堵上孙思的嘴。
"看在老天爷分上，
冷静些莫让邻居知。
我不白白跟你借，
我拿好处跟你换！"

瞧见孙思要张口，

老李连忙打住道：
"一个字也别说，
你先听我讲分明。
马上给你五十两，
五亩地十年租，分文不要。

"想好了你再决定。
五十两钱五亩地，
想想这些大好处，
要不要把你女儿借几天？

"你若是不肯要，
想要的人有很多，
一句话，答应不答应？
再犹豫我就找别家。"

孙思低着头沉思，
脑海当中细盘算：
"要也罢不要也罢，
要了就能当地主，
至于闺女我去劝，
再也不用做管家。"

抬起头，咧嘴笑：
"你一开始说的话，
虽然也不完全对，
但是听你全说完，
若我还不听人劝，
那一定是昏了头。

"你也不必说酬谢，
但你若是硬要给，
我自然也不拒绝，
女儿我就借给你，
你说什么时候要，
现在这是两码事。

"此事办起并不难，
但有一个麻烦处，
若她公公知道了，
定然不善罢甘休。
你一定得相信我，
她公公肯定不同意，
到时情况要更糟。"

老李说："你莫惊慌，
这事只有咱俩知，
街坊四邻都不知。
要是有人敢打听，
要是有人传闲话，
我定然饶不了他。"

二人又是一番议，
商量周全定主意：
孙思晚上告女儿，
老李先把定钱付。

鸾英穿上新娘装，
无人看到新娘脸，
九日回门再换回，

各走各路不相干。

孙思高兴回家去，
告诉妻子逢大运，
把钱甩在桌子上，
又跟女儿忙解释，
说她真是好福气，
装成新娘发大财。

夫妻二人没想到——
是他二人贪钱财，
鸾英心知央求也是徒劳。
二人送女儿回房去，
看着她走进房子里，
鸾英决不让计划成。

成亲当日大晴天，
鸾英床榻上起身。
过了一个不眠夜，
心下哀叹命真苦。
往四周瞧了一瞧，
早已经布置停当：
桌子上，地面上，
摆满了成亲用品。

又是盒子又是箱，
塞满了锦衣绣袄，
什么样儿它都有，
有棉的有衬的还有皮的，
绣花的绣人的绣花边的，

各式各样不重复，
腰带袜子和鞋子，
小姐的物件数不胜数，
夹子胸针珠宝首饰，
都是小姐的常用品。
梳妆台，照花镜，
黄铜做的洗手盆，
白银一般亮闪闪，
真希望都是自己的。

穿上了代笑的嫁衣，
这衣服确实也合身。
老太太上来一顿夸，
小鸾英就快忘乎所以，
把自己当成真新娘，
鸾英年轻又貌美，
借了出去真可惜。

做了一个替代品，
鸾英心里无愧疚，
遵照命令代价大，
牺牲清白代人过。
何其可怜小鸾英，
潸然泪下徒悲伤，
无能为力救自己。

迎亲队伍已来到，
敲锣打鼓进了房①，

---

① 敲锣打鼓的、吹小号的乐师护送迎娶新娘的轿子到达。回程时新娘会坐在轿子里，这时音乐就柔和一些，会演奏小锣、单簧管、笛子、横笛等。

代笑藏身闺房这，

庆幸鸾英替她嫁。

鸾英蒙着红盖头^①，

挽扶着坐进轿子里。

迎亲的队伍往回走，

假新娘到了夫家大门口。

轿子刚刚落下地，

喜娘挽着新娘出。

围观的挤了个水泄不通，

踩着地毯走进屋。^②

拜完天再拜向地，

每个步骤不能少。

鸾英思来又想去，

---

① 新娘蒙着盖头被带到轿子前，由她的父亲、兄弟、叔叔送进轿子，如果没有
这些人，则由她最近的男性亲属来送。新娘到达新郎家时，会从轿子走向房中。

② 当接新娘的轿子到达新郎家时，如果夫家很有钱，就会从轿子到大厅都铺上
地毯；如果没有钱，就铺两块短垫子，新娘在前进的过程中交替地踩着其中一块，刚
离脚的那块垫子会被很快地拿起来，再铺在她的前面，如此反复，直到她到达房子。
在新娘离开轿子前，新郎手拿弓箭站在门外拉三次弓，每次都拉到最大，箭则指向轿
子；有时新郎会把箭射出去，这样做是为了吓走新娘的"恶灵"。两位喜娘会将新娘
挽扶到院子里，新郎和新娘将在那里拜天地。之后，新娘被带到房门口，门框上放着
一个苹果，苹果的顶上还有一个马鞍，这是家庭幸福的象征，因为"苹果和马鞍"与
"平安"这两个字谐音。进门的地方摆了一个炭盆，寓意丈夫能发财。新娘先跨过马鞍，
再跨过炭盆，接着会被带到炕前。她的脚下有一个袋子，里面装着各种各样的谷物，
主要是小米，新娘一步一步地往上走，寓意步步高升。新娘坐在炕上，新郎站在炕脚
边，用秤杆或尺子揭开新娘的盖头；而后新郎上炕，面对新娘而坐。二位新人都会拿
到一碗包着肉馅儿的饺子，两个人都必须要吃——这些饺子基本都是生的。新郎的母
亲会问他们："生不生？"他们自然会回答："生。""生"这个字也有"孕育""生
育"的意思，这个回答暗示了她想生孩子。最后，新郎母亲递给二人两杯用红绳系
在一起的酒杯，两人默默喝完后，仪式就算结束。

客人走后该怎么逃？

日头渐渐西沉去，
落于山后看不见，
繁星闪烁一颗颗，
无数只眼睛望下来。

宾客逐渐辞别去，
最后留下二新人，
没有任何防备心，
新郎母亲站起身，
点燃一盏小油灯：
"谢天谢地都走了！
虽然忙活了一天，
为娘内心真喜悦。

"媳妇儿脸色好苍白！
一定是今天累着了。
领着媳妇走回房，
我来给你铺上床。"

领着媳妇进内室，
帮忙脱下新娘装，
取下满头饰，
铺好红喜被，
嘱咐新郎官，转身就离去。

新郎在这儿，新娘在那儿，
这二人局促不安。
新郎悄悄走上前，

满怀爱意抱新娘，
新娘害羞忙躲闪。

鸾英不知怎么办，
想找个地缝钻进去！
又能藏到哪里去？
如何避开这羞人事？
怎么让他快离开？

怎么告诉新郎知，
他二人是假成亲？
怎么告诉新郎知，
都是贪婪惹的祸？
突然蹦出个好主意，
转身对着新郎说：
"我口渴，去拿些水。"

她心知屋里没有水，
新郎听了她的话，
抓起杯子跑向厨房，
新娘赶紧锁上门，
倒在椅子上快昏厥。

新郎拿了水，
匆匆赶回来，
暗中摸索着，
担心要跌倒，
穿过长廊黑乎乎，
突然撞到门上边，
四脚朝天仰面倒。

新郎气急败坏，
差一点破口大骂，
一边敲门一边喊：
"你为什么锁上门？
你要我去拿水喝。
要是知道你会锁门，
你就自己去拿水。
谁又想到你把我拒之门外？"

新娘急得忙说道：
"别想哄我把门开，
我可不是大傻瓜。
既然拿了水，
你就自己喝，
喝点冷水静静心。"

胡林听完大声叫，
叫声引来他父母，
忙向二老道原委，
妻子如何要喝水，
自己赶紧去厨房，
回来就被锁门外。

二老惊得睁大眼，
看着儿子茫然无措：
"代笑你这般是为何？
为什么这么对我儿？
吵得我二人不安宁，
你可不是这样的人！"

女孩听完忙解释：

"我不是代笑是鸾英，

工头孙思的女儿。"

二老急忙问："你怎么会在这里？"

女孩哭着诉原委，

父亲如何卖了她，

她又是如何来这里，

小代笑'丢了脸'，

从头到尾讲明白，

众人瞠目结舌。

讲完这些鸾英泣：

"知道我为什么锁门了吧。"

老人气得脸涨红：

"让这些混蛋滚远些！

你父亲，真畜生！

你的母亲也不值当说。

没有一个好东西，

卑鄙无耻的李子秋，

恬不知耻的代笑。

我们把你当儿媳，

你是一个好姑娘，

我们不在乎你是谁，

说清楚了把门开，

我们也要回房去。"

"现在我该怎么办？

他长得不坏人也好，

我要水他就跑去拿，

也许我该宽容些，
我喜欢这个小伙子，
他看我时也眼含情。"

年轻的姑娘想了想，
想来想去更糊涂。
开门还是不开门？
喜欢他还是不喜欢？
要不要把门打开？
思前想后有了主意：
门是一定要开的，
但得问清他的想法。
我没做错任何事，
他们也会相信我。

"我愿意把门打开，
但你不能怪罪我。
你们得先发个誓，
认下我这个儿媳妇。
若不认作儿媳，
我就死在这房里。"

二老笑着忙答应：
"虽然你是借来的，
但我们只认定你，
我儿对你也有意。
恬不知耻的代笑，
绝不能进我家门。"
他们郑重起了誓，
鸯英红脸把门开。

闲言碎语不用讲，
夫妻二人入洞房，
彼此都心满意足。
他爱她拒他门外，
她满怀一见钟情，
可谓是天作之合。
谁承想一场骗局，
小鸾英因祸得福！

次日清晨日初升，
照进新房暖洋洋，
唤醒缠绻的小夫妻，
二人早该洗漱罢。

家中人都很热情①，
欢聚一堂迎儿媳。
他们最终下决定，
此事不让任何人知。

代笑一家真可恶，
就该狠狠去惩戒，
一家人自作聪明，
聪明反被聪明误。

代笑母亲进了门，
轻声细语问女儿，

---

① 婚后次日早晨，会向家庭成员介绍新娘，新娘要和丈夫一起向那些年长的人磕头，这叫"双礼"。新娘的亲戚也会去拜访他们，并在夫家待一天，这叫"良吉秋"（是 liang-jih-chiu 音译。——译者）。

鸾英害羞忍着笑，
回答一切都很好。

代笑母亲不知情，
对这一切很满意，
又嘘寒，又问暖，
假戏真做好殷勤。

显然计划成了真，
第一夜相安无事。
老太太心满意足，
忙回家告诉家里人。

九日清晨五更里，
日头照旧升起来，
老李子秋到胡家，
来接自家姑娘回。

但谁想到事有变，
李子秋不知所措，
一下子就慌了神，
婆家不肯放人走！

老李别无其他选，
他也不能硬抢人，
眼下只能告诉孙叟，
没办法带回他女儿。

老李大步回家去，
边走边想好奇怪，

先去告诉夫人知，
再去通知孙叟晓。

孙叟听后失颜色，
吓得汗毛竖起来。
老李说完前后因，
孙叟脸色白如纸，
黯然失色心神乱，
犹如是惊弓之鸟，
无措地看着老李，
才意识到出大事。

孙叟一把抓住老李：
"你这个老王八蛋！
把我女儿还给我！
你偷走了我女儿！"
"我是借，不是偷！"
老李气得大声叫。

"你真是个好父亲！
看看你是什么嘴脸！
别跟我说偷女儿，
不要把我惹毛了！"

孙夫人这时也来了，
撸起袖子就要干。
一个扯，一个拉，
一个踢，一个打。
孙叟抓起一把刀，
拿着就要往上砍。

孙夫人拾起大石头，

踢里咣啷一顿敲，

稀里哗啦一顿砸，

打得老李满脸开花。

三人扭打作一团，

你推我搡难分开，

刘臣听闻走进来，

知晓了来龙去脉，

他觉得老李没做错，

帮着老李一起打。

街坊四邻都跑来，

这边拉，那边劝，

忙把四人分开来。

四人刚刚停了手，

刘臣便似一溜烟，

急忙忙往镇上奔！

冲进衙门 ① 敲起鼓，

大声呼喊："我有冤！"

县令立刻开了堂，

刘臣跪下诉冤屈：

"小人名叫作刘臣，

老实本分的一个人。

我儿和孙家有婚约，

孙叟又穷又小气，

---

① 在古代，每个县衙都有一面鼓，放在大堂门口。一个人如果遭到了权势之人的不公正对待，他就可以击鼓鸣冤，县令也一定会听取他的诉状。现在，虽然许多地方还保留着这面鼓，但很少有人使用。

冷血无情的老东西，
借出女儿嫁给胡家！"
刘臣讲了这奇案，
大人气得脸发青。
"竟然发生此等事？
带来让我审一审！"
拿起令牌扔地上，
要好好教训这刁民！

衙役^①挨家去拿人，
飞也似的无影踪。
很快抓到所有人，
带到大人面前来。
大堂桌前连成排，
恭敬跪倒把头磕^②。

大人审完这桩案：
"堂下众人听我令：
李孙各领四十板，
教你们长长记性！
至于代笑犯的错，
老李教女无方也有责。

"孙叟无耻把财贪，
出卖女儿毁清白。
既然已经嫁胡家，
所得钱财给刘臣，
加上你的那一份，

① 警察。
② 头着地。

算作你儿的补偿。
胡林鸾英既成事实，
不再拆散你二人。
得喜这个小无赖，
罚你好好来弥补，
念你年幼轻发落，
这么罚你也不过。
代笑遭到你引诱，
你二人速速把婚完，
这是最好的归宿。
代笑她有五亩地。
得了这些你也不亏，
一个妻子五亩地，
再加四十大板子！"

断完案件大人退，
人人都说好公正，
县令巧断家务事，
清正廉明美名传。

附录一

司登德① 和他编写的词典

高永伟②

在晚清期间的东西文化交流中，西方传教士起到了举足轻重的作用，同样起到一定作用的还有一些从事与宗教无关的职业的西方来华人士。他们当中有的是外交官［如著有《语言自迩集》的威妥玛 (Thomas Francis Wade)、编有《袖珍英汉北京方言字典》的禧在明等］，有的则是海关官员［如编有多部词典的司登德、著有《南京官话》的赫美玲（K. E. G. Hemeling）等］。其中，司登德虽是多部双语词典的编者，但他的名字及作品却很少出现在与英汉、汉英辞典史相关的著作中。有鉴于此，本文不仅将介绍司登德的生平及著作，而且将侧重评介由他编写的多部词典，并附带评述这些词典在英汉双语词典史上的影响和作用。

一、司登德的生平

司登德，1833 年 6 月 15 日生于英国坎特伯雷市，1884 年 9 月 1 日逝于台湾打狗港。司登德出身贫寒，其父经营着一家水果店和一个蔬菜农场。在 1855 年左右，司登德离家参了军，加入第 14 国王轻骑兵团。1857 年至 1858 年，由于印度发生兵变，司登德随军镇压，为此还获得了

---

① 原文作者译为司登得，收录时统一改为司登德。
② 高永伟，教授、博士生导师，研究方向为现代英语、双语辞书编纂、词典编纂史、术语研究。

勋章。司登德在 1882 年出版的《随军记事》［*Scraps from My Sabretasche: Being Personal Adventures While in the 14th (King's Light) Dragoons*］一书中详细记载了期间的经历。据《近代来华外国人名辞典》的记载，司登德 1869 年来华，在英国驻华使馆任卫队员。这一论述似乎与史实不符。司登德在 1871 年的《汉英合璧相连字汇》一书的序言中曾提道："几年前当我还住在北京的时候，我就想尝试将一部中文小说翻译成英语。"由此可见，司登德来华的年份应该早于 1869 年。据推断，司登德来华的时间应该在 19 世纪 60 年代中期。司登德到了北京之后逐渐对汉语产生了兴趣，并显示出口语学习的天分，为此还受到了时任英国驻华使馆参赞的威妥玛的鼓励。随后在 1869 年 3 月，司登德被召入当时由赫德[①]负责的海关总署，任一等港口稽查，并先后在烟台、上海、温州及汕头等口岸供职。1882 年年初，司登德被海关总税务司派往台湾打狗港，次年 5 月升至代理税务司[②]，这一职位一直延续到他去世。司登德在 19 世纪 60 年代结过婚，但由于长期两地分居，他与第一任妻子在 1878 年 7 月办理了正式的离婚手续。1879 年，司登德开始与来自英格兰埃塞克斯郡的萨拉·安·佩奇（Sarah Ann Page）交往，第二年年仅 22 岁的佩奇在伦敦为司登德产下一子。司登德虽然出身卑微，但通过自己的努力在中国开辟了成功的事业。他不仅是互济会会员，同时也是皇家亚洲文会北华支会会员。

二、司登德的作品

尽管早年并未受过多少教育，司登德还是凭借自己的语言天分和后天的努力，成为当时汉学界一位较多产的人士。除了下文要评介的三部词典外，司登德还完成了其他多部文学、语言等作品。

1871 年，司登德在《皇家亚洲文会北华支会会刊》上发表了一篇名为《中国歌谣》(Chinese Lyrics) 的文章，这篇长达 53 页的文章后来在

---

① 想必司登德在海关工作期间曾受到赫德的提携和帮助，因而他在两部著作（《汉英合璧相连字汇》和《其他中国歌谣》）的扉页后写上了"谨以此书献给赫德先生"。

② 陈绛在《赫德与中国早期现代化——赫德日记（1863—1866）》一书中将此职务 (assistant in charge) 称作总巡，而根据卢公明于 1872 年编著的《英华萃林韵府》（下卷）的词汇附录，这个职务当时的名称是"代理税务司"。

1875 年被阿道夫·索博特 (Adolf Seubert) 翻译成了德语，并在莱比锡出版。1872 年，司登德又在该会报上发表文章，即长达 12 页的《中国传说故事》(Chinese Legends)。

1874 年，司登德在伦敦出版了一本名为《二十四颗玉珠串：汉语歌谣选集》①的诗歌民歌集。司登德在其序言中开门见山道出了编译这个集子的原因："集中的大多数歌谣先前已发表，我之所以要以这种形式出版它们，是因为它们涉及的话题对大多数英格兰人来说是陌生的，我还深信它们中的很多歌谣就连生活在中国的外国人也是闻所未闻的。"②全书共 166 页，收录了 24 首歌谣，其中的第 12 首实为剧本，即 "Jên-Kuei's Return(A Play)③"（《仁贵回乡》）。歌谣涉及的内容跨越了中国历史上的多个朝代，既有关于汉朝的，如《张良吹箫》《长坂坡》《赵子龙》等，又有好几首是关于唐朝的，如《杨贵妃》《杨贵妃之死》《杨贵妃之墓》《皇帝的爱妃》《幻乐》等。《二十四颗玉珠串：汉语歌谣选集》自出版后在海内外颇受好评。英国半月刊《评论画刊》(The Illustrated Review) 对这部书的评论是："《二十四颗玉珠串》是对现有东方语言资料的一大极具价值的补充……我们应该感谢司登德先生为我们呈现的文字盛宴，希望他能在不久的将来为我们呈献新的作品。"④香港出版的《中国评论》对该书的评论则是："司登德的诗句是如此的流畅，旋律是如此的优美。他从中文原文中选取奇特的意象，并给它们穿上华丽的英语装束。"⑤

1877 年，司登德又在《皇家亚洲文会北华支会会刊》上发表了一篇文章，该文名为《中国的太监》(Chinese Eunuchs)，长达 42 页。这篇文章后来在 1879 年被翻译成德语（Chinesische Eunuchen），在莱比锡出版。

---

① 其中的一些内容已在之前发表或出版过，如《扇坟》和《试妻》在 1873 年由上海的 Da Costa & Co. 出版。

② George Carter Stent, *The Jade Chaplet in Twenty-Four Beads; A Collection of Songs, Ballads, &c. (from the Chinese)*, London: Trübner & Co., 1874, p. iii.

③ 该剧本已在 1873 年由上海的 Da Costa & CO. 出版。

④ George Carter Stent, *Entombed Alive and Other Songs, &C.(from the Chinese.)*, London: W. H. Allen and Co., 1878, p. 254.

⑤ George Carter Stent, *Entombed Alive and Other Songs, &C.(from the Chinese.)*, London: W. H. Allen and Co., 1878, p. 254.

这篇文章是当时就此话题展开得最为详尽的研究，像太监的历史、现状、阉割法等内容均无一例外地得到论述。后人在这方面的研究几乎都参考了司登德的文章。

1878 年，司登德又在伦敦出版了一个由自己编译的歌曲民谣集，即《其他中国歌谣》。出版这本书的主要目的是向英国公众介绍一些从中国的民谣和民歌中发现的新奇的想法等。[①] 对司登德来说，"汇集并翻译这些歌谣完全是心甘情愿做的事情，因而我为这个令人愉快且新奇的爱好花了不少时间。[②] 这个集子正文部分共 252 页，后附有出版商 W. H. Allen 公司多达 40 多页的书目广告。与之前的《二十四颗玉珠串：汉语歌谣选集》相比，这个集子收录的民谣要多几首，其内容亦是五花八门，如《争夺王位》《帝皇树》《虞姬之死》《独眼鲁班》《歪脖儿树》《莫娶寡妇》等。

三、《汉英合璧[③] 相连字汇》

司登德一开始就对中国的白话小说感兴趣，并一直在搜集其中的短语等内容。几年的搜集结果被汇集起来，于是就有了司登德的第一部词典——《汉英合璧相连字汇》。司登德在词典序言中对编写缘由做了说明，"追根溯源，这部著作完全归因于小说的阅读，尽管我在词典编写过程中大量参考了威妥玛先生、马礼逊博士、麦都思先生的作品"[④]。这部 677 页的词典，由上海的海关出版社在 1871 年出版。词典除正文（572 页）外，还包括序言、字母索引（50 页）、部首索引（24 页）、部表首（8 页）、正文注解（14 页）以及勘误（4 页）。这部词典共收录 4200 个汉字，四字以内的词语多达两万条。《汉英合璧相连字汇》的编排方式与众不

---

① George Carter Stent, *Entombed Alive and Other Songs, Ballads, &c. (from the Chinese.)*, London: W. H. Allen and co., 1878, p. v.

② George Carter Stent, *Entombed Alive and Other Songs, Ballads, &c. (from the Chinese.)*, London: W. H. Allen and Co., 1878, p. v.

③ 原书名中的"合璧"被写成了"合璧"。

④ George Carter Stent, *A Chinese and English Vocabulary in the Pekinese Dialect*, Shanghai: Custom's Press, 1871, p. v.

同。先前的华英字典（如马礼逊的《华英字典》、麦都思的《华英字典》、卫三畏的《英华分韵撮要》等）或华英方言字典[如麦利和与摩嘉立的《榕腔注音词典》[①](*An Alphabetic Dictionary of Chinese Language in the Foochow Dialect*) 等] 的编排都是将汉字词头排在前面，然后再标注汉字的西文注音，而司氏词典则不同：汉字词头的西文注音被排在最前面，然后才有汉字或汉字词组，最后则是英文译文。试看下例：

yŭĕh⁴	月		the moon; a month.
yŭĕh⁴-chi³-ʻhua¹	月 季 花		the monthly rose; menses.
yŭĕh⁴-chʻin²	月 琴		a kind of guitar.
yŭĕh⁴-ching¹	月 經		the menses.
yŭĕh⁴-hsien²	月 弦		the moon's quarters.
yŭĕh⁴-kuang¹	月 光		moonlight.
yŭĕh⁴-liang⁴	月 亮		the moon.

从中我们还可以看出，司登德首次在词典中为西文注音标注了表示汉字读音的声调。[②] 这样的编排和做法显然对外国人学习汉语特别有帮助。但是，这种简洁的编排方式也有其不利之处，即例证的缺失。

在先前的汉英词典中，汉字词头被排在突出位置，而词组和例证通常混为一体，被设置在词条中。而在《汉英合璧相连字汇》中，词组或多字词语与词头前后相连排列，由此可见这部词典更侧重对词组和多字词语的用法的记载，如"爱"字下的"爱媚 to caress, to love"和"爱民如子 to love the people as sons"，"珍"字下的"珍馐美味 dainties, delicacies"，"抱"字下的"抱头鼠窜 to steal off, to skulk away"，"闭"字下的"闭门思过 to shut the door and reflect on one's faults"，等等。由于司登德所收词语的来源之一是当时的白话小说，因而词典中收录的不少词条口语味很重，并非严格意义上的词组，如"爱"字下的"爱争论的 fond of argument"和"爱不爱 do you like it or not"，"明"字下的"明儿个见 good bye till tomorrow"，"蘑"字下的"蘑菇头儿 a mushroom"，"你"字下的"你我不对 you and I don't agree"，

---

① 1870 年由福州美华书局出版。

② 司登德在序言中提到他的这一做法是按照威妥玛在《语言自迩集》中提倡的体系来做的。

等等。《汉英合璧相连字汇》有时也收录了一些专名，如"乾隆 the fourth emperor of the present dynasty""雍和宫 the great Lama temple at Peking""三字经 the 'Three Character Classic'""苏杭 Soo-chow and Hang-chow""印度国 Hindustan""渊明园^① the Summer Palace near Peking"，等等。

就词目的译文而言，司登德时常采用先直译后意译的方法，如"长江 'the long river', the Yang-tzu-chiang""大笔 'a large pencil', good writing or composition""大便 'great convenience', to evacuate""滴水成冰 'dropping water becomes ice', very cold""地蛋, 'ground eggs', potatoes""跳虫 'the jumping insect', the flea""天河 'heaven's river', the Milky Way""辞尘世 'leave dusty world', to become a priest; to die"，等等。不过，词典中也难免存在着一些误译或不确切的译法，如"长工 constant work"（应改为 long-term laborer）、"鸡奸 unnatural crime"（应改为 sodomy 或 buggery）、"橘 the pomelo^②, or the orange"、"芍药 a medicine"（应改为 Chinese herbaceous peony）、"大风子 lucraban seed"（应改为 chaulmoogra）、"玉兰花 the common flag"（应改为 yulan）、"紫色 brown"（应改为 purple）等。

《汉英合璧相连字汇》正文后总共有 104 个注解，有相当一部分的信息十分丰富。它们大多是用来解释与中国传统文化相关的条目，如"春分"的注释是一个二十四节气表，"王八"的注解是对此词源的说明，"宋玉"条中的注解既解释词源又说明用法，等等。这样的注解显然对中国语言和文化的学习很有帮助，因而 1872 年第 1 期《教务杂志》（*The Chinese Recorder and Missionary Journal*）在刊文评论这部词典时对词典中仅有这 15 页注解表示遗憾，文中还指出：我们更希望能看到这样的注解能扩充到 20 倍之多，因为我们认为此类注解不管对汉语学习者还是对所有想了解中国人生活和习俗的人来说都是异常有用的。

《汉英合璧相连字汇》在 1877 年通过上海美华书馆 (American

---

① 应为"圆明园"。

② 这部词典中已收录汉语中表示"pomelo"的"柚"和"柚子"。

Presbyterian Mission Press) 得以扩充再版，其页码增加了十多页。1898 年，这部词典经加拿大长老会差会传教士季理斐 (Donald MacGillivray) 的修订推出第 3 版，其内容已有了相当量的扩充。季理斐撰写了长达 3 页的修订说明，其中指出：这实际上就是一部常用语手册。第一栏是大约 4500 个汉字的西文注音，其中 95% 的汉字后跟多字词语，亦即官话或文理中的短语或词组。在这部词典的插页广告中，季理斐列举了新版词典的五大特色：增加了 5000 条有用的短语，短语的编排更为合理，删除了很多无用的信息，充分参考卫三畏、翟理斯等人的辞书，音调和译文更加确切。季理斐修订的这部字典在 1907 年第 2 版时已改名为《华英成语合璧字集》(*A Mandarin-Romanized Dictionary of Chinese*)，1911 年再版时又将书名改为《英华成语合璧字集》。季氏词典在之后还经过多次修订，比如 1918 年的第 4 版、1922 年的第 6 版等。

《汉英合璧相连字汇》自出版后颇受好评，在近 20 年中一直畅销不衰。1872 年第 1 期《教务杂志》刊登了这样的评论：这部词典非常精致，它是我们所看到的最为简洁明了的汉英词典。我们恭喜司登德编出了一部在编排上令人耳目一新的词典，同时也恭喜上海的海关出版社能印出这样一部词典。季理斐的修订使这部词典重新流行起来。1905 年 4 月的《教务杂志》在评论季氏词典时指出：季理斐在自己学习中使用了《汉英合璧相连字汇》，觉得这部词典比较有用，于是经修订推出了新的版本，以期别人也能像他一样从中受益。新版本的受欢迎程度要比之前的版本大得多。1917 年出版的《中国百科全书》(*The Encyclopaedia Sinica*) 也提到了这部词典，并认为当时最为畅销的词典之一便是由司登德编写的《汉英合璧相连字汇》，而这部词典的流行在很大程度上应该归因于词典中对两字和三字词组清晰明了的编排。

四、《汉英袖珍字典》

1874 年，司登德通过上海的 Kelly & Co.① 出版了《汉英袖珍字典》。

---

① 1876 年，该洋行与 F. & C. Walsh 合并为 Kelly & Walsh（别发洋行）。

在此之前，《中国评论》在1873年9月就介绍过这部词典：据《上海通信晚报》的报道，司登德先生即将出版的《汉英袖珍词典》将是"司登德先生一年前出版的《汉英合璧相连字汇》的节选本。与人们想象的一样，《汉英合璧相连字汇》卖得非常好，据说到现在为止已售罄"。这部袖珍词典的风格有点像约翰逊博士的《英语袖珍词典》……司登德在词典序言中解释了编写这部词典的原因："《汉英合璧相连字汇》在短时间内的售罄，再加上很多朋友的索书要求，可以算是我出版这个小册子的原因。我深信编写这样一部词典对学习汉语的外国学生的作用。"这部词典收词规模相对较小，只收录了3500个常用汉字。词典正文也只有236页，另附有14页的部首索引表。在词目的编排方面，《汉英袖珍字典》与《汉英合璧相连字汇》有了明显的不同：已不再按照西文注音排列，取而代之的是先汉字部首后注音的方法，例如：

ou³   偶   an image ; accidental ; two, a pair ; to pair, to unite ; an even number.

pan⁴   伴   a partner, an associate, a companion, a colleague ; to accompany, to follow.

在出版之后，《汉英袖珍字典》也得到了好评。1874年2月的《中国评论》上刊载了如下评介信息：这部作品有可能会畅销，尽管我们看不出先部首后注音的编排方式有什么好处……所收录的汉字比较有用，尤其是对学习北方口语的学生而言。我们应该恭喜司登德先生编写出了这么一部小巧的词典。

五、《英汉官话词典》

司登德生前最后一段时期一直在编写一部名为《英汉官话词典》的英汉词典。然而当他编写完"through"这个词条后，便去世了。1905年，位于上海的海关总税务司署统计科受海关总税务司赫德之命出版了这部词典。根据词典序言的介绍，"这部词典根据司登德的汉英词典编写而成。词典的印刷几年前就开始了，但由于统计科工作繁忙而被搁置了，直到

1904 年才继续印刷。词典最后三分之一的内容由在中国海关工作的赫美玲先生修订，正文后面的词语补遗表也是他负责的。"[1]这部词典正文共 764 页，另附有 38 页的补遗和 2 页的补遗勘误和增补。《英汉官话词典》的编写传承了之前由传教士编写的英汉词典的一些做法，在词典微观结构的呈现方面与它们大抵相仿。确切地说，《英汉官话词典》有着如下四大特点：

第一是词典的使用者主要是外国人，其目的是帮助外国人学习汉语。为词目的中文对应词及例证译文标注西文注音就充分体现了这一目的。注音时标上表示声调的上标字母的做法，虽然已用于之前的两部汉英词典，但在英汉词典中还是首次出现。试看下例：

ALLOWANCE, 月金 yüeh⁴-chin¹, 份 fên⁴, 份例 fên⁴-li⁴; a full –, 額數足 o²-shu⁴-tsu², 份例滿盈 fên⁴-li⁴-man²-ying²; not enough –, 額數不敷 o²-shu⁴-pu⁴-kou⁴, 份例不足 fên⁴-li⁴-pu⁴-tsu², 份不敷 fên⁴-pu⁴-kou⁴.

第二是词典所收录的词条不仅包含一般词典中惯常收录的单词词头（如 beginning 起头儿、drunkard 常喝醉的、nominate 题名、nowadays 近来等），还记载了带语境的词目（如 DUTIFULLY nourish parents 孝养父母、NOWHERE to be found 四面不见、PASTED on a wall 贴在墙上、RECOURSE to an expedient，to have 用计等）。

第三是词典为英文词目提供的中文对应词通常是多个同义或近义词，如 baby 条下的"婴儿，婴孩，婴孩儿，娃，娃子，赤子，孩赤，娃娃"；balances 条下的"天平，平，秤，秤子，对平"；expeditious 条下的"迅速，速速，疾速，急忙，捷，迅，快"；say 条下的"说话，说，说道，说得，讲，言，言道，语言，云，曰，谓"；等等。

第四是词典中提供的例证除了体现用法的短语或句子外还设置了含词头的复合词或短语，像 oil 条下的例证就多达数十个，如 aniseed oil 八角油、cassia oil 桂花油、cod-liver oil 鱼肝油、kerosene oil 煤油、

① George Carter Stent and K. E. G. Hemeling, *A Dictionary from English to Colloquial Mandarin Chinese*, Shanghai: Statistical Department. of the Inspectorate General of Customs, 1905.

peppermint oil 薄荷油，等等。

　　与之前的英汉词典一样，《英汉官话词典》最大的一个缺陷便是收词和收义标准不一。首先，由于当时的英汉词典像汉英词典一样是以汉语学习为目的而编写的，因而一些英语词目纯粹是由汉语对应词翻译过来的，而非英语中约定俗成的词语或表达，如"mother's brothers 母舅，舅，舅舅，舅父，娘舅"，"natal day 生日，诞，诞辰，诞日，寿日"，"otter's liver (medicine) 獭肝"，"passes and fords 关津"，"pawned things 当头，当物，当项，押头"，等等。其次，词典中有时出现基本词未收但其复合词被收录的现象，如未收 transit[①]，而收了"transit-duty 子口税"和"transit-pass 子口执照"。在专名条目的收录方面，《英汉官话词典》存在的此类问题也比较明显，一些常用的地名、国名等条目时常缺失，如收了"China 中国，中华国"却漏收 Chinese，收了"Amoor 黑龙江"却漏收 Yang-tse-kiang[②]。在义项方面，一些常用义项也时有遗漏，如 noodle[③] 只收了"愚人，糊涂人"的词义，却漏收了"面条"的义项。

　　赫美玲的加入显然为这部词典增添了实用性和现代性。在他所编写的补遗条目中，有很多都是当时的新词（如 automobiel[④] 自行车、wireless telegraphy[⑤] 无线电报、yellow peril[⑥] 黄祸）或随西学东渐而传入的一些新概念、新事物等（如 physics 格物学、republic 民主国、science 科学、telephone 电话、typewriter 打字机、university 国学等）。1916 年，赫美玲再次修订了这部词典，并将其名称改为《英汉官话词典和翻译手

　　① 1875 年由邝其照编写的《增广华英字典》就收录了该词，其对应的汉语是"经过"。

　　② 1875 年由邝其照编写的《增广华英字典》就收录了该词。

　　③ noodle 一词源于德语，1779 年首现于英语中，在 19 世纪被英语词典陆续收录，如 1881 年约瑟夫·E. 伍斯特的《英语词典》（*A Dictionary of the English Language*）。

　　④ 根据《韦氏大学英语词典》第 11 版的词源解释，automobile 首现于 1889 年。

　　⑤ 根据《韦氏大学英语词典》第 11 版的词源解释，wireless telegraphy 首现于 1898 年。

　　⑥ 根据《韦氏大学英语词典》第 11 版的词源解释，yellow peril 首现于 1897 年。

册 》(*English-Chinese Dictionary of the Standard Chinese Spoken Language and Handbook for Translators, Including Scientific, Technical, Modern and Documentary Terms*)。

司登德所编写的词典，沿袭了诸如马礼逊、麦都思、卫三畏等人开创的传教士词典的许多做法，同时在词条编排、词目注音标调、语料取材等方面力求创新。尽管这些词典在篇幅上比同时期的词典要小一些，但它们轻便小巧的特征也在很大程度上增加了词典受欢迎的程度。季理斐和赫美玲的修订工作更是延续了司氏词典的生命。从某种意义上来说，司登德的词典在英汉汉英词典编纂史上起到了一个过渡作用，即从晚清阶段到民国阶段的过渡。由此我们可以相信，司登德的词典在英汉、汉英词典史上的作用是不容忽视的。

司登德^①英译民间说唱文学之策略^②

——以夯歌《丁郎寻父》为例

金 倩^③

自英国东印度公司的印刷工汤姆斯（Perring Thoms,1790—1855）1824 年将广东木鱼书《花笺记》英译并出版后，中国民间说唱文学的西传历程从此开启。^④然而，在《花笺记》出版后近半个世纪的时间里，汤姆斯的继任者并未出现。后续来华的外交官和汉学家集中表现出对中国小说和元杂剧的关注，却并没有对街头巷尾传唱的歌谣有过著述。直到 19 世纪 70 年代英国汉学家司登德的出现，这一状况才得以改善。

司登德 19 世纪 60 年代以英国公使馆护送团成员的身份来到中国，后在上海、烟台等地的中国海关任职，是皇家亚洲文会北华支会的会员。司登德对中国文化表现出浓厚的兴趣，曾聘请郭理珍作为他的中文教师。他一生著作颇丰，不仅有《汉英合璧相连字汇》《汉英袖珍字典》等多部辞书类著作，也有《二十四颗玉珠串：汉语歌谣选集》和《其他中国歌谣》等有关中国民间说唱文学的翻译集。目前国内学者的研究多集中在他在汉英词典编纂方面的重要贡献^⑤，对其民间说唱文学的译著则鲜有

---

① 原文作者译为司登得，收录时统一改为司登德。

② 本文系 2018 年甘肃省高等学校科研项目成果（项目编号：2018A—103）；2018 年陇东学院青年科技创新项目成果。

③ 金倩，女，1986 生，甘肃庆阳人，讲师，主要从事中国古代典籍翻译研究。

④ ［荷兰］伊维德：《英语学术圈中国传统叙事诗与说唱文学的研究与翻译述略》，张煜译，载《暨南学报》（哲学社会科学版）2017 年第 11 期。

⑤ 高永伟：《司登得和他编写的词典》，见《词海茫茫：英语新词和词典之研究》，复旦大学出版，2012 年，第 274 页。

涉及。本文拟在梳理司登德说唱文学翻译历程的基础上，以《丁郎寻父》为例，考察司登德的翻译策略。

一、 司登德民间说唱文学的翻译历程

民间说唱文学的种类极其广泛，包括俗讲、变文、说因缘、诸宫调、词话、弹词、鼓词、子弟书、大鼓书和宝卷等多种形式。郑振铎在《中国俗文学史》中曾说："讲唱文学的组织是以说白（散文）来讲述故事，而同时又以唱词（韵文）来歌唱之的；讲与唱互相间杂。"[①] 由此不难看出，说唱文学是韵散相间的，是一种叙事诗。

在华期间，司登德对民间说唱产生了浓厚的兴趣。他在 1874 年的《二十四颗玉珠串：汉语歌谣选集》中谈到其翻译的过程：

> 我所翻译的许多中国歌谣甚至没有纸质版，但仅是在街头听到它们，便被它们吸引了。于是，我找来歌者去我的住所一遍一遍地表演，由我的中文老师一字不差地将它们记录下来，直到向我确保没有任何错误。通过这种方式，我不仅明白了歌词，知道了曲调，还领会了它们要表达的含义。[②]

司登德的说唱文学翻译意义重大，荷兰汉学家伊维德曾说："司登德的说唱文学译作本身就是一种历史文献，非常值得关注。他用 10 年的时间翻译和出版了这些译作，让人们了解了同治年间北京街头巷尾流行的故事传说。"[③] 据笔者粗略统计，司登德一生中共翻译了 59 篇说唱文学作品，种类囊括子弟书、南词、山歌、鼓词、民间小调等多种形式。无论是在翻译的种类还是数量上都远超其他译者，是中国说唱文学翻译史上名副其实的第一人。

司登德的民间说唱文学译作基本上以短篇为主，仅有夯歌《丁郎寻

---

① 郑振铎：《中国俗文学史》，商务印书馆，2005 年，第 7 页。

② George Carter Stent, *The Jade Chaplet in Twenty-four Beads. A Collection of Songs,Ballads, & C. etc. (from the Chinese)*, London: Trübner& Co., 1874, p. III .

③ Wilt L. Idema, "George Carter Stent (1833–1884) as a Translator of Traditional Chinese Popular Literature", *Chinese Literature:Essays, Articles, Reviews*,2017, Vol. 39, pp. 131–132.

父》和南词《孟姜女哭长城》两篇较长，能够较为全面地反映其翻译特点。本文以较少受到学界关注的《丁郎寻父》为例，在考证翻译底本的基础上，对司登德翻译的策略及其译文在英语世界的接受情况展开研究。

二、司登德翻译《丁郎寻父》的底本考证

《丁郎寻父》（*The Beater's Song, or Ting-Lang's Search for His Father*）1876 年首先刊登于《中国评论》，后于 1878 年收入《其他中国歌谣》。要分析其翻译策略，底本考证成为研究的前提。《丁郎寻父》讲述了明嘉靖时期孝子丁郎不远万里前往襄阳城寻找生父杜景龙，通过唱夯歌找到父亲，并在金銮殿状告严嵩，细数其罪状，最终严嵩被判抄家，沿街乞讨，丁郎一家人团聚的故事。这个故事在中国俗文学中由来已久。《红楼梦》第十九回中便出现了《丁郎认父》的戏文。依据萧伯青的考证，"丁郎寻父"最早的故事原型出现在嘉靖年间的《升仙传》，而后改编成戏曲和民间歌谣等形式获得传播。[①] 直到现在甘肃河西地区和华北等地仍在传唱《丁郎寻父宝卷》和莲花落版《丁郎寻父》。

由于司登德的译文点明底本为夯歌（Beater's Song），且文中穿插太平年（Peaceful Year）的表述，由此判定司登德翻译底本应为夯歌《丁郎寻父》。李家瑞曾说："你要到建筑旧式房屋的场所，可以看得见许多工人……口唱《丁郎寻父》或《四贝上工》等故事，唱到每一段之末，声音忽然提高，全体工人和之以'太平年'一句；工头再补唱故事本文一句，全体工人再和之以'年太平'一句，这就是夯歌本来的情形。"[②] 依据笔者的搜集，这个版本的《丁郎寻父》主要有 5 种。其中，日本学者泽田瑞穗收藏三个版本，分别为致文堂打夯歌《丁郎寻父》，宝文堂《丁郎打夯歌》，和梓堂新刻太平年《丁郎打夯歌》。《清蒙古车王府藏曲本》中也收录了一版太平年《丁郎寻父》。除此之外，赵景深在《〈丁郎认父〉

---

① 萧伯青：《〈丁郎认父〉本事应出于〈升仙传〉》，见《红楼梦研究集刊》（第十二辑），上海古籍出版社，1985 年，第 316 页。

② 赵景深：《〈丁郎认父〉考》，见《红楼梦研究集刊》（第四辑），上海古籍出版社，1980 年，第 388 页。

考》中也列出一版民国上海槐荫荣记山房发行的《改良丁郎寻父全本》①。

经笔者比对，《改良丁郎寻父全本》与其他四个版本差别较大，例如结尾严嵩死后，增加了丁郎母亲差丁郎去襄阳城接来了姨娘胡月英（秀英），丁郎娶了御史女儿等情节。而司登德在翻译时曾经感叹"自从丁郎与父亲离开襄阳后，胡月英再未在文中出现，她的善良并未得到感激"②。据此可推测，这一版所记录的故事应是后期的改良版本，晚于司氏译本。其他四个版本除个别字词有差别之外，其余情节基本一致。这些有差别的字词并不影响原文的情节，笔者推测应是传抄过程中出现的错误。车王府版《丁郎寻父》在全文开头标了"太平年"，文中无"太平年"与"年太平"字样，宝文堂与梓堂版在第一节第三句末保留了和词"太平年"，致文堂版无"太平年"字样，但曲调为太平年，和词应是在传抄过程中遗漏或是删去了。本文综合四个版本的内容来考察司登德的译文。

三、司登德民间说唱文学翻译策略简析

说唱文学在中国由来已久，其故事往往源于民间传说，含有很多中国特有的文化元素。如何在保留说唱特征的同时让译文被西方读者接受，正是翻译之难。而司登德则出于对中国歌谣的热爱，凭借精湛的英文功底，经过反复打磨，最终找到了译介方法。

（一）忠实的翻译

"［太平年］曲调的基本格式为七字句四句，或作三、三、七、七、七。最后一句之前加'太平年'的垫词，最后一句之后加'年太平'的垫词。"③司登德在翻译时，保留了和词，让西方读者更好地了解了夯歌的特殊文体。如下列所示：

---

① 赵景深:《〈丁郎认父〉考》，见《红楼梦研究集刊》（第四辑），上海古籍出版社，1980 年，第 382 页。

② George Carter Stent, "The Beater's Song, or Ting-Lang's Search for His Father", in *Entombed Alive and Other Songs,Ballads, &c. (from the Chinese.)* , London:W. H. Allen and Co., 1878, p. 180.

③ 李秋菊:《清末民初时调研究》，博士学位论文，复旦大学，2007 年，第 40 页。

原文：庆新年　贺新正　丁郎月下去逛灯　天交三古回家转^{太平年}

见母跪到放悲声^{年太平}

译文：Hail New Year!

Welcome New Year!

How bright the lamps in the streets appear!

Ting-Lang had been

Through the streets and seen

The crowds and lights to hail the New Year!

Peaceful Year! Year of peace!

May our blessings and wealth increase!

The boy went home when the three drums beat

And flung himself at his mother's feet,

Where, hiding his face in her lap, he kept

Fast hold of her hand as he loudly wept.

Peaceful Year! Year of Peace!

When will the tears of the poor boy cease!

　　司登德将原文中的和词"太平年、年太平"以句子的形式译出，分别置于第一节、第二节最后一句之前。虽说这里将和词译为文章的一部分有失偏颇，然而却不失为明智之举，因为无论以脚注或尾注的形式来介绍"太平年"，都会打扰读者对译文的阅读，司登德将其译为"Peaceful year! Year of peace"既忠实地保留了原文的特征，又符合原文"庆新年、逛灯会"的语境。

　　保留夯歌特征的另一个例子是司登德保留了打夯人的夯号。原文写到丁郎来到需要夯工的胡家，一边打夯一边唱夯歌寻找父亲。唱夯歌前交代"又要老哥答应答应号冷冷着那打号来应"。翻译时，司登德先告诉读者"The workmen's voices chaunting the refrain"。然而，司登德并未只用这一句话概括唱夯歌应夯号的场景，而是在每一句歌词后面译出了打夯人的号子声。

　　原文：我在下　出了北京城　一路风光最惨情　一言难尽在外的苦　走了些府县共州城

译文：I'm a poor little boy, all the way from Peking;

Beaters, Ho! Ho! Ho! Ho! Hai!

In search of my father I've come here to sing;

Beaters, Ho! etc.

I bade mother good-bye on the first of the year;

Beaters, Ho! etc.

And, on foot, I have travelled from Peking to here.

Beaters, Ho! etc.

在第一个"Hai"之后司登德加了脚注"The mallet, or rammer, falls at the word Hai! which is a sound not dissimilar to that made by a pavior in England"。这些号子声，无疑让译文读者身临其境，了解夯歌的特征，同时用西方读者熟悉的元素与之进行对比，达到更生动的效果，使读者能够更好地理解译文。

(二) 过滤的翻译

首先，司登德并没有将所有的文化元素都进行保留，他在翻译中进行了过滤，删除了译入语读者难以理解或无法接受的文化因子。司登德本人也在译文的注释中说："原文的很多部分在没有大量注释的情况下，读者会很难理解，因此我做了删减。"① 司登德首先删除的是对情节影响不大的次要人物，如原文中丁郎寻父路途中救了丁郎的王英，丁郎父亲中风之后赶来的胡氏父母，丁郎父亲与胡氏的孩子赶郎，严嵩被贬乞讨时出现的城隍杨继盛以及他派来监视严嵩的二鬼。司登德的删减使故事中的人物关系更加清晰，更加方便读者理解。

其次，司登德删减了许多中国特有的文化负载词。比如丁郎在唱夯歌时介绍自己身世：

原文：在下并非民间子 宦门养来宦门生 头辈爷爷作阁老 二辈爷爷为公卿 三辈爷爷提孝道 四辈爷爷给事中 五辈我父无官品 廪膳生员头一名

---

① George Carter Stent, "The Beater's Song, or Ting-Lang's Search for His Father", in *Entombed Alive and Other Songs*, *Ballads*, *&c. (from the Chinese.)*, London: W. H. Allen and Co., 1878, p. 184.

译文：Though a beggar, I come of a good family;

Beaters, Ho! etc.

My father had taken his second degree;

Beaters, Ho! etc.

And hoped, like his ancestors, honour to earn;

Beaters, Ho! etc.

Which he could transmit to his children in turn.

Beaters, Ho! etc.

　　"阁老""公卿""孝道""事中""廪膳生员"，皆与中国科举制度和官宦制度有关，在西方文化中是没有对应词汇的，要把它们解释清楚并不容易。因此，司登德对此进行了删减。

　　(三)创造性翻译

　　伊维德曾赞叹，司登德"富于韵律的中国歌谣翻译，表现出了卓越的维多利亚时代的诗风"[①]。无论是南词、山歌还是子弟书、民间小调，司登德都尽最大可能以韵律进行翻译，以体现原文的音乐美。

　　《丁郎寻父》原文以"十三辙"为韵目，全篇大体押"中东辙"，且多为"平韵"，读来轻松明快，富于乐感，让人不禁跟着节奏，哼起小调，融入小丁郎跌宕起伏的寻父之旅。如何将原文的含义译出而又不丢失乐感，是对译者的巨大考验。司登德在翻译时，创造性地以西方诗歌的韵律形式呈现中国的歌谣。全篇从夯歌部分开始，四句一节，每节押末韵(rhyme)，即词尾元音、辅音的重复，格式为 AABB 或 ABAB。如下例所示：

　　原文：我母烧香闯下祸　从天降下是非坑　严府家丁也上庙　年七爱母俊花容　命他手下认门生　细禀年七手帕胡同　请我父亲把祭文写　恶奴假意拜弟兄

　　译文：My father's bright dreams were soon rudely disp**elled**;

Beaters, Ho! etc.

　　[①]　[荷兰]伊维德：《英语学术圈中国传统叙事诗与说唱文学的研究与翻译述略》，张煜译，载《暨南学报》(哲学社会科学版) 2017 年第 11 期。

For a villain the face of my mother beh**eld**;

Beaters, Ho! etc.

And struck by her charms, to obtain her res**olved**;

Beaters, Ho! etc.

E'en though it his own death or ruin inv**olved**.

Beaters, Ho! etc.

To further his schemes, the base traitor Y**en**;

Beaters, Ho! etc.

Found constant employ for my poor father's p**en**;

Beaters, Ho! etc.

And cloaking his purpose, contrived to pret**end**;

Beaters, Ho! etc.

To be to my father his most faithful fri**end**.

Beaters, Ho! etc.

　　两节译文，均押末韵，格式为 AABB。无论是《二十四颗玉珠串：汉语歌谣选集》，还是《其他中国歌谣》，以歌译歌是司登德翻译歌谣的主要特征。这与司登德对中国歌谣的喜爱是紧密相连的。司登德曾在皇家亚洲文会北华支会的一次演讲中这样评价中国歌谣："每一首歌谣中都有我们可以学习的东西，一些歌谣的音乐极其优美，可以与我们的歌谣相媲美。"[①]他对中国歌谣的喜爱使他不愿在翻译中过滤掉原文风韵。司登德的译文让英语读者体会到了中国说唱文学之美。

四、司登德民间说唱文学翻译的评价

　　总体而言，司登德对中国早期说唱文学的翻译无疑是成功的，也是至关重要的。与汤姆斯受到主流媒体的抨击[②]不同，司登德的译文，尤其

---

　　① George Carter Stent, "Chinese Lyrics", *Journal of the North-China Branch of the Royal Asiatic Society*, 1873, Vol. 7, pp. 93–135.

　　② 王燕：《〈花笺记〉：第一部中国"史诗"的西行之旅》，载《文学评论》2014 年第 5 期。

是富有韵律的诗句受到了媒体的广泛赞扬。1872 年创刊于香港，见证了19 世纪后半期西方汉学所取得的主要成就的《中国评论》这样评价司登德的译文："司登德的诗句流畅，富有乐感，他为离奇古怪的中国意象穿上了西式的外衣。"① 由英国资深出版商萧德锐 (Andrew Shortrede) 于1845 年创办的《中国邮报》（*The China Mail*）认为："……所有读过司登德翻译的中国流行歌谣的人都会承认他不仅译出了中国歌谣的精神，同时是一个卓越的诗人。"② 伊维德亦评价说："司登德的译文是韵律翻译的典范，当代中国读者常常对于诗歌的英语译本缺少韵律而感到失望，然而司登德对于传统歌谣的翻译展示出了一个真正有天赋的诗人在韵律翻译中能做得多么出色。"③ 的确，无论是《二十四颗玉珠串：汉语歌谣选集》，还是《其他中国歌谣》，每一首歌谣都乐感十足，完美地展示出了中国歌谣的意境与音乐美，让西方读者领略到了中国人的诗歌审美情趣。

　　然而，应该看到司登德版《丁郎寻父》的翻译并非都是有效的，他的一些译文要么使人物形象少了生动感，要么让原文丧失了神秘感。例如原文中对胡氏的形容着墨颇多。描写胡氏听到丁郎说出父亲的名字，得知其就是她的丈夫时，语言犀利，形象生动，活脱脱一个美丽、善良、洒脱的古代女子形象：

　　　　那旁边　胡秀英　一欠身体把身平　连忙迈步朝前走　丈夫跟前动无名　吐娇音　哼又哼　粉面香腮红又红　眼望丈夫指又指　手点头门通又通　把良心平一平　可以行来不可行　思一思来想一想　绝了义来又绝情……④

---

　　① George Carter Stent, "The Beater's Song, or Ting-Lang's Search for His Father", in *Entombed Alive and Other Songs Ballads &c.*（*from the Chinese.*）, London：W. H. Allen and Co., 1878, p. 254.

　　② George Carter Stent, "The Beater's Song, or Ting-Lang's Search for His Father", in *Entombed Alive and Other Songs, Ballads, &c.*（*from the Chinese.*）, London：W. H. Allen and Co., 1878.

　　③ Wilt L. Idema, "George Carter Stent (1833–1884) as a Translator of Traditional Chinese Popular Literature", *Chinese Literature, Essays, 2017, Articles, Reviews*，Vol. 39, p. 132.

　　④ 出自宝文堂版《丁郎打夯歌》。

司登德在翻译时，淡化了对胡氏此时面貌形态的描写，只描述了胡氏对丈夫的气愤与指责，手指丈夫，告诉丁郎那便是他的父亲，明显改变了胡氏的形象。再如，司登德将丁郎寻父路程中，路遇两位道仙相助并在丁郎梦中教其学习夯歌的情节删去，只将其改写为丁郎梦中学习夯歌；同时在后文中，丁郎父亲生病多年，一道仙将其治愈，司登德这里将道仙归化为"priest"，但"priest"与"道仙"的含义亦是相去甚远。原文想传达给读者丁郎感天、天亦助丁郎的意味荡然无存。当然，司登德此举应是要淡化原文中的神秘因素，使其符合西方的文化背景。

五、结　语

司登德自来华后，终其一生都在为搜集与翻译中国的民间说唱文学而努力。然而他的翻译并非对原文亦步亦趋，而是在忠实之余进行文化过滤并伴有创造性的翻译。正如伊维德在他的文章中提到的："司登德对于独特新颖的作品独具慧眼，并且能进行出色的翻译，他不遗余力地将这些作品翻译为能为其同胞所喜欢的文章。"[1] 他保留了夯歌中具有典型特征的和词与夯号，又创造性地以歌译歌，体现出原文的说唱特征，同时删除那些译语读者无法接受的神秘因子以及译语无法对应的中国文化负载词，从而使译文更好地在英语世界传播。他的翻译无论是从时间上还是空间上，都延长了中国说唱文学的生命，赋予了作品"来世的生命"。通过他的译笔，山歌（如《映山红》）、子弟书（如《长坂坡》）、民间小调（如《怯五更》）、莲花落（如《耗子告猫》）等民间说唱文学纷纷实现了西行之旅，而这些译文也为中国说唱文学的保存做出了巨大的贡献，应该引起国内研究者的注意！

---

① Wilt L. Idema, "George Carter Stent (1833–1884) as a Translator of Traditional Chinese Popular Literature", *Chinese Literature, Essays, Articles, Reviews*, 2017, Vol. 39, p. 132.

百虫聚会　蚂蚱算命②

八月十五月正明，暑去寒来换金风，

雁飞南北知寒暑，苦怀（坏）了少皮没骨浑草虫。

有一个青头愣的蚂蚱得了病，苦怀（坏）了他妻洒豆虫，

豆虫开言叫步輂，叫一声步輂你要听。

儿的爹爹得了病，你快到外边请先生。

小步輂闻听那代（怠）慢，连跳代（带）蹦出门庭。

行走来在慢凹地，睄见了季蟟讲子（平？），

走上前去忙施礼，尊了声季蟟老先生，

我爹爹今天得了病，请到家中讲子（平？）。

小步輂头前引着路，后边根（跟）着季蟟老先生。

季蟟进门吓了一跳，口尊蚂蚱老人兄，

拉过了大腿号了号脉，这病得的真不青（轻）。

我算你正月里出土二月长，我算你三四月里大运通，

我算你五六月里走红运，运败时衰换了金风，

我算你于（与）蚡毛虫儿打一仗，两家对敌交过征，

我算你长长在外边住，身受了湿潮着了风，

我算你三天两头饮食不近（进），怕至（只）怕仁兄命要坑。

---

① 附录二所收录篇章原文为汉语，收入此书时均由译者校对，其中无法识别的汉字标记为"□"；"（）"中所注的为规范字形；不确定的汉字以"（X？）"形式标记。

② 此版本为早稻田大学图书馆藏宝文堂版。

洒豆虫闻听吓了一跳，口叫步辇你要听，

儿的父是然（染）病体重，快快的（放？）拍一口木柩灵。

小步辇闻听他把先生送，来在外边请宾朋，

请了来句（锯）齿蚂蚱立材板，请了来铁腿蚂蚱辇材钉，

请了来白蛾知（织）孝布，请了来蛛蛛搭灵棚。

青头的蚂蚱归阴去，哭怀（坏）了他妻洒豆虫，

头代（戴）白来身穿孝，腰计（系）一根白麻绳，

百扠（尺）孝裙腰中计（系），三寸金莲白布蒙。

叫一声儿呀小步辇，于（与）你表兄把信通。

小步辇代（带）泪往外走，前行来在慢（掘？）坑，

正走中间抬头看，眼前来了他表兄，

走上前去把头叩，口尊表兄要你听，

我父一命归阴去，请你一到我家中。

他二人就把大门近（进），眼前就是白灵棚。

洒豆虫一见开言道，拉着蝈蝈叫外生（甥），

今日死了你的亲娘舅，这（桩？）事里里外外你照应。

蝈蝈拍手说不中用，说到（道）是孤树单丝不能行。

这件事要叫照管，还得去请好宾朋。

请了来叫驴车观着吊，请了来蚂蚱当先生，

请了来牙胡敦是总管，照应客的是刀愣，

请了来鸡风子狗别（恭？）串南山上，请了来的老蜈蚣，

请了来阳拉子没人惹，粘虫哭的眼通红，

请了来会会身穿大黄袄，黑老婆浑身穿着青，

花胡蝶本是他的外生（甥）女，外穿白来内套花红。

请了来麻豆苍蝗（蝇）来吊孝，蚊子一傍（旁）哭翁翁（嗡嗡）。

扑灯蛾把丧吊，倍灵就是绿豆蝇。

请了来食食虫臭大姐，报丧就是磕头虫。

请了来水牛把茶到（倒），请了来火虫点上灯。

牛蜂蜜蜂就是吹鼓手，蛐蛐念的对棚经。

梆儿头就把木鱼打，金中叫的更受听。

请了来油浑蚂蚱把厨房下，请来的卖油担水工。

请了来次草虫儿把席设，拍菜的就是毛毛虫。

咔（蚱）蒙（蝱）坐席竟（净）吃肉，孤偏锅吃菜把腰工（弓）。

怂不费没有把席坐，急的伏凉喊连声。

正是大家把席坐，外边来了瞎狗蟆（蝇），

东倒西歪把棚近（进），大叫步辇要你听。

今天死了你的父，为何不把信通狗蟆（蝇）？

这里挑了眼鸡石子，狗别（吞？）下弓开言便把舅叫。

大叫狗蟆（蝇）要你听，在那里喝了两中（盅）毛儿溺，

你要闹丧可不行，司（私）自拦丧你该何罪，

拖灵三年如拖兵，好言好语不听劝，

送到当官问罪明，枷棍加（夹）来板子打，

思思想想谓何情，劝的狗蟆（蝇）没有怂，

大喊三声就起灵，步辇担幡头前走，

洒豆虫送宾放悲声，炸草虫就把灵牌抱，

蚊子抱定烟魂并，六十四个蚂蚁抬大扛，

后根（跟）一群浑章虫，蝎虎他把香尺打，

蚂蜂吹的扔上四条蛐曲（蛐）开大道，蝎子打着事两边行。

拉拉（蝲蝲）蛄撑着□合镔，□个浪哄哄丧收的坑，

大家来在坟茔内，从空中来了一个代棚莺[1]。

眠（展）羽收翎往下落，他不管他那亲戚朋友往嘴里哄。

咱一言说不尽的百虫段，名公包涵在（再）把别的听。

---

[1] 参考高有鹏《中国近代民间文学史》（河南大学出版社，2018年，第112页）"从空中来了一个秃头鹰"，此处"莺"应改为"鹰"。

新出耗子告狸猫全段莲花落词^①

【西江月】花鼓轻敲振（震）地，金钟慢撞惊天。

净打三下抖威严，鬼卒一齐上殿。

有事速来启奏，无事各自归班。

自从辟地与开天，上帝命我判断。

堪堪青天不可欺，未曾举意神先知。

善恶到头终有报，只挣来早与来迟。

盘古氏分天下三皇五帝，十八国下淹州兵顺西秦。

梁唐周五代乱人心不定，齐宋末出妖孽作害良民。

出一物降一物狸猫逼鼠，爪似钩眼似铃须似钢针。

一锭是魂玉雪里好炭样，令保威镇乾坤耳似车轮。

赐钢勾卦玉瓶人人可爱，似狐狸钻地狱四蹄能云。

有狸猫供桌上安然顿睡，忽听的供桌下吸吸声音。

大老鼠小耗子十数多回，来的来往的往俱出洞门。

这老鼠成了精约在一处，猫听见不由的（得）怒气生嗔。

作作威拿拿势将身一纵，小耗子见狸猫入地无门。

跌不的钻窟窿抽身便走，猫赶上不放松生吞活擒。

吤（逮）着那大耗子细咬烂咽，逮着那小老鼠囫囵立吞。

小老鼠死的苦冤魂不散，口衔着冤枉状去见阎君。

---

① 此版本为早稻田大学图书馆藏学古堂版。

上写着告状人年方三岁，家住在墙根下连环洞门。

我北方壬癸水天开黄道，十二属首号子让俺为尊。

身又小力又薄别无能干，不能以做生意推车担担。

不能以种庄田锄耙耕种，家口多聚粮少饥饿难忍。

白日里听人言不敢行走，无奈何扳庄村热闹深人。

富豪家有余粮先借几斗，俺居家吃个饱且度光阴。

白日里听人言不敢行走，到夜晚出窟窿吊胆提心。

有狸猫他生的十分威武，眼似铃爪似剑走如飞云。

白日里俺怕他更甚如虎，无事的嗷一声吓吊（掉）三魂。

有一日无动净（静）出来走走，忽然间不提防拿在怀中。

张开口似血盆当腰咬住，摔两摔哼两哼口咬牙擒。

先吃头后吃肉细嚼烂咽，不择毛不吐骨连血齐吞。

我合（和）他根无冤素无仇恨，平日里拿着我当口子腥荤。

有几家吃的（得）俺少儿无女，有几家吃的是断子绝孙。

我有心不告这冤枉大状，儿共女在阳间难度光阴。

常言说"丧一命该还一命"，我今死他现活谁肯甘心？

望阎君可怜我与我做主，差鬼使拿他来敌（抵）命嗜（偿）生。

阎王闻听此言心中大怒，高骂声小狸猫胆大畜生！

小老鼠他与你有何仇恨，大不该在阳间灭他满门！

吩咐声发牌鬼猫魂代（带）到，发牌鬼领批票不敢停身。

出离了丰都城速速快走，前来到百姓家站立大门。

门神爷拦挡住不叫里进，二鬼卒现牌票你看假真。

门神爷见牌票不敢拦挡，有家亲合（和）皂（灶）君领进宅门。

小狸猫在锅台正然洗脸，脖子里忽然间代（戴）上铁链。

不容分不容辩拉起就走，从阳间到阴司渺渺冥冥。

这狸猫前世里也是人转，阴司里在库内存下金银。

抗城司该班皂须要点，上号吏掌簿官也要金银。

班里头班外边俱要个使，大门上二门上非钱不行。

崔判官合掌簿他要正分，化到了钱都成了一家人们。

崔判官叫代书写了诉状，叫狸猫把状子揣在怀中。

引他看两边的行善作恶，殿俩傍（两旁）善合（和）恶两样殊分：

行善人他在那金桥行走，有金童合（和）玉女执幡遮身。

见奈河（何）许多的罪人受苦，影壁墙托化（画）的作恶之人：

打东怜骂西舍双挖二目，瞒心的昧己的钜（锯）解分身，

咒公公骂婆婆油锅去下，被的（背地）里骂丈夫刀割舌根。

为什么那瞎子看不见路？皆因他那辈子偷看钗裙。

为什么那哑叭（巴）不会说话？皆因他那辈子屈说好人。

为什么那瘸子架着双拐？皆因他那辈子夜游墙根。

为什么小秃子不长头发？皆因他那辈子遭害苗根。

为什么那聋子他听不见？皆因他那辈子夜听新人。

有猫魂正观看云牌响喨（亮），大喝声仪门闪坐下阎君。

发牌鬼大喝声猫魂代（带）到，提牌鬼狸猫魂跪在埃尘。

阎王爷坐上边开言便问，你为何吃老鼠残害灵魂？

那遑遑自怀中取出诉状，尊王在上听我辨假真。

上写自小狸猫家住在西喊六国，包丞相借我来把鼠相擒。

小耗子按罪该千刀万剐，挖了眼抽了筋不趁人心。

上方里他偷吃鲜桃鲜果，饮琼浆合（和）玉液贬下红尘，

进绣楼咬坏了小姐针线，近（进）宫院咬坏了异宝奇珍，

进书房咬文章少头无尾，进禅堂咬经卷扯乱纷纷，

粉白墙他的卧龙大洞，进柜箱咬包袱撕破衣衾。

庄稼人种地亩锄田耙笼（垄），一点血一点汗费尽辛勤。

起五更睡半夜手忙脚乱，打了粮人未吃他先嗜新。

庄稼人剩茶饭牢关宝锁，他全去吃个净并不留根。

厅（听）婆婆找东西审问媳妇，儿媳妇受了气苦打儿孙。

庄稼人被他害恨入骨髓，找个猫恩养着费力劳心。

想俺这吃主饭报主恩以德报德，怎能以没良心不去尽心。

阎王爷在上边从直公断，谁的是谁的非若降罪谁敢不遵。

小老鼠听此言跪趴半步，尊一声阎王爷细听分明。

想当年金镛城天子遭困，只困的又无粮又无草外无救兵。

使脚线空中里降下我祖，我的祖俩（两）膀尖生翅能云。

两翅稍代（带）石粮空中能走，顷刻间拔仓粮升合不存。

杨文广破洪州救过圣驾，我的祖扳（搬）皇粮救过圣君。

启阎君回□心仔细参想，我老鼠也算是有功之臣。

有狸猫听此言上趴半步，尊阎王上边坐细听我云。

他只说运皇粮救过圣驾，他不说进东京作乱圣君。

大老鼠变皇娘混乱宫院，小老鼠变万变假充圣君，

三老鼠变文武朝纲混倒，四老鼠变天师要把妖擒，

五老鼠变圣人诗书不懂，来众天兵下了界难辨假真。

如来佛自空中送下我祖，他的祖见我祖现露真身。

叩个头打个滚服生地，观士（世）音讲人情收回祖人。

小老鼠听此言心中暗想，不由的（得）怒气生又把话长。

骂一声破狸猫真真可恶，东京事可时你那条青金。

都只为宋天子天子分不久，普天下刀兵动大祸来侵。

张别古成妖怪乌盆告状，阳狐狸男共女乱配成婚。

千里眼顺风耳天门把守，只唬的破狸猫胆占（战）警（惊）心。

东屋藏西屋颠头也不出，前边走后边逃怎什能行。

到春来得了食欢似猛虎，到冬来饿的你皮包骨筋。

应（因）为你偷嘴吃人人可恨，挖了眼抽了筋不称人心。

有狸猫听此言心中大怒，骂一声小耗子信口胡云。

最不该对阎君刁赖诬告，不说你进古庙昨（作）害尊神。

将盘香你咬的根根落地，玻璃盏偷油吃日耗半斤，

神归下咬胡须七长八短，供桌下倒宣土三尺多深。

神头上跑的是明光大道，一阵阵撒尿屎臊臭难以闻。

自造罪并不说自己过犯，阎君前反到（倒）来血口喷人。

阎王爷听此言心中大怒，骂老鼠小畜生作罪太深，

吩咐声众鬼卒推将下去，打在他阴山后永不反（翻）身。

叫狸猫上前来听我封你，我封你到晚常伴经友，

我封你吃生肉连筋代（带）骨，我封你在深闺夜陪佳人，

我封你是何处汗你行走，勿（务）必要尽心力常把鼠擒。

有狸猫忙叩头将恩来谢，在阴司打上风才得还魂。

昔日狸猫大游阴，阴曹地府见阎君。

耗子告了捧腰状，万古流传到而今。

李太太猛抬头看见猫样，仰着脸口不张四蹄只伸。

走上前摸了摸心口还热，鼻孔上按了按冷气森森。

方才间看见你如同欢虎，霎时间没了气一命归阴。

又不知什么病一旦身死，爪又巧眼又实好不疼人。

走一步跟一步恐怕狗咬，如回家不见你找遍四邻。

千寻思万道念无法可治，李太太长叹气出离大门。

先往那东邻舍借来纸马，南院里折来了桃条一根。

水瓢内盛浆水抓上小米，簸箕内捧上了一串金银。

高扳（板）上请上了神香三柱（炷），灶头上吹自了就把香焚。

五道爷夜游神休要怪，是山神是土地速送猫魂。

今日要保佑自狸猫好了，必然要现（献）花供大谢神明。

李太太送了祟将门关上，急回头使水瓢今住猫鬼。

用手指将水瓢连敲三下，转身来揭开瓢看猫身。

有鬼使将猫魂边前一送，小狸猫扒（爬）起来打你舒伸。

李太太一见心中欢喜，朝着那西北打个问询。

先谢天后谢地神佛时古，念一声南无佛救苦观音。

李太太见猫活心中欢喜，走上前忙抱起亲了又亲。

那猫还了阳仔细想想，他把阴间事记的（得）更真。

曾记的（得）小老鼠他把我告，我二人阎王殿同堂对审。

在阴司我曾把地狱游遍，行善人做恶人全见假真。

莫道说眼前边无有报应，远在那儿女们近在己身。

一言说不尽的告猫小段，愿众位千祥云集百福骈臻。

新出丁郎寻父 ①

庆新年，贺新正，丁郎月下去看灯，

天交三更回家转，见母跪下放悲声，

我的儿，免悲声，止住痛泪说分明，

丁郎含泪尊声母，看灯遇了两孩童，

他骂我，不好听，有娘无父女孩生，

墙头上苍子代来子，野种冤家骨头轻，

他骂我野娘所生，上秤打不住定盘心，

粪堆灵芝到底臭，无根扎草水上浮，

贤人听了不住痛，已往之事说分明，

你父母，身招难，你父代罪去充军，

我的父，叫何名，你父名叫杜景龙，

你是皇堂四辈子，宦门养来宦门生，

父充军，何地名，贤人说在襄阳城，

改名更姓高仲举，不知存亡死活生，

儿寻父，母要从，贤人摇手说不能，

不叫为儿去找父，一头碰死在娘倾，

于月英，忍了疼，放你寻父八个月的功，

---

① 此版本为早稻田大学图书馆藏学古堂版。

天交九月回家转，丁郎回言说愿从，

取记物，宝三宗，半镜半梳半乌绫，

有人对上三宗宝，就是你父杜景龙，

说不尽，离别情，丁郎别母望（往）外行，

出了朝阳门一座，一天走到通州城，

正二月，好登程，三月阵阵起和风，

丁郎过了静海县，银钱用完路难行，

到八月，进临清，万般无奈泪淋淋，

挨着店家把钱要，正遇伯父酒店中，

邓老虎，财主翁，临清城内大有名，

此人是无二鬼的人，请来矮子名王英，

小公子，无奈何，

未从要钱脸一红，眼望王英伸右手，

口内连连把爹称，这王英，

叫相公，语音好是（似）住北京，

如何到此来要饭，从头至尾说个清，

我家住，北京城，

爹爹代罪把军充，罪满不见回家转，

来找爹爹到临清，

父亲何姓叫何名，晚生爹爹是何名，

莫非你是丁郎子，公子回言是晚生，

这王英，把身平，上前抱住小孩童，

原来侄子来到此，我是你的伯父名王英，

邓老虎，叫王兄，我的戏班少正身，

给你纹银十两正，不知王兄从不从，

回邓家，不好从，宦家公子不非轻，

万两黄金不敢允，公子焉能唱正身，

赏你脸，你不应，英雄气得两眼红，

你这恶贼全无礼，太爷正要留美名，
好一个，名王英，上前扯住不容情，
酒店立劈邓老虎，好汉手扯小孩童，
叫侄儿，快出城，去找你父杜景龙，
一两银子作路费，记了伯父名王英，
眼含泪，向前行，二位仙人语高声，
顺手拉人上湖广，丁郎上前去打躬，
银一两，你莫争，二位仙人说愿从，
公子才把小车上，忽忽悠悠在梦中，
叫夯号，在梦中，丁郎生来本聪明，
教一句来会一句，神风送到襄阳城，
睁眼看，野外中，连车带人影无踪，
面前放了银一两，还有东帖书一封，
寻你父，作土工，连打夯号两相逢，
丁郎叩示望空拜，平生起来进了城，
来一人，语高声，会打夯歌作土工，
丁郎回言也会打，跟了胡发进府中，
上高桌，竹板擎，口称列位齐接声，
打的板子齐声响，丁郎口唱已往情，
正月里来正月正，在下寻父出北京，
一言难尽在外苦，走些府县并州城，
正月在家别我母，而今又到八月终，
涉水登山非容易，来到湖广襄阳城，
幸遇胡宅动了土，在下到此作夯工，
我也并非庶民子，宦家养来宦家生，
头辈爹爹为阁老，二辈爹爹作公卿，
三辈爹爹权学道，四辈爹爹记事宗，
五辈我父官职小，廪生生员第一名，

我母焚香许下愿，从天降下是非坑，

严府佳人去上朝，年来爱母俊花容，

他命人来认门户，回禀年七狗奸佞，

来请我父去吃酒，恶贼假意拜弟兄，

不叫我父回家转，夜深之时定牢笼，

他害人家名贾禄，赖我爹爹夜行凶，

立送刑部衙门去，屈打承（成）招定罪名，

年七差人送日费，银钱柴米一齐攻，

后来年七登门户，亲娘大骂不住声，

你家也有姐合（和）妹，有人调戏从不从，

贼说爱我娘杏眼，我母听了下绝情，

娘亲当面剜了眼，我父他才罪减轻，

免了死罪问军罪，起解出了北京城，

母亲亲自送我父，夫妻拆散两伤情，

母对父亲曾言身有孕，或男或女留乳名，

父说生女叫丁姐，生男丁郎父留名，

至今分别十二载，不知存亡死共生，

晚生别母来到此，寻找我父上土工，

作工之人却不少，谁知那个姓和名，

内中者有我的父，父子骨肉早相逢，

改名换姓高仲举，真名实姓杜景龙，

公子正把夯号念，一旁气坏老佳人，

院子胡旺往上跑，公子面前下绝情，

一扬巴掌十分力，公子把下地流平，

此时惊动那一个，惊动小姐胡月英，

推开窗户听夯号，看见孩童胡旺行，

吩咐丫环叫胡旺，带领孩子上楼亭，

小丫环，语高声，口称胡旺老院工，

快快领来打夯子，姑娘有话问孩童，

胡旺听，心内惊，上前搽了脸通红，

手扯丁郎把楼上，贤人不由动无名，

骂老狗，很毒虫，有何愁很（恨）快说情（清），

意很心毒有煞好，来生来界作奴丁，

原姑娘，难恕容，冤家叫了姑爷名，

同名同姓人不少，仗势欺人礼不通，

下去罢，瞧工程，胡旺回过走如风，

楼下来了高仲举，丁郎爹爹杜景龙。

金钱莲花落

秀才搂（楼）上抬头看，月英面前一孩童，

秀才一旁来坐下，只见胡氏叫□生，

只因你把父来找，我父充军未回程，

你的爹爹名合（何）姓，我父名叫杜景隆（龙），

更名改姓高仲举，胡氏点只是答应，

玉米银牙咬一咬，佳人又气又心疼，

柳眉直竖皱一皱，粉面香嗯（腮）红一红，

描花玉腕指一指，手指丈夫恨连声，

有心发作又思想，事难无意我却得留情，

这才回头叫孩子，顺了娘手看狂生，

那就是你父高仲举，无义老子叫杜景隆（龙），

丁郎闻声朝前跪，双膝跪在地流平，

秀才这里用手指，花言巧语假冒名，

我有（又）未曾完婚那有儿和女，并无妻子住北京，

二月十七父起解，七月十五把我生，

你母他是谁家女，尚书之女干门生，

你父如今年多十，三十九岁属大龙，

你的母亲年多大，三十七岁马年生，

你有何物为凭证，现有书物在腰间，

拿来与我看一看，丁郎取出宝三宗，

公子双手递与我，秀才取出镜乌绫，

先对木梳成了整，又对乌绫竟相同，

秀才对上三宗宝，这才疼坏杜景隆（龙），

一把位（拉）住丁郎手，父子骨肉两相逢，

疼坏了，杜景隆（龙），两手扯着小孩童，

嘴对嘴来把儿叫，你叫为父怎不疼，

你的父，把军充，只说在外丧尸灵，

你母在家无度用，一定改嫁把姓更，

谁想到，守的清，教训我儿长成了，

儿呀你若得了地，代你父母报恩情，

你的母，百年终，灵（凌）烟阁上表他名，

丁郎含泪尊声父，心恨爹爹不回程，

贪富贵，享荣华，我母在家谁可怜，

父穿绫罗并绸缎，儿穿布衣卜（补）卜（补）丁，

父住的，高楼亭，母子住在破窑中，

金炉添炭父先冷，母子无米又少钱，

叹坏了，胡月英，手指丈夫欠身行，

款动金莲朝前走，丈夫跟前把话明，

樱桃口，吐娇音，粉面香腮红又红，

对了丈夫指又指，绝了义来又绝情，

拍良心，平一平，此时可行不可行，

自从来到我的府，十一年来还有零，

良心丧，天不容，说过几次婚未成，

可惜可叹贤姐姐，难为母子度春秋，

最可恨，贼狂生，有了新婚忘旧情，

别说他是前妻子，就是奶母也是疼，

胡月英，骂景隆（龙），可惜姐姐受苦情，

就差院工送日费，不然接在咱家中，

贤姐姐，宦门生，姐妹同居礼不通，

他为大来奴为小，同享富贵受荣华，

叫夫主，仔细听，说你届情不届情，

奴家重来前妻重，白给圣人作门生，

奴再问，夫主公，妾说言语通不通，

不是奴家夸海口，当去也值吊几千，

问住了，杜景隆（龙）一口热痰往上攻，

哎呀一声倒在地，手又扒来脚又登，

小丁郎，胡月英，娘儿两个放悲声，

妻哭丈夫子哭父，老爷太太把楼登，

小赶郎，仲院公，一同上楼看其情，

和公得了痰气病，想要治活万不能，

小丁郎，把衣更，送在南学把书攻，

丁郎念的百家姓，赶郎此刻念诗文，

贤良女，胡月英，打发胡成上北京，

去接丁郎生身母，纹银一百书一封，

胡成仆，进北京，见了贤人于月英，

贤人情愿等父子，就死不肯出北京，

老胡成，回府中，贤人代（带）来书一封，

一家大小都来看，多谢贤妹好恩情，

丁郎叫，杜怀青，起郎名叫杜怀升，

丁郎天生聪明子，天降下来东斗星，

中举人，头一名，赶郎也仲（中）第九名，

这年皇王开大比，兄弟二人进北京，

高仲举，病七冬，来了得道神仙公，

乃是小唐三徒弟，仙丹赐与（予）杜景隆（龙），

杜秀才，病减轻，一家大小喜气生，

带领公子把京进，胡旺胡成二家丁，

这一日，进北京，带领公子到家中，

夫妻见面诉离情，闯进青衣好几名，

杜景隆（龙），战竞（兢）竞（兢）得，不容分诉上了绳，

推推拥拥到刑部，赶郎害的怕得跑如风，

小丁郎，泪直倾，二人刑部探事情，

兄弟同科下大场，苦用心机求功名，

三场毕，一月零，众位举子回店中，

兄弟二人来看榜，钦点状元杜怀青，

往后观，写分明，二名榜眼周应龙，

三名探花张廷秀，会元名叫张子英，

小赶郎，进士公，主考点他十九名，会试同年三百六，

午朝门外打严嵩，嘉靖爷，坐龙廷，

丁郎叩头金阶下，天子一见喜心中，

选娘娘，快出宫，皇门官，不消停，

带领状元上龙廷。丁郎叩头金墩谢，

小丁郎，跪龙廷，状元奏本参严嵩，

本上参的严阁老，天子一见动无名，

将奏本，地下仍（扔），斗天犯相是狂生，

金銮殿上神风起，本章刮到龙案中，

天子见，怒气生，又将本章地下仍（扔），

神风又送龙案中，天子方才看分明，

打开本，龙目睁，蒙君作弊头一宗，

屈害忠臣欺良善，按律也该问典刑，

论此案，法不容，万岁十分动无名，

朕今贬他为民去，叫他讨饭在京中，

谁舍饭，一例刑，葱胡蒜皮不许扔，

出旨抄灭严嵩府，恶贼年七问斩刑，

合京城，都知情，严府赏与状元公，

刑部听了心害怕，放出仲举回家中，

新状元，穿大红，头插金花耀眼明，

丁郎坐在八人轿，明（鸣）罗（锣）开道十三声，

状元郎，回府中，参拜父母拜坟茔，

赶郎也拜父和母，于氏一见喜心中，

代（带）官诰，蟒袍红，玉带一条腰间横，

不枉月英受贫穷，从此一家受恩荣，

今表那，胡月英，盼夫望子回家中，

这日清晨喜报到，丁郎赶郎得功名，

再表这，老严嵩，恶贯满盈终报应，

这位城隍杨纪盛，阳世居官作郎中，

也是这，老严嵩，害死纪盛一命倾，

死间才把城隍作，差下二鬼捉严嵩，

饿的他，眼睛红，金筷银碗手中擎，

银碗以上刻了字，讨饭舍饭一例同，

这一日，命该终，二鬼向前上了绳，

咕咚推倒尘埃地，气绝身亡把腿登，

再表这，于月英，叫声怀青与怀升，

两个同往湖广去，接你母亲进北京，

坐大轿，骑走龙，铜锣执事闹烘（哄）烘（哄），

这日来到胡宅内，胡氏月英喜盈盈，

家务事，托院公，月英上了轿一乘，

晓行夜宿非一日，这才进了北京城，

惊动了，于月英，迎接贤妹到大厅，

二人见面情意合，亲生姐妹一样同，

状元郎，把亲试，御史女儿王翠平，

真是门当户又对，郎才女貌福不轻，

小赶郎，进士公，定亲张家女花容，

良辰吉日把门过，夫妻恩爱过百冬，

状元郎，杜怀青，后来作了抚巡公，

赶郎官居翰林院，唱到叫处算完成，

众明公，留神听，人作坏事天不容，

好人自有天加护，多行善事福禄增。

译后记

从近代中西文明交流史来看，作为汉学家的司登德似乎稍显业余，长期以来也并未获得过多关注。自2016年国家社科基金重大项目"海外藏珍稀中国民俗文献与文物资料整理、研究暨数据库建设"立项以来，译者以民间文学为对象，重点考察近代来华西方人对中国民间文学的调查与研究，陆续发掘了很多像司登德这样的业余汉学家。他们可能像司登德一样是海关官员，也可能是传教士、外交官、探险家等身份，也都曾或多或少地参与近代文明的交流与互鉴。本书所选取的译介对象司登德及其著述只是冰山一角。发表在《皇家亚洲文会北华支会会刊》上的《中国歌谣》，出版的《二十四颗玉珠串：汉语歌谣选集》和《其他中国歌谣》等，其中收录的很多歌谣甚至未以中文形式出版过，《中国歌谣》中的五首歌谣还配以五线谱，这是较早由西方乐谱记录的中国民歌。此次对这些作品进行翻译，并在附录中提供了部分歌谣的其他参考版本，以期能将这些早期民间文学成果及业余汉学家们介绍至中国学界。

司登德的三部作品中所收集的中国歌谣、中国通俗文学等，大多由其本人搜集，有一些作品是在其汉语老师的协助下翻译的。在翻译过程中，司登德大多数情况下以押韵的诗行来翻译这些中国本土作品，"归化""异化"策略并存。其译诗有时是逐字逐句对译，有时则包含了改写。因此，在将司登德的三部作品翻译回中文时，首先完成的是考据工作，也就是尽可能寻找司登德翻译的"中文底本"。例如，《长坂坡》一文几乎就是对韩小窗所作子弟书《长坂坡》逐字逐句的翻译；《九连环》一文的出处应为江南小调《九连环》。因此，译者所要做的主要工作是进行考据并校译。其次，还有一部分作品在形式上更加符合英语读者的阅读习惯，因此在译回中文的过程中，译者保留了司登德的"改写"。例如《杨贵妃》《皇帝的爱妃》《情丝》《幻乐》《杨贵妃之死》《杨贵妃之墓》等六篇，司登德直接称其为"中国的阿那克里翁诗歌"（西方描写爱情的抒情诗），因此译者将其译为西方诗行的形式。最后，还有一些作品无法考据其出处，也并非完全遵照西方诗歌或民间文学的体式，译者则参照中国民间歌谣的形式，将其译为"七字句""十字句"等形式，例如《六月雪》《神树》《咸丰逃往热河去》《孟姜女哭长城》等。

此次未收入《其他中国歌谣》的首篇、第二十五篇、第二十六篇、第二十七篇等四篇。司登德曾将《十二月歌》《小刀子》分别收录到《中国歌谣》和《二十四颗玉珠串：汉语歌谣选集》中，为避免重复，中译本删除了《二十四颗玉珠串：汉语歌谣选集》中的《十二月歌》《小刀子》。同时，本书在收录时将《二十四颗玉珠串：汉语歌谣选集》和《其他中国歌谣》两书的原序置于了正文前。

本书的出版，要感谢高永伟老师、金倩老师慷慨应允收入其文章作为本书的附录一；还要感谢日本早稻田大学图书馆工作人员、日本国立历史民俗博物馆松尾恒一老师，得益于他们耐心细致的工作，才有了本书附录二所收录的三篇风陵文库的资料。同时，西安外国语大学中国语言文学学院的硕士生刘盼和本科生李学梅、崔晓雅协助校对了部分文字，在此一并致谢。